RÉSUMÉ

DE L'HISTOIRE

DE L'ILE-DE-FRANCE,

DE L'ORLÉANAIS

ET DU PAYS CHARTRAIN.

(Seine, Seine-et-Oise, Seine-et-Marne, Oise, Aisne, Loiret, Eure-et-Loir, et Loir-et-Cher.)

PAR M. DENIS LAGARDE, AVOCAT.

PARIS,

LECOINTE ET DUREY, LIBRAIRES,

QUAI DES AUGUSTINS, Nº 49.

1826.

RÉSUMÉ

DE L'HISTOIRE

DE L'ILE-DE-FRANCE,

DE L'ORLÉANAIS

ET DU PAYS CHARTRAIN.

PREMIÈRE ÉPOQUE.

DEPUIS LES TEMPS ANTÉRIEURS A LA DOMINATION ROMAINE, JUSQU'A L'ÉTABLISSEMENT DE LA MONARCHIE DES FRANCS.

LES douze cantons dont se composait autrefois le gouvernement de l'Ile-de-France forment aujourd'hui les cinq départemens de la Seine, de Seine-et-Oise, de Seine-et-Marne, de l'Oise et de l'Aisne.

Le gouvernement de l'Orléanais,

dans lequel se trouvait renfermé le pays Chartrain, comprend les départemens du Loiret, d'Eure-et-Loir, et de Loir-et-Cher.

Toutefois, les limites des anciennes provinces de France ne peuvent se reproduire qu'imparfaitement dans les nouvelles circonscriptions départementales. A ces divisions modernes répondent à peu près, au temps des Gaulois, les cités des Parisii, des Carnutes ou Chartrains, et des Sylvanectes. Genabum, dont parle César, et qui n'est autre que la ville d'Orléans, bien qu'on l'ait prise quelquefois pour Gien, était dans le territoire des Carnutes. Les Parisii avaient dans leur canton une autre ville que Lutèce appelée *Metiosedum*: on croit généralement que c'était Corbeil. Bornés au nord par les Sylvanectes (ceux de Senlis), et les Bellovaces (de Beauvais); au sud et à l'ouest par les Carnutes et les Veliocasses (de Chartres et du Vexin); à l'est, par les Senonois (de Sens), leurs alliés, ils formaient, avec les Meldæ (ceux de Meaux), une sorte de communauté politique régie par des états convoqués tous les ans dans le pays des Carnutes.

C'était là, dans le centre des Gaules, soit à Chartres même, soit aux environs, que les druides avaient établi leur principal collége. Ils avaient des demeures et des siéges de justice ordinaires en divers lieux de la Gaule; mais c'était dans la Beauce qu'ils tenaient les assemblées générales et faisaient les sacrifices publics. Ces cérémonies politiques et religieuses avaient lieu au sein des forêts, dans des enceintes marquées par des pierres brutes, ou dans des souterrains, dont l'existence est encore attestée par de nombreux vestiges.

Le sixième jour de la lune, qui était le premier de l'année chez les Gaulois, les prêtres, sortant de leurs forêts, allaient parcourir les provinces, criant partout à haute voix : *Au gui l'an neuf.* Une grande partie de la nation se rassemblait aux environs de Chartres. Un autel était dressé au pied du chêne où l'on avait trouvé le gui, et la cérémonie commençait par des processions. Deux taureaux blancs ouvraient la marche; les bardes suivaient en chantant des hymnes; puis venait un héraut d'armes, espèce de Mercure, couvert d'un chapeau avec deux ailes, et tenant en main une branche de verveine entourée de deux serpens. Les trois plus anciens druides, dont l'un portait le pain d'oblation, l'autre un vase plein d'eau, et le troisième une main d'ivoire attachée au bout d'une verge, précédaient le druide-roi, qui marchait à pied, vêtu de blanc, entouré des prêtres et de la noblesse. Arrivé au pied du chêne, le pontife offrait en sacrifice le pain et le vin, montait sur l'arbre et coupait le gui avec une serpette d'or. Il immolait ensuite les deux taureaux, et priait Dieu de communiquer sa vertu au présent qu'il venait de faire à son peuple, de donner la fécondité aux femmes et aux animaux qui toucheraient le fruit sacré, et de le rendre un remède efficace contre le poison. Les druides distribuaient ensuite le gui, par forme d'étrennes, au commencement de l'année.

Toutes ces cérémonies, tout cet appareil religieux, frappaient l'esprit du peuple, et lui inspiraient une profonde vénération pour les druides, qui exercèrent sur lui l'empire le plus absolu presque jusqu'au moment où les ministres, non moins habiles, d'un culte plus saint, parvinrent à se mettre en possession de leur autorité et de leurs priviléges. Cette autorité était sans rivale, s'il est constant, comme l'assure D. Martin, dans les Origines celtiques et gauloises, que le chef ou roi de chaque cité était toujours choisi par les druides; du moins est-il certain qu'ils décidaient par leur influence de toutes les affaires, même de la guerre, quoiqu'ils fussent dispensés de porter les armes.

Les expéditions militaires étaient fréquentes. Dès les temps les plus reculés, on voit les Parisii se joindre aux Carnutes et aux Britanni (peuples du Ponthieu), et aller s'établir avec eux dans les îles d'Albion, qui reçurent de ces derniers le nom d'îles Britanniques. Plus tard, Ambigat, que ses vertus et ses richesses avaient d'abord placé à la

.I

tête des Bituriges (peuples de Berri), devenu roi ou général de toute la Celtique, et ne pouvant contenir une jeunesse turbulente, gagna les druides, qui, par des prédictions et des oracles, excitèrent les Gaulois aux entreprises aventureuses. Il propose, dans une assemblée générale, d'envoyer des colonies au-delà des monts; des acclamations lui répondent, et bientôt trois cent mille hommes, au rapport de Justin, sont prêts à marcher sous chacun de ses neveux Sigovèse et Bellovèse. Les Parisii, les Senonois et les Carnutes se réunirent avec les Bituriges sous les étendards de Sigovèse, qui passa le Rhin aux environs de Bâle, et s'enfonça dans la Germanie, alors couverte de forêts. Vingt années de repos réparèrent chez les Senonois et les Parisii le vide que l'expédition de Sigovèse avait fait dans leur population. Ils traversèrent les Alpes après Bellovèse, et se fixèrent d'abord en deçà du Pô, près de ceux de Langres et des Boïens, qui les avaient précédés. Trop resserrés dans ces limites, ils passèrent bientôt le fleuve et se

544 avant J.-C.

répandirent jusque dans la grande Grèce. Ce sont ces mêmes Senonois et Parisii d'Italie qui, cent cinquante ans plus tard, allèrent, conduits par Brennus, assiéger Clusium et prendre Rome, moins le Capitole, qui dut son salut aux oies sacrées, à Manlius et à Camille.

Ces peuples conquérans se virent à leur tour attaqués dans leur pays. L'an 702 de Rome, sous le consulat de Pompée, César s'était rendu maître d'une grande partie des Gaules; mais il ne les maintenait dans la soumission que par la force et par sa présence. Quand il passa en Bretagne, les Carnutes tuèrent Tasgetius, qu'il leur avait imposé pour roi; et les Senonois, excités par Accon, chassèrent Cavarinus. Vaincus par le général romain, les uns et les autres durent leur grâce à l'entremise des Eduens; mais le brave Accon expia par la mort le crime d'avoir échoué dans le généreux projet d'affranchir sa patrie.

Les Gaules ainsi pacifiées en apparence, César retourna à Rome pour étouffer les troubles et les séditions que

Clodius y avait excités. Aussitôt les chefs des cités les plus considérables convoquent une assemblée sécrète ; les Carnutes promettent de tenter les premiers efforts pour recouvrer la liberté ; les Parisii et tous les autres jurent avec eux, sur les étendards, de ne quitter les armes qu'après avoir accompli cette glorieuse entreprise.

Au jour convenu, les Carnutes, conduits par deux des principaux conjurés, marchent sur Genabum, massacrent tous les Romains, et livrent leurs biens au pillage. La nouvelle s'en répand dans toute la Gaule au moyen *des cris publics* ; on sut dès le soir même au fond de l'Auvergne ce qui s'était passé le matin à Genabum. Un jeune homme de grande espérance, un fils de Centillus, condamné au feu pour avoir usurpé la souveraineté, Vercingetorix appelle aux armes ses compatriotes, et se fait proclamer roi. César apprend que sa conquête est prête à lui échapper ; il franchit les monts, s'ouvre un passage à travers les neiges des Cévennes, et porte la désolation dans l'Auvergne. Pendant que

Vercingetorix entrait dans le Berri pour faire le siége de Gergonia, que les uns disent être Bourbon, d'autres Moulins, César en trois jours avait pris Vellaudunum, et avant que les habitans de Genabum eussent eu le temps de se remettre de leur épouvante, il était à leurs portes. Il prépare l'assaut; les assiégés, au lieu de se défendre, s'échappent à travers les flots de la Loire. La ville est livrée au pillage et aux flammes. L'année suivante, les Chartrains dispersés tentèrent de se réunir pour tirer vengeance de ceux du Berri, qui avaient lâchement abandonné la cause commune; mais la fortune trahit leur courage, et la plupart de ces malheureux furent réduits à chercher un asile dans les pays voisins.

D'un autre côté, Labiénus, lieutenant de César, ayant attaqué et pris sans résistance Meliosedum, s'était avancé contre Lutèce. Les Eduens et les Bellovaces parurent alors disposés à entrer dans la ligue gauloise, et Labiénus fut obligé de se retirer pendant la nuit. Camulogène, vieux général des Parisii, avait re-

marqué un mouvement extraordinaire
dans le camp des Romains; il les suivit
et leur présenta le combat dans la plaine
située entre Issy et Vaugirard. Il mourut à son poste, comme tous ses soldats;
et Labiénus vainqueur ramena ses lé-
gions à Agendicum (Sens). César ne
tarda pas à le rejoindre; il défit Vercingetorix dans une bataille rangée, et
le renferma dans la ville d'Alise (Mont-
Auxois en Bourgogne). Les assiégés
étaient réduits à une extrême détresse,
quand les Parisii et les Senonois parurent au nombre de vingt mille. On se
battit avec acharnement pendant trois
jours. César fit un carnage affreux des
Gaulois. Le lendemain Vercingetorix
et les autres chefs vinrent se constituer
prisonniers. Cette journée assura la conquête des Gaules. Le vainqueur rétablit dans les cités gauloises l'ancienne
forme de gouvernement, que les nobles et les druides avaient modifiée au
gré de leur ambition; il rendit à toutes leurs sénats, chargés, sous la direction du magistrat romain, de la po-
lice, de la justice et du recouvrement

des impôts. La Gaule, fatiguée de tant de
pertes et de malheurs, accepta la domination romaine. Les Parisii expièrent
leur résistance opiniâtre : leur cité fut
comprise dans la Senonie, et on affranchit leurs cliens, ceux de Meaux et de
la Brie. Il n'exista de Genabum, pendant plus de trois siècles, qu'un petit
nombre de maisons à demi ruinées.
L'empereur Aurélien, qui vint dans les
Gaules l'an de Jésus-Christ 274, commença à rebâtir cette ville, et lui donna
son nom, que nous retrouvons encore
dans celui d'Orléans.

Auguste acheva l'asservissement des
Gaules en les soumettant à un régime
d'administration régulier. A l'aide du
cens, il fixa la répartition des impôts et
les contingens pour la milice. Dans le
même temps il soumit la plupart des
cités aux lois romaines, laissant à quelques-unes seulement leurs lois municipales et des revenus publics, qui devenaient la proie des gouverneurs. Après
la mort de Néron, les Gaules furent ra-
vagées par les partisans de Galba, d'O-
thon et de Vitellius, et ne recouvrèrent

leur tranquillité que sous Vespasien.

Les Sylvanectes (habitans du Valois) doivent à cet empereur leur ancienne capitale et les premiers défrichemens de leurs terres hérissées de forêts. Senlis, appelée d'abord Augustomagus, échangea contre des constructions de pierre, les palissades de bois et de gazon, qui étaient l'ouvrage d'Auguste, son fondateur. Alors seulement elle put être réputée ville : elle s'éleva même, ainsi que beaucoup d'autres cités de la Gaule, à la dignité de ville libre. Pline la qualifie de la sorte : mais, comme pour nous prémunir à cet égard de toute illusion, Proculus a soin de nous expliquer le sens que les Romains attachaient à cette dénomination : « Nous donnons, dit-il, le » nom de libre au peuple qui a pour la » majesté du nom romain la soumis- » sion et le respect qui lui sont dus. » Au reste, cette qualification de peuple libre paraît avoir le même sens dans la plupart des langues modernes.

Plusieurs cantons furent défrichés par les Lètes, espèce de colons cultivateurs et guerriers sortis de la Germanie, et envoyés, à différens intervalles, par les empereurs. Des troupes romaines campèrent sur les chemins du Valois pour assurer la domination romaine, et peut-être aussi la tranquillité du pays. Des monceaux de ruines attestent encore sur la route qui conduit de Verberie à Crépy, l'existence des *castra stativa*. Les Antonins, et surtout Caracalla, contribuèrent particulièrement aux progrès des arts et du commerce, et à l'accroissement de la population du Valois. On a conservé des monnaies marquées à l'effigie de ces empereurs. Caracalla fit planter de lieue en lieue des colonnes milliaires. La double chaussée romaine qui traversait une partie du Valois fut l'ouvrage de ce tyran, qui, sans rien relâcher de sa domination despotique, put déclarer *citoyens romains* tous les sujets de l'Empire : depuis long-temps ce titre n'était plus qu'un vain mot. La ville de Litanobriga était alors comme la porte du chemin qui conduisait en Bretagne ; elle fut depuis appelée Pont-Sainte-Maxence, du nom de la jeune vierge qui, à son retour d'Irlande, y souffrit le martyre, pour ne point sacrifier aux idoles.

Cependant les révolutions qui ensanglantaient Rome réagissaient sur toutes les parties de l'Empire. C'est au milieu de ces orages que l'Evangile commença à s'introduire dans nos contrées. Sous Décius, dit Grégoire de Tours, vers l'an 250, sept missionnaires vinrent dans les Gaules pour y prêcher la foi. Mais aucun d'eux n'est resté aussi célèbre que saint Denis, qui fut mis à mort à Montmartre. On assure que le saint martyr, prenant dans ses mains sa tête qu'on venait d'abattre, chemina de cette manière, l'espace d'une lieue, jusqu'à l'endroit où est aujourd'hui son église. Dans un pareil voyage il n'y a que le premier pas qui coûte, comme on l'a judicieusement observé.

Une pieuse dame, nommée Catulle, parvint à enivrer les satellites préposés à la garde des restes mutilés de saint Denis et de ses deux compagnons, Rustique et Eleuthère : elle fit enlever les corps, et « *les ayant dévêtus de leur sacrée* » *tunique, cilice, chausses, et autres habits*

» *et vestemens,* » elle leur donna la sépulture dans son propre champ. Ce tombeau fut appelé la chapelle des Martyrs ; et c'est du nom de cette dame, qu'est dérivé celui de *Catuliacum*, remplacé depuis par le nom de Saint-Denis. Pour trouver l'origine de la richesse et de la célébrité de l'abbaye de Saint-Denis, il faut se transporter au règne de Dagobert.

Le martyre de saint Quentin n'est guère moins célèbre que celui du patron de la France [1]. Les apôtres du Va-

[1] L'auteur du *Résumé de l'histoire de Picardie* n'a omis aucune des circonstances du supplice, aucun des traits de la gloire de ce saint homme. Chaque feuille de la couronné du martyr a obtenu un digne hommage. Nous observerons en même temps que l'histoire de Soissons, de Noyon et de Beauvais ne figurera que très-accessoirement dans ce Résumé, bien qu'elle rentre peut-être dans notre domaine. Ces villes ont presque toujours été comme une propriété indivise entre la Picardie et l'Ile-de-France. Il en est de même du Valois, dont la réunion définitive au gouvernement de l'Ile-de-France fut l'ouvrage de Richelieu. Plusieurs raisons nous dispensent de reproduire des faits qui ont été exposés par M. Lami.

lois oriental, Rufin et Valère, prêchè-
rent et moururent avec moins d'éclat ;
on sait seulement qu'ils étaient employés
dans les greniers de Bazoches lorsqu'on
les dénonça au préfet Varus, l'implaca-
ble ennemi des saints. Ils se cachèrent
en vain ; on les arrêta, et ils furent décapités ; leurs corps, jetés dans un cloa-
que, en furent retirés, la nuit, par des
fidèles. Quant à saint Rieul, qui s'était
aussi chargé de la conversion des Sylvanectes, plus prudent que ses confrères, il attendit, pour commencer sa mission, que la persécution se fût relâchée.
Alors il se mit à parcourir les bourgs
et les campagnes : *oppida, rura, casas,
vicos, castella peragravit,* faisant retentir partout la parole du salut, renversant les idoles de Mercure ou Teu-
tatès, ce qui n'était plus dangereux, et
convertissant jusqu'aux préfets de l'Empire, ce qui pouvait être encore difficile.
Quintilien, préfet de Senlis, lui dut la vie
éternelle. Sa puissance sur les âmes fut
moins miraculeuse encore que son ascendant sur les bêtes qui n'en ont pas.
Un jour qu'il prêchait en plein air, il

fut interrompu dans son sermon par le coassement des grenouilles de la grande mare de Reuilly ; aussitôt il leur commanda de se taire, et elles gardèrent un religieux silence. Sa péroraison terminée, il permit à une seule de coasser : dès lors il n'y eut dans la mare de Reuilly qu'une grenouille privilégiée. Saint Rieul occupa, dit-on, le siége épiscopal de Senlis.

Avant le temps où nos évêques commencèrent à opérer paisiblement ces miracles, il y eut encore du sang répandu pour la foi chrétienne, sous les empereurs Dioclétien et Maximien.

En 284, les habitans des campagnes aux environs de Lutèce prirent les armes sous deux officiers des troupes romaines, Cœlius et Armandus. On nomma ce mouvement *bagaude*, ce qui signifie, selon quelques étymologistes, révolte des habitans du bois, peut-être parce qu'ils avaient établi leur principal camp dans un bois situé à deux lieues de Paris, sur les bords de la Marne, à l'endroit où depuis a été construite l'abbaye de Saint-Maur. Maximien les

battit en diverses rencontres, assiégea
leur grand retranchement par terre et
par eau, et finit par s'en emparer : il
massacra tous ceux qui s'y étaient renfermés. Jusqu'à la conquête des Francs,
les provinces de l'Ile – de – France et de
l'Orléanais furent, comme toutes les autres, pillées par les Romains ou rava-
gées par les barbares. On peut juger
de l'état des Gaules, au commencement
du cinquième siècle, par la peinture que
nous en ont laissée plusieurs auteurs.
« Les campagnes étaient jonchées de ca-
» davres, les villes désertes d'habitans ;
» ceux que le fer n'avait point frap-
» pés périssaient par la famine ; les ter-
» res, incultes, ne fournissaient que des
» racines et des fruits sauvages, et ceux
» qui les allaient recueillir dans les bois
» devenaient la pâture des loups. »

En 451 le farouche Attila, traînant à sa
suite une armée de cinq cent mille hommes, traverse le Rhin à Cologne ; toutes
les villes sur son passage sont pillées ou
incendiées ; il n'épargne que Troyes, sauvée par l'humilité de saint Loup, son évêque, et vient mettre le siége devant Or-

léans. Saint Aignan, après avoir été
solliciter dans Arles le secours du pa-
trice Aétius, était revenu partager le
danger de son peuple. Les secours n'ar-
rivaient pas; les faibles murailles de la
ville avaient croulé sous les machines
de l'ennemi, et les assiégés, ne se fiant
plus à leurs forces ni à leurs armes, plaçaient leur dernière espérance dans les
prières de leur évêque. Il passe dans le
camp des Huns, et en rapporte cette réponse, que tous les habitans doivent se
livrer le lendemain avec leurs femmes
et leurs enfans. Dans la soirée même,
annoncé, dit Grégoire de Tours, par une
nuée sortie de terre, Aétius parut avec
l'armée romaine soutenue des Visigoths,
des Bourguignons, des Francs et des
Alains. Son attaque fut si vigoureuse que
les assiégeans, repoussés en désordre jusqu'à la rivière, y périrent en grand nombre; tous ceux qui étaient entrés dans la
ville furent massacrés, à la réserve de
quelques-uns, que saint Aignan sauva
par pitié.

Les débris des troupes d'Attila formaient encore une armée immense; il

la ramena dans la partie des Gaules qu'il avait déjà conquise, poursuivi par Aétius, qui laissa Sangibanus dans Orléans. Ce gouverneur, redoutant la fortune et la cruauté du roi des Huns, s'engagea secrètement à lui livrer la place. Aétius découvrit leur intelligence, et prévint la trahison; il feignit d'avoir besoin des Alains dans son armée, et, après avoir mis une garnison plus sûre dans la ville, il en fit relever les murailles.

Quatre ans après, Gilles ou Gillon, successeur d'Aétius dans les Gaules, livra bataille à Frédéric, frère du roi des Visigoths, aux portes d'Orléans, entre la Loire et le Loiret. La destruction presque entière de ces barbares renversa le projet qu'ils avaient conçu de reculer les limites de leur nouvel empire jusque dans les pays Armoriques.

SECONDE ÉPOQUE.

DEPUIS L'ÉTABLISSEMENT DE LA MONARCHIE,
JUSQUES AUX ROIS DE LA SECONDE RACE.

LES Romains, avant Clovis, occupaient encore toutes les provinces renfermées entre le Rhin, l'Océan et la
Loire. Syagrius, qui les gouvernait presque en souverain, faisait sa résidence
ordinaire à Soissons, où les Francs vinrent l'assiéger, après avoir traversé la
forêt des Ardennes. Obligé de fuir de- 486.
vant eux, il se réfugia à Toulouse, fut
livré par Alaric à son vainqueur, et secrètement décapité. Clovis anéantit la
domination romaine dans les Gaules
537 ans après que César en eut achevé
la conquête. Tout le pays jusqu'à la
Seine se soumit alors sans résistance.
Peu d'années après, Orléans et Chartres se trouvèrent compris dans le nouveau royaume, qui s'étendit presque jus-

qu'aux Pyrénées, dès que le mariage
de Clovis avec une chrétienne, et sa
conversion, plus politique que miraculeuse, lui eurent gagné la confiance des
évêques. Il s'était fait catéchiser par
saint Remy, saint Wast et saint Solen :
celui-ci, évêque de Chartres, le suivit
à Poitiers, dans son expédition contre
les Visigoths, prédit la défaite d'Alaric
et en fut témoin. L'année précédente,
le roi, prêt à sévir contre les habitans
rebelles de Verdun, s'était laissé fléchir
par les prières d'un prêtre nommé Eus-
pice et de saint Maximin ou Mesmin,
son neveu. L'un et l'autre l'avaient accompagné à Orléans ; ils reçurent en
don la terre de Micy, à l'embouchure
du Loiret, et y fondèrent un monastère.
La corruption dans ce saint lieu était
devenue telle au commencement du
septième siècle, que l'on en fit enlever
les reliques des premiers abbés, pour
les mettre en sûreté dans une chapelle
d'Orléans. Clovis, si pieux et si libéral
envers les prêtres, fut perfide et cruel
envers plusieurs petits princes, ses parens, qu'il massacra pour les dépouiller.

Dans le temps qu'il donnait à son peuple de si bons exemples, il faisait assembler un concile à Orléans pour fixer plusieurs points relatifs à la discipline ecclésiastique et au réglement des mœurs. On établit le droit d'asile, non-seulement pour les églises, mais pour les pa.-vis même des églises, et pour les maisons des évêques. Ce concile eut aussi la gloire de remettre en vigueur les rogations, les processions et les abstinences. Nous ne parlerons de la loi salique, qui a donné lieu à tant de commentaires, que pour faire remarquer que ce code barbare établissait entre les Francs et les Gaulois des distinctions onéreuses et humiliantes pour ces derniers.

Elle punissait de la même peine le meurtrier d'un chien de chasse ou d'un Romain du second ordre, d'un épervier ou d'un esclave. Cette loi, qui comprend soixante-onze articles, écrits en mauvais latin altéré par un millier de mots barbares, n'en contient qu'un seul qui puisse s'appliquer indirectement à la succession des mâles à la couronne. « Quant à la terre salique, y est-il dit,

» que la femme n'y ait aucune part. »
Ces terres saliques étaient des terres
de conquête concédées par Clovis à
ses capitaines pour prix de service militaire, et qui, par conséquent, ne pouvaient appartenir aux femmes.

Clovis mourut en 511, regretté des
prêtres et de ses soldats, qu'il avait do-
tés aux dépens des vaincus et de sa postérité : car le principe de décadence de
la dynastie mérovingienne remonte,
pour ainsi dire, à son fondateur. Les
successeurs de Clovis imitèrent à l'envi
ses largesses envers les Leudes ; les concessions de bénéfices et de fiefs se multiplièrent : les rois se réservaient, il est
vrai, le droit de révoquer leurs donations ; mais bientôt cette faculté leur
échappa, les fiefs devinrent irrévocables et héréditaires. Chaque jour les
Leudes et les évêques s'arrogèrent de
nouveaux droits, et s'agrandirent au
détriment de la puissance royale. De là
cette précoce et longue agonie de la
première race.

Dans le partage que les enfans de
Clovis se firent de ses états, Thierry

garda les frontières, comme plus capable de les défendre contre l'ennemi; Childebert fut roi de Paris, Clodomir, d'Orléans, et Clotaire, de Soissons. Les trois fils de Clotilde, s'unissant pour venger leur mère et pour conquérir la Bourgogne, envahirent ce pays dans le temps où Sigismond, qui venait d'étrangler son fils après l'avoir enivré dans un festin, faisait pénitence de ce crime. Vaincu et livré par ses propres sujets, il fut conduit à Orléans, où il partagea la captivité de sa famille. L'année suivante, son frère Gondemar parut à la tête d'une nouvelle armée, chassa les Francs du pays qu'ils ravageaient, et mérita ainsi le titre de roi de Bourgogne. Avant de marcher contre lui, Clodomir, peu touché des prières de saint Avitus, abbé de Micy, et de ses terribles prédictions, fit précipiter dans un puits toute la famille de Sigismond. Il sollicita en vain le secours de ses deux frères; et peut-être eût-il été forcé d'abandonner son expédition, si Thierry, roi d'Austrasie, ne l'eût rejoint à Vézéronce, près du Rhône. Gondemar fut

523.

I...

vaincu et mis en fuite ; mais Clodomir périt dans le combat.

Les anciens historiens, plus jaloux de pallier les crimes des princes que de nous instruire du sort des peuples, nous laissent dans l'incertitude sur ce que devint le royaume d'Orléans après la mort de Clodomir. Ses trois fils furent confiés à Clotilde ; mais on ne dit pas qu'elle eût en même temps la régence de leurs états. Il est vraisemblable que les frères de Clodomir se saisirent chacun d'une partie de ce royaume.

Pour assurer l'effet de cette spoliation, ils se rendirent à Paris et mandèrent à Clotilde de leur envoyer les trois fils de Clodomir, qu'ils voulaient, disaient-ils, couronner et mettre en possession de l'héritage de leur père. Quand elle les eut confiés à leur foi, ils lui firent présenter des ciseaux et un poignard, en la pressant de choisir. Clotilde, dans le premier transport de sa douleur, s'écria qu'*elle aimait mieux voir ses petits-fils morts que tondus.* Les barbares s'autorisèrent de cette réponse, Clotaire enfonça un poignard dans le sein de l'aîné, qui n'avait que dix ans, et arracha le second avec violence des bras de Childebert, pour le massacrer aussi impitoyablement. Le troisième, Clodoald, sauvé par les barons de son père, demeura caché dans le bourg de Nogent-sur-Seine, qui a gardé depuis ses reliques et son nom.

En 533, Childebert convoqua dans Orléans un second concile, où se réunirent vingt-six prélats. Ils statuèrent, entre autres choses, que les prêtres ne pourraient habiter avec des femmes sans la permission de leur évêque; que l'institution des diaconesses serait abolie à cause de la fragilité reconnue de leur sexe; que le mariage serait interdit entre un chrétien et une juive, sous peine d'excommunication. Cinq ans après, nouveau concile dans Orléans. Il fut ordonné aux prêtres et aux diacres, déjà mariés, de vivre avec leurs femmes comme avec des sœurs; d'après un autre réglement, un clerc ne devait ni poursuivre, ni être poursuivi devant le juge séculier sans la permission de l'évêque. Il y eut encore trois conciles

d'Orléans jusqu'en 550, où l'on s'occupa de points de doctrine, et où l'on
condamna les erreurs de Nestorius et
d'Eutichès. Dans le cinquième, les prélats rétablirent, par un jugement, Marc,
évêque d'Orléans, qui avait été dépossédé de son siége et exilé comme coupable de crimes énormes, que Grégoire de
Tours n'a point spécifiés. En voilà assez
sur les enfans de Clovis, qui, à son exemple, firent des conquêtes, massacrèrent
leurs parens, et assemblèrent des conciles.

561.   Après la mort de Clotaire, qui avait
réuni les membres épars de la monarchie, ses quatre fils la divisèrent
de nouveau en quatre royaumes. Gontran eut celui d'Orléans, mais il
prit le titre de roi de Bourgogne; ses
états, qui comprenaient le Dauphiné,
la Savoie, la Franche-Comté, le Ni-
vernois, partie de la Champagne et de
la Provence, furent encore agrandis
dans la suite, moins par son habileté
que par d'heureuses circonstances. Il
fut cruel, faible et superstitieux, et ne
mérita que le mépris de ses sujets. Cependant l'église l'a canonisé, peut-être

par reconnaissance de ce qu'après une bataille perdue contre Recarède, roi des Goths, il fit décréter, dans un synode tenu à Mâcon, que les séculiers paieraient la dîme, descendraient de cheval à la rencontre d'un ecclésiastique à pied, et rendraient aux clercs toute sorte d'hommages.

Caribert, roi de Paris, épousa deux sœurs, dont l'une était religieuse; il fut excommunié et mourut : voilà toute son histoire. Le règne de Chilpéric, son successeur, fut honteusement célèbre par les dissolutions et par les crimes de ce prince, et surtout par l'animosité de Frédégonde et de Brunehaut, deux furies rivales. Le peuple, accablé de vexations et d'impôts, ne respira qu'un instant; une maladie contagieuse, qui avait atteint successivement les trois fils de Frédégonde, lui donna lieu de se montrer mère quand on doutait si elle était femme. Tant que la main de Dieu fut suspendue sur sa tête, elle humilia son orgueil, et soulagea la misère du peuple; mais, dès que le coup fut porté, sa rage se ranima

...I

tout entière. Elle se fit livrer par
Chilpéric un fils qui lui restait de sa
première femme Andouère, le traîna
enchaîné de la prison de Chelles à celle
de Noisy-sur-Marne, où bientôt il fut
trouvé blessé mortellement d'un coup
de couteau. Sa malheureuse mère périt
aussi dans les supplices, et sa fille, dés-
honorée par des satellites, fut reléguée
dans un monastère. Les grands et les
prélats n'étaient point à l'abri de ces
fureurs; mais qu'on se fasse une idée
de la désolation des campagnes et des
villes, d'après ce qu'en rapportent les
contemporains. « Des soldats, sans cesse
» en mouvement, brûlaient et massa-
» craient tout sur leur passage. Il ré-
» gnait parmi eux une licence si effré-
» née, qu'ils se ruaient sur leurs chefs,
» quand ceux-ci les voulaient retenir,
» comme des bêtes féroces sur leur
» proie. » A ces calamités le Ciel ajouta
un mal épidémique qui désola Paris et
ses environs; ceux qui en étaient at-
teints se sentaient consumer et mouraient en poussant des hurlemens ef-
froyables. Enfin, Chilpéric périt assas-

sine dans son château de Chelles, au retour de la chasse. Brunehaut a été soupçonnée de ce meurtre, et l'accusation ne serait pas téméraire, si Frédégonde n'avait été intéressée à prévenir, par ce nouveau forfait, la punition de ses adultères.

De la retraite où elle fut confinée elle suscita plus d'une fois des assassins contre Brunehaut et contre Childebert, devenu roi d'Austrasie et d'Orléans depuis la mort de Gontran. La formule d'institution prononcée par Gontran nous a été conservée par les chroniqueurs : elle porte l'empreinte des mœurs et de l'esprit de ces temps, où il n'y avait de droit que celui du glaive. Le roi d'Orléans, armé d'une lance, en présenta la pointe à Childebert, disant : « Cecy te sera indice, mon neptune, que je te fais héritier de mon royaume : qu'un même bouclier nous couvre, et une même lance nous défende. »

Childebert mourut bientôt et transmit sa double couronne à Théodebert et à Thierry, confiés à la tutelle de

Brunehaut, leur aïeule. Déjà Frédégonde, plus active et plus intrépide, conduisait dans les combats son fils Clotaire, âgé de huit ans, et faisait en personne la conquête de Paris et de ses environs. Au milieu de ses victoires elle mourut, consolée sans doute par l'idée d'avoir humilié son ennemie et affermi le trône de son fils. Privé de l'appui de sa mère, Clotaire fuit à son tour, et, traversant Paris, va se cacher dans la forêt d'Arelaune. Enfin, pour ne pas tout perdre, il cède à Thierry le pays d'entre Loire et Seine, et à Théodebert, celui d'entre Seine et Oise. Brunehaut ne tarda point à allumer de nouvelles guerres, en semant la discorde entre ses petits – fils. Thierry, qu'elle excita à se souiller du sang de son frère, fut puni de ses remords par le poison. Enfin, tombée elle – même entre les mains de Clotaire, elle termina son affreuse vie par un supplice que Frédégonde n'aurait pas trouvé trop doux. Clotaire, son bourreau, devenu seul maître de la France, se montra, dit-on, juste, pieux et libéral envers les moines. Il est à plaindre, s'il n'a mérité que la dernière partie de cet éloge. Dagobert, meurtrier de son frère, reçut aussi des moines les titres de grand, puissant, glorieux, comme le prix de ses largesses. Il est le véritable fondateur de la riche abbaye de Saint-Denis.

Un jour qu'il s'était attiré la colère de son père, Clotaire II, pour avoir fait outrageusement couper la barbe à son gouverneur Sandregisille, il se réfugia dans la basilique de Saint-Denis, se rappelant qu'un cerf poursuivi par la meute du roi avait trouvé dans cette enceinte un asile inviolable. Il s'endormit sur le tombeau des saints martyrs, et crut les voir, pendant la nuit, l'assurer de leur protection, s'il faisait vœu de leur construire un superbe temple : il le promit, et dans la suite l'église fut élevée et décorée sous les auspices de saint Eloi, évêque, architecte, sculpteur et orfèvre. Des lames d'argent ornèrent, dit-on, le faîte de cet édifice; les corps des martyrs furent enchâssés dans des lames d'or couvertes de pier-

reries : enfin la consécration de cette
église fut faite par Jésus-Christ lui-
même, entouré de ses apôtres et de ses
anges. La preuve irrécusable de cette
apparition miraculeuse repose sur le
témoignage d'un lépreux, qui, se trouvant alors caché dans l'église, fut miraculeusement guéri et rendit compte
de tout ce qu'il avait vu.

Le *grand* Dagobert établit à Saint-
Denis une psalmodie perpétuelle. Les
moines, qui y fourmillaient, devaient se
relever à chaque heure du jour et de
la nuit pour chanter des cantiques. Le
royaume fut mis sous la protection du
saint, et les habitans du lieu déclarés
serfs de l'abbaye. Il existe une vingtaine
de chartes attribuées à Dagobert, et où
sont consignés les titres des priviléges
de l'abbaye; mais, à l'exception de deux
ou tout au plus de quatre, elles sont
réputées apocryphes. Cette communauté religieuse ne dépendait d'aucune
puissance ni juridiction ecclésiastique
autre que celle du pape ; tout était
sacré dans l'enceinte de l'abbaye, jusqu'au criminel qui en avait franchi le

seuil, « *parce que*, disaient les moralistes
» du cloître, *si le Dieu tout-puissant, par*
» *l'intercession de saint Denis, a protégé*
» *dans ce lieu sacré une brute, un cerf,*
» *il est bien plus convenable que des hommes*
» *coupables de crimes quelconques soient*
» *protégés par la même main.* »

Dagobert se complaisait à dire qu'il
donnerait tant de biens à cette abbaye,
que, quelque chose qui lui arrivât, il lui
en resterait toujours assez. Il a prouvé
qu'il savait tenir parole, du moins
quand il promettait à des moines.

Clovis II, fils de Dagobert, osa dépouiller la châsse de saint Denis des
lames d'argent dont elle était décorée,
pour acheter de quoi nourrir son peuple, qui souffrait horriblement. Il fut
maudit de Dieu et perdit l'esprit.
Exemple terrible, conservé dans les
fastes monastiques, pour effrayer les
princes qui songeraient à soulager la
misère de leurs peuples, plutôt qu'à
enrichir les monastères.

Depuis Dagobert, les maires du palais s'étaient rendus plus puissans que
les rois. Ils ne permirent pas à Batilde,

mère de Clotaire III, d'exercer trop
long-temps des vertus qui la rendaient
chère à ses sujets. Pendant dix ans
qu'elle administra la Neustrie, il ne s'y
éleva aucun trouble. Elle déchargea les
Gaulois d'une capitation onéreuse à laquelle étaient soumis même leurs enfans au berceau ; ce qui empêchait
un grand nombre d'entre eux de se
marier, ou les réduisait à exposer leurs
enfans, qui étaient vendus par des juifs.
Son nom mériterait d'être conservé
pour ce seul bienfait, quoique sa piété
mal entendue laissât aux moines et aux
évêques une autorité dont ils abusèrent.
La rivalité de celui d'Autun avec
Ebroïn causa la chute de Batilde elle-
même, qui se réfugia dans le couvent
de Chelles, où elle mourut religieuse,
après avoir eu la douleur de perdre son
fils. Ebroïn, soupçonné d'avoir hâté
la fin de ce prince, veut régner sous
le jeune Thierry ; mais poursuivi par
Childéric III, il est heureux de trouver un refuge dans l'abbaye de Luxeuil,
tandis que son roi, Thierry, est tondu et
renfermé à Saint-Denis. Léger, l'ancien

rival d'Ebroïn, va se cacher aussi dans Luxeuil, fuyant la colère de Childéric, qu'il avait long-temps gouverné. Ce prince allait l'en faire arracher pour le mettre à mort, s'il n'eût péri lui-même victime de ses propres fureurs. Un seigneur, nommé Bodillon, coupable d'avoir tué un sanglier que le roi voulait abattre, fut attaché à un pieu et cruellement battu de verges. Les grands de Neustrie résolurent de traiter en tyran celui qui les traitait en esclaves. Ils l'attendirent dans un bois voisin de Chelles, et Bodillon le poignarda de sa propre main. Ajoutant la barbarie à la vengeance, il courut dans le palais de Chelles égorger la reine Bilihilde, et son fils, encore enfant. Thierry fut alors tiré de son monastère et replacé sur le trône. A la suite des discordes qui se rallumèrent entre Léger et Ebroïn, la confusion devint telle, que le peuple souffrant et superstitieux s'attendait à voir paraître l'Antechrist. Après avoir laissé croître sa chevelure, Ebroïn, à la tête d'une troupe de bandits grossie par ses partisans, fondit tout-à-coup sur la

2

Neustrie, dans l'espoir de surprendre le roi, qui habitait un palais sur la rivière d'Oise avec son maire Leudésie; n'ayant pu les saisir au Pont-Sainte-Maxence, où il avait forcé leurs gardes, il proposa au maire une conférence et l'assassina. Il fit couper les lèvres et crever les yeux à l'évêque d'Aletun, déposa un Clovis III, qu'il avait proclamé roi, et força Thierry à le reconnaître pour maire. Alors sa tyrannie n'eut plus de frein; mais un seigneur nommé Hermanfroy, qu'il avait dépouillé de ses biens, l'attendit à la porte d'une église, et lui fendit la tête. A peine délivré de ce tyran, le malheureux Thierry fut attaqué et vaincu par Pepin de Landen, maire d'Austrasie, qui prit le titre de duc de France, usurpa l'autorité royale et la transmit à ses descendans.

Nous ne nommerions pas ses fils Drogon, Grimoald et Childebrand, si des généalogistes ne faisaient descendre Robert le Fort de ce dernier. Leur mère Plectrude, après la mort de Pepin, s'empara du gouvernement et se saisit de la personne de Charles Martel.

Mais les Neustriens, indignés d'obéir à une femme, marchèrent contre elle, avec leur roi Dagobert II, la vainquirent près de Compiègne, et élurent pour maire Rainfroy. Trois ans après, Rainfroy se vit à son tour, poursuivi jusqu'aux portes de Paris par Charles Martel reconnu prince des Austrasiens. L'année suivante, Rainfroy et son roi Chilpéric s'enfuirent encore une fois devant Charles, qui, en les poursuivant, ravagea et l'Ile-de-France et l'Orléanais, bien que ces provinces fussent devenues siennes. Après la grande victoire qui assurait en France le triomphe de la religion chrétienne, Charles Martel ne se fit scrupule ni de demander compte aux hommes d'église de certains méfaits, ni de les dépouiller de leurs vastes domaines, pour récompenser ses capitaines et ses soldats. Eucher, évêque d'Orléans, cria au sacrilége et fut relégué à Cologne. Là, une révélation lui apprit que Charles Martel brûlait en corps et en âme dans les flammes éternelles; et les prêtres publièrent, dans la suite, qu'à l'ouverture de son tombeau, il s'en exhala une odeur fétide, et qu'on n'y trouva qu'un gros serpent.

Après la mort de Charles Martel, Hunaud, duc d'Aquitaine, se jeta sur la Neustrie, prit de force la ville de Chartres, et l'ensevelit presque sous ses ruines. Délivré de cet ennemi qu'il sut repousser, et de son propre frère qui prit l'habit de Saint-Benoît, Pepin songea enfin à joindre le titre de roi à la puissance royale. Il convoqua donc une assemblée générale des seigneurs et des évêques, qui, tous favorablement disposés, ne décidèrent pourtant rien. Ce n'était pas qu'ils regardassent leur assemblée comme incompétente parce que le peuple n'y était pas représenté, mais ils aimaient mieux s'en rapporter à l'autorité infaillible du pape Zacharie. On sait que le vicaire de J.-C. n'établit point de distinction entre la royauté de droit et la royauté de fait. Les Mérovingiens déchus furent réputés illégitimes. Du reste, il serait facile de prouver par des exemples récens que cette jurisprudence du saint Siége n'est point encore tombée en désuétude.

Au milieu des guerres et des ravages continuels qui avaient désolé presque tout le royaume, le Valois avait joui, en quelque sorte, des priviléges d'un pays neutre. Les capitaines sicambres avaient succédé aux préfets de l'Empire dans ces maisons de plaisance, d'origine romaine, qu'on appelait *villæ cæsarianæ regiæ, publicæ, fiscales, palatia regia*. Cuise et Verberie étaient devenues des résidences royales. Les plaisirs de la chasse attiraient souvent les rois dans ces châteaux entourés de forêts. L'intendance en était confiée à des officiers appelés juges ou maires, qui peu après accrurent leurs priviléges, et dont les charges devinrent, sous les Carlovingiens, fixes et inféodées. La grûrie de Cuise constitua un fief héréditaire. Le droit de chasser dans la forêt de Cuise était un privilége de la couronne : on cite comme exceptionnel le permis de chasse accordé aux quatre fils de Clovis. Le séjour de Cuise faisait les délices de Dagobert Ier, qui rédigea un réglement de chasse. Quant aux rois fainéans, on ne sait pas même s'ils se livraient à cet

.2

exercice, qui, du reste, a été l'unique travail de bien des princes.

La religion chrétienne avait pris de grands accroissemens depuis la conversion de Clovis; mais on croira facilement qu'elle n'était point pratiquée dans toute sa pureté. La superstition avait remplacé la piété. On jetait des cris pendant les éclipses de lune; on croyait lire l'avenir dans les livres, sur l'Evangile et dans les astres; le paganisme renaissait au sein même de l'Église. Pas un hameau qui ne fût édifié par quelque saint! Ce serait un long travail de les citer tous! A Chartres, saint Lubin; à Noyon, saint Médard; à Paris, saint Germain, et saint Maur, et sainte Radegonde, et saint Hospilius qui s'était renfermé dans une tour et chargé de chaînes pour faire pénitence. Plusieurs évêques aimaient mieux se signaler par des brigandages que par leur sainteté; mais ici les citations seraient encore trop nombreuses. Il est assez curieux de voir comment s'établit la dîme, au paiement de laquelle saint Augustin avait invité les laïques pour le soulagement des pauvres;

les prélats du onzième concile de Tours la réclamèrent pour le Seigneur, à qui le patriarche Abraham l'avait offerte ; enfin le concile de Mâcon l'exigea impérieusement, en vertu d'un droit établi de toute ancienneté. Les prédicateurs du temps firent même intervenir le diable pour en assurer le paiement. Au reste, ce qu'il y a de plus remarquable dans l'intervalle que nous venons de parcourir, c'est l'accroissement rapide de l'autorité et des richesses des ecclésiastiques, et l'envahissement de toutes les provinces de la France par de nombreux essaims de moines. La quantité presqu'incroyable de couvens et d'abbayes qui s'élevaient tous les jours suffit pour attester combien les princes et les grands avaient alors de crimes à expier.

TROISIÈME ÉPOQUE.

DEPUIS L'AVÉNEMENT DE PEPIN, JUSQU'A L'USURPATION DE HUGUES CAPET.

752.   PEPIN avait pris le titre de roi. Pour rendre son couronnement plus respectable, il se fit sacrer, c'est-à-dire oindre d'huile bénite, par les mains du pape Etienne II, qui était venu implorer sa protection contre le roi des Lombards. Dans l'intervalle de ses conférences avec Pepin, ce pape tomba dangereusement malade à Saint-Denis, et se fit porter sous les cloches de l'église pour demander à Dieu sa guérison. Saint Denis lui apparut et le guérit. Comment Pepin aurait-il pu refuser ses secours à un vicaire de Dieu si visiblement protégé par le patron de la France, et qui, avec menace d'anathème, prêchait au peu-

ple obéissance et fidélité envers le nouveau roi et sa postérité?

Nous ne suivrons point dans ses ex- 768.
péditions guerrières le puissant Charlemagne, qui, devenu seul roi de France
par la spoliation de ses neveux, et empereur d'Occident par la conquête, fit
redouter ses armes et sa religion des peuples de la Saxe, protégea quelques émirs
d'Espagne contre les califes de Cor-
doue, et put un moment se flatter d'é-
lever son trône sur les deux empires de
Constantin; mais nous l'admirerons
dans ses efforts pour fonder de sages
institutions, établir d'utiles réformes et
rappeler dans la Gaule la civilisation
avec les lettres et les arts. Le pouvoir
législatif rendu à la nation, l'administration de la justice mieux réglée, la tyrannie féodale réprimée, attestent les nobles
vues de ce prince et la supériorité de
son génie. Mais il n'y eut que lui de
grand dans son empire, et le siècle où
il vécut n'en fut pas moins un siècle
barbare.

Louis le Débonnaire manqua du dis- 814.
cernement et de la force nécessaires à

l'accomplissement des projets louables qu'il avait conçus. Il se flatta vainement d'établir une réforme solide dans les mœurs en faisant massacrer les amans de ses sœurs et en les renfermant elles-mêmes dans un cloître. Ce fut avec aussi peu d'habileté et de succès qu'il entreprit de soumettre les moines à une règle austère et de réprimer le faste et les abus du clergé. Violent et faible, il crève les yeux à son neveu Bernard et s'abandonne ensuite aux larmes et aux remords. Il fait raser tous ses frères naturels et ses cousins Adelard et Vala, puis bientôt il les rappelle pour se gouverner par leurs conseils. Le résultat inévitable de cette conduite fut la révolte des seigneurs et des prélats. Ses propres fils prirent les armes et le renfermèrent dans l'abbaye de Saint-Médard. Rétabli sur le trône, il se contenta d'éloigner de la cour l'abbé de Saint-Denis, Hilduin, Vala, et quelques autres ecclésiastiques factieux. Deux ans après, trahi par ses soldats et trompé par le pape Grégoire, il fut de nouveau cloîtré par l'ordre de Lothaire, qui, dans l'assemblée générale de Compiègne, le fit condamner à la pénitence publique. Après une confession humiliante de crimes vrais ou supposés, Louis se revêtit du sac et de l'habit de pénitent, qu'on ne pouvait jamais quitter. Il le quitta néanmoins, et reçut humblement, dans Saint-Denis, la ceinture militaire et cette couronne que Charlemagne, en l'associant à l'empire, lui avait fait prendre sur l'autel. Mainfroy, comte d'Orléans, vainquit les troupes de l'empereur au nom de Lothaire, qui fuyait, et que cette victoire ramena dans l'Orléanais. Le prince vint camper près de Blois, en face de l'armée que Pepin avait rassemblée pour secourir son père. N'ayant pu la séduire et n'osant la combattre, il alla se jeter aux genoux de l'empereur, qu'il avait vu sans honte et sans pitié embrasser les siens. Ce père malheureux mourut près de Mayence, en 840, pardonnant une fois encore à des fils toujours ingrats.

A peine avait-il fermé les yeux, que Lothaire, Charles et Pepin étaient en armes : ni l'accord conclu entre eux

près d'Orléans, ni la convocation d'une
assemblée à Attigny, ne terminèrent
leurs différends. Il fallut couvrir de morts
la plaine de Fontenay, et, par tant de
pertes et de fureurs, inviter les Normands à des irruptions désastreuses.
Oger, l'un de leurs chefs les plus redoutables, est le premier qui étendit ses ravages jusque dans la Neustrie. Quatre
ans après, en 845, Ragenaire, remon-
tant la Seine avec cent vingt barques,
ravagea les deux rives de ce fleuve, et,
n'ayant pu prendre la cité de Paris,
ruina tout ce qui se trouvait hors de son
enceinte. Charles le Chauve, qui laissait
son royaume sans défense, avait placé
dans Saint-Denis une forte garnison,
quoique le saint martyr effrayât les barbares par des miracles sans cesse re-
naissans. Les autres couvens ou églises,
qui n'avaient pour défense que des reliques, étaient, comme les lieux profa-
nes, pillés ou réduits en cendre. Charles
le Chauve avait enfin rassemblé une
armée; mais, n'osant la mener au
combat, il traita avec les Normands,
et leur donna sept mille livres pesant

d'argent, pour les engager à se retirer. Déjà il avait reconnu en qualité de comte de Chartres Hasteing un de leurs chefs, qui s'était emparé de cette ville. En 855, nouvelle incursion de ces barbares, qui, le fer et la flamme à la main, saccagèrent la ville d'Orléans : mais, en dépit de leur rage sacrilége, l'église de Sainte-Croix demeura incombustible au milieu des maisons embrasées et des monceaux de cendres. *Aurelianis civitatem et ecclesias cremaverunt, præter ecclesiam Sanctæ-Crucis, quam flamma, cùm inibi multum laboratum à Normanis fuerat, vorare non potuit............* L'année suivante, les Normands prirent Paris, et continuèrent leurs dévastations pendant un mois. Louis, abbé de Saint-Denis, et son frère Gozlin, tombèrent entre leurs mains et furent obligés de payer rançon. Celle de Louis s'élevait à six cent quatre-vingts livres d'or, trois mille deux cent cinquante livres d'argent. Il comptait sans doute pour peu de chose plusieurs serfs qu'il lui fallut en outre livrer avec leurs femmes et leurs enfans. Pour la troisième

fois, en 861, les Normands rentrèrent
dans Paris, en rompirent le grand pont,
et, rémontant la Marne, allèrent piller
l'abbaye de Saint-Maur, les villes de
Meaux et de Melun. Charles le Chauve
cependant restait à Senlis, impassible
témoin de ces ravages. Après la retraite
des Danois, il s'occupa de la reconstruction des églises et de celle du grand
pont ; fit réparer les châteaux situés sur
la Seine, et spécialement le château de
Saint-Denis. Il est naturel de croire
que le fléau qui désolait la France
avait au moins suspendu les intrigues
et les entreprises du clergé et de la noblesse. Bien loin de là, on vit plusieurs
seigneurs se joindre aux pirates et ri-
valiser avec eux de brigandage et de
cruauté : Pepin d'Aquitaine, à la tête
des Normands, inspira long-temps la
terreur ; mais il fut enfin saisi, et renfermé dans le château de Senlis. Les
prélats, assez audacieux pour étendre
jusque sur les rois cette puissance qui
écrasait le peuple, détrônèrent Charles le Chauve, comme autrefois le Débonnaire ; et l'archevêque de Sens, ce-

lui même qui l'avait sacré et couronné dans Orléans, donnait son sceptre à Louis le Germanique. Mais Charles le reprit ou plutôt le reçut de la main des évêques, qui, après avoir, selon leur caprice, donné ou retiré la couronne, permirent aux trois frères de se réconcilier, et dressèrent un formulaire de paix. Incapable de faire face lui-même aux Bretons qui infestaient continuellement ses états, Charles donna à Robert le Fort le gouvernement d'entre Seine et Loire, et le chargea de protéger cette marche ou frontière. En 867, ce duc ou marquis de France attaqua les Normands et les Bretons réunis et fortifiés dans un poste voisin de la Loire, et périt au milieu de sa victoire, laissant deux fils fort jeunes, Eudes et Robert, qu'il avait eus d'Adélaïs, fille de Louis le Débonnaire. Quelques auteurs prétendent que cette partie de la Neustrie étendue en longueur depuis Laon jusqu'à Orléans, et en largeur, depuis Pontoise jusqu'à Montereau, ne fut érigée en duché qu'en 884, en faveur de Hugues l'abbé.

860.

Toujours est-il certain que c'est au milieu de la confusion de ce règne que les comtes et autres seigneurs accrurent leur autorité par des usurpations que la faiblesse et l'incapacité de Charles le Chauve avaient enhardies. Lui-même, pour regagner l'affection de cette noblesse qu'il n'avait point su plier à l'obéissance, il proclama l'hérédité de tous les bénéfices qui relevaient de la couronne, sans exception des comtés, qui n'étaient dans l'origine que des titres d'office ou de fonction publique. Les comtes de Paris, d'Orléans et de Chartres, avant le milieu du neuvième siècle, étaient des magistrats désignés par le roi pour rendre la justice dans ces villes et en commander les milices. Ainsi, en 760, Gérard fut comte de Paris, par le choix de Pepin; Etienne reçut le même titre sous Charlemagne, et fut nommé par ce prince *missus dominicus,* c'est-à-dire commissaire pour inspecter l'administration de la justice dans les territoires de Paris, de Melun, de Chartres et autres lieux; après lui, Bigon, sous Louis le Débonnaire,

puis Gérard II, qui, avec Hilduin, abbé
de Saint - Denis, prêta à Charles le
Chauve un serment bientôt violé. Dans
Orléans on cite le comte Raho, que les
moines disent être mort du dépit d'a-
voir manqué l'abbé de Saint - Benoît
dans une conférence où il voulait le
poignarder pour s'emparer des biens
de son abbaye. Il fut remplacé, vers
l'an 802, par le comte Ernest, et celui-ci par ce Manfroy, dont nous avons
déjà parlé, qui trahit Louis le Débonnaire, son bienfaiteur, et fut justement
privé de son gouvernement par une assemblée tenue à Worms en 826. Eudes,
plus fidèle, périt en soutenant les droits
de l'empereur, qui l'avait élu, contre
Pepin, roi d'Aquitaine. Son fils Guillaume garda le comté d'Orléans jusqu'en 866, et cette même année Charles le Chauve lui fit trancher la tête.
Robert le Fort succéda à Guillaume,
son cousin, dans le comté d'Orléans ;
mais on ignore si ce fut à titre de pa-
renté, ou par nomination du roi. Depuis lors ce comté d'Orléans, avec le
duché de France et de nombreuses sei-

..2

gneuries, fut transmis par héritage dans
la famille de Robert le Fort, comme
un bien patrimonial. A Chartres, il y
eut aussi des comtes dont les actions et
même les noms sont inconnus, jusqu'à
ce normand Hasteing, qui fut comte
de Chartres par droit de conquête, et
qui néanmoins sollicita de Charles le
Chauve la confirmation de son titre et
de son autorité. En 872 il joignit ses
forces à celles d'un comte d'Orléans,
pour repousser une nouvelle invasion
des Danois, et vint se camper au lieu
où la rivière d'Eure se jette dans la
Seine. Accusé de trahison, après sa défaite, il fut contraint de renoncer à tous
ses droits en faveur de Thibaut, neveu
du comte de Paris.

Il est bon de remarquer en terminant
le règne de Charles le Chauve que ce
prince reçut aussi le nom de Grand;
et afin qu'on n'en soit pas surpris, nous
rappellerons qu'il confirma l'établissement du landit, espèce de fête ou foire
très-productive aux moines de Saint-
Denis, durant laquelle ils montraient
les reliques de leur patron aux curieux

et aux dévots. Toutefois ils ne lui tinrent pas long-temps compte de cet acte de complaisance. Louis le Débonnaire avait encouru leur inimitié comme complice de leur abbé Hilduin, qui avait osé introduire la réforme dans une communauté dont les membres avaient quitté l'habit monastique pour vivre avec plus de licence. Ils pardonnèrent moins encore à Charles le Chauve le crime d'avoir mis leur monastère en commande : ils virent avec dépit la dignité abbatiale devenir le partage des seigneurs laïcs. Parmi les grands qui furent successivement investis de cette charge, on remarque le roi Eudes, le prince Robert, comte de Paris, et Hugues Capet lui même, qui restitua au chapitre son droit d'élection. « *Aussi*, ne manque » pas d'observer le père Doublet, *Charles* » *le Chauve a été chastié de la main toute-* » *puissante de Dieu, et son royaume osté,* » *pour avoir introduit les commandes : et le* » *roi Hüe Capet, bien qu'usurpateur de la* » *royauté, béni du même Dieu, pour avoir* » *rendu la liberté et l'élection à l'Eglise.* »

Héritier de la haine et du mépris

qu'on avait pour son père Louis dit le Bègue tâcha de regagner ceux des grands qu'il redoutait, par le don de plusieurs abbayes, terres et dignités. Ses libéralités firent d'autres mécontens; pour les apaiser, il aliéna tous les domaines de la couronne. Au bout de quelques mois il alla rendre l'âme à Compiègne, après avoir transmis à son fils Louis ses droits dans leur intégrité, en lui faisant porter, par l'évêque de Beauvais, l'épée de saint Pierre et les ornemens royaux.

Couronnés ensemble dans l'abbaye de Ferrières, Louis et Carloman allèrent bientôt se réunir dans la tombe, après avoir remporté contre les Normands des avantages qui eussent pu être décisifs sans la trahison de plusieurs seigneurs d'intelligence avec ces brigands. Celui des deux frères qui survécut fut obligé de conclure avec eux un traité par lequel ils ne se crurent point liés après sa mort. En 885, on apprit que plus de sept cents barques remontaient la Seine. L'évêque Gozlin, Ebbles, abbé de Saint-Denis, et le

comte Eudes se renfermèrent dans la
cité de Paris, bien munie cette fois de
murailles et de tours, et se préparèrent
à la mieux défendre que n'avait fait
Charles le Chauve. Alors les églises et
les monastères des environs s'empressèrent d'y venir mettre en sûreté leurs
saints et leurs reliques, qui étaient sans
vertu contre les fureurs des Normands.

Ces pirates, au nombre d'environ trente mille, commandés par Sigefride, livrè-
rent à la cité huit assauts successifs, et
la tinrent assiégée pendant plus de treize
mois. Pour se dédommager de l'inuti-
lité de leurs efforts, ils pillèrent tous les
environs. Enfin, Charles le Gros, qui
était à la fois empereur d'Allemagne et
d'Italie, et roi de France, quoique fou,
vint camper devant Montmartre avec
de grandes forces. Content de les avoir
déployées, il donna aux Normands sept
cents livres pesant d'argent et la permission de ravager la Bourgogne pendant six mois. Après cet exploit, il retourna en Germanie. Pour remonter la
Seine, sans violer le traité, les Normands n'abattirent point le grand pont,

mais ils tirèrent leurs barques hors de l'eau, et les traînèrent jusqu'au-dessus de Paris, où ils les remirent à flot, puis de là s'en allèrent piller les côtes de la Bretagne.

La France resta donc sans chef, en proie aux étrangers, et déchirée par quelques seigneurs trop fiers et trop puissans pour déférer à l'autorité de Hugues l'abbé, tuteur de Charles le Simple, dans tout ce qui était contraire à leurs intérêts ou à leurs caprices. En 887, Hugues l'abbé mourut à Orléans, laissant la plupart de ses gouvernemens au comte Eudes, qui en était le plus digne par son courage, et qui d'ailleurs était son frère utérin, car il descendait de Robert le Fort et d'Adélaïs, et Hugues était fils de la même mère et de Conrad. Mais il s'agissait alors de disputer un autre héritage. Charles le Gros venait de mourir auprès de Luitberg, évêque de Mayence, dont la charité l'avait nourri. Arnould, fils bâtard de son frère, déjà reconnu roi de Bavière et de Germanie, se préparait à venir prendre aussi possession de la couronne de

France ou de Neustrie; quand il apprit que l'assemblée de Compiègne avait élu Eudes, déjà comte de Paris et duc de France. Pour s'attacher par la foi et l'hommage tous ces grands qui s'étaient volontairement placés sous sa dépendance, le nouveau souverain leur fit part de son usurpation, et ils en usèrent de même envers leurs vassaux; ce qui consolida le système féodal. Cependant Eudes fut bientôt forcé de prendre les armes contre Pepin et Héribert, comtes, l'un du Vermandois, l'autre de Senlis. En même temps, Charles, âgé de treize ans, était rappelé d'Angleterre, et sacré roi de France par le ministère de Foulques, archevêque de Rheims. Vaincu d'abord et fugitif, il ne tarde pas à venir occuper la moitié de son royaume, en 893, fort de la protection d'Arnould et des discordes qui s'étaient élevées dans la famille de son rival.

Gauthier, cousin du roi Eudes, avait osé tirer l'épée contre lui en pleine assemblée. Devenu timide, après tant d'audace, il courut se renfermer dans

sa ville de Laon, y fut pris, et eut la
tête tranchée. Cependant les Normands
avaient reparu. Eudes se mettait peu
en peine de les repousser d'un pays qu'il
n'avait pu soumettre, et Charles, de
son côté, était soupçonné d'y avoir introduit Roll et ses nouvelles bandes :
noble rivalité entre deux prétendans à
la couronne de France ! Eudes, qui l'a-
vait disputée toute sa vie, recommanda,
905. en mourant, à son frère Robert et aux
autres seigneurs, de la céder sans concurrence à Charles le Simple, pour
laisser respirer le royaume.

On a lieu de s'étonner qu'il y eût
encore à piller dans ce royaume dé-
vasté tant de fois. Pendant huit années
la Seine et la Marne furent couvertes
des flottes des Normands. Les malheureux habitans fuyaient, dispersés dans les
campagnes, et se laissaient égorger sans
résistance. Thibaut, comte de Chartres,
fut seul assez intrépide pour repousser
les assauts de Roll ou Rollon, et assez
heureux pour lui faire abandonner le
siége de cette ville. L'évêque Gosseaume
ou Gosselin eut part à la gloire et au

succès de cette défense. Il avait rassemblé les habitans de Chartres autour d'une tunique de la Vierge, et dans une occasion décisive il les fit combattre et vaincre sous ce nouvel étendard. En 921, une révolte éclata contre Charles le Simple, qui perdit son royaume, et le recouvra sept mois après, par les négociations de l'archevêque de Reims, Hervé. L'année suivante, une autre révolte eut pour prétexte le refus fait à Hugues le Blanc, fils de Robert, de l'abbaye de Chelles, dont sa tante et sa belle-mère avaient joui. Charles donna cette abbaye à son favori Haganon. Mais pour venger cet outrage, Robert va fondre sur la ville de Laon et piller les trésors du favori: il les distribue, gagne les seigneurs et les prêtres, et se fait couronner dans Reims par le même Hervé, naguère si zélé défenseur de Charles le Simple. Trois jours après, cet archevêque meurt subitement, et le bruit se répand parmi les partisans de Charles qu'il a été frappé par la vengeance divine; bruit

2...

sans doute accrédité par Herbert, comte de Vermandois, pour qu'on ne le soupçonnât point d'avoir acquis par un meurtre l'archevêché de Reims, que des évêques et un pape avides vendaient pour un peu d'or à son fils, âgé de cinq ans. Le nouveau roi périt dans un combat livré sur les bords de l'Aisne, quelques-uns disent de la main de Charles le Simple, que cette victoire n'affermit point sur un trône où Raoul, après Robert, vint se placer auprès de lui. Encore une fois abandonné de ses sujets, il appelle les Normands, qui sont repoussés. Aussi crédule que lâche, il se confie au comte Herbert, qui le retient prisonnier dans le château de Péronne. Ce seigneur le relâcha pour se venger de Raoul, qui refusait de lui céder Laon. Cette ville fut livrée, et le roi ramené dans sa prison, où il mourut après six ans de captivité. En 936 mourut aussi Raoul, à qui l'on a fait l'honneur de croire qu'il se fût montré digne du trône dans des temps plus heureux.

Hugues le Blanc, son beau-frère, duc de France, comte de Paris et d'Orléans,

était le plus puissant des seigneurs du
royaume; et sans la rivalité du comte
de Vermandois, et de Giselbert, duc de
Lorraine, il aurait gardé pour lui le
sceptre, qu'il remit aux mains de Louis,
surnommé d'Outre-Mer. Ce jeune prince, voulant saisir l'autorité, s'exerça contre quelques petits vassaux à combattre
Herbert et Hugues lui-même. Ces deux
seigneurs, pour se créer un appui redoutable contre leur souverain, se mirent sous la protection d'Othon, roi de
Germanie, dont Hugues le Blanc épousa
la sœur Havige, et commencèrent les
hostilités en rétablissant de force sur
le siége de Reims l'archevêque de cinq
ans. De là ils allèrent assiéger Laon.
Louis fit une tentative inutile pour la
secourir; il perdit la moitié de ses gens,
et ne sauva sa vie que par une fuite
honteuse. Il eut recours au pape, aux
seigneurs aquitains, à Guillaume de
Normandie; et, après tant d'humbles
sollicitations, il lui fallut encore traiter
avec des vassaux rebelles, qui l'attendaient en armes sur les bords de l'Oise.
Hugues le Grand, incapable de rester

en repos, eut au moins la gloire de vaincre des hordes accourues du Nord pour dépouiller le jeune duc Richard, fils de Guillaume, qui avait été tour à tour son ennemi et son allié. Louis, que ce même Guillaume avait ramené dans ses états à la tête d'une armée, ne songeait qu'à profiter des troubles causés par sa mort pour s'emparer de la Normandie. De concert avec Arnoul, comte de Flandre, qui avait assassiné le père, il projeta de mutiler le fils; et cet horrible dessein eût été sans doute exécuté, sans la tendresse et l'habileté d'Osmont, gouverneur de Richard, qui sauva son pupille, et alla se renfermer avec lui dans Senlis. Le comte Bernard, qui avait accueilli son neveu dans cette ville, eut l'adresse de faire rompre un traité que Hugues le Blanc venait de conclure avec le roi pour partager les dépouilles de Richard. Le duc de France s'était vu déposséder des villes qu'il avait conquises; indigné d'une audace à laquelle il n'avait pas accoutumé son faible suzerain, il se déclara le protecteur de Richard en lui donnant sa fille Emme

ou Emma. Abandonné de son principal appui, le roi tomba entre les mains
d'un pirate danois, nommé Aigrold :
pour sortir de captivité, il lui fallut solliciter la médiation de Hugues, qui ne
le tira de sa prison de Rouen que pour
le laisser encore une année entière sous
la garde de Thibaut, comte de Blois,
son cousin germain. Enfin, il lui fit
acheter sa liberté au prix de la ville de
Laon, ainsi détachée des domaines de la
couronne, qui se réduisaient presqu'à
rien. Effrayé d'une puissance qu'il venait encore d'agrandir, Louis va se jeter entre les bras d'Othon. Ces deux
rois, ligués avec Arnoul, comte de
Flandre, et Conrad, roi de Bourgogne,
marchent à la tête de cent quatre-vingt
mille hommes pour écraser un simple vassal. Ils attaquent Laon, qui leur
résiste ; se montrent aux portes de Senlis, aux faubourgs de Paris, et condui-
sent leur armée jusqu'en Normandie,
où elle achève de se disperser. Après
avoir honteusement échoué dans cette
expédition, ils invoquent la protection

...2

du pape, et vont s'asseoir ensemble au concile d'Ingelheim.

Louis obtint du concile des lettres qui menaçaient d'anathème Hugues et ses adhérens, s'ils refusaient de se ranger à leur devoir. Forts de cette décision, les deux rois se remirent en campagne, menant avec eux des évêques lorrains, qui rasèrent Mouson et excommunièrent Thibaut, défenseur de la ville de Laon, qu'ils ne pouvaient prendre. Hugues, sur le refus de comparaître au concile de Trèves, fut excommunié aussi. La guerre n'en continuait pas moins : les villes, les châteaux étaient pris, repris et brûlés; la désolation était affreuse. Enfin, le fier vassal et son suzerain eurent une entrevue sur les bords de la Marne, et conclurent une paix, dont le gage fut la grosse tour de Laon, que Hugues abandonna.

Cette même année 951, Ogine, mère de Louis, âgée de près de cinquante ans, indignée de n'avoir pu obtenir de son fils une abbaye, s'enfuit de Laon, où elle était en quelque sorte prisonnière, et alla épouser Herbert, comte de

Troyes, fils du fameux Herbert, qui avait fait périr son premier mari en prison.

En 954, Louis d'Outre-Mer mourut des suites d'une chute, laissant deux fils, Lothaire et Charles, de la reine Gerberge. Le bas âge de Charles, qui n'avait que quinze ou seize mois; la pauvreté des rois, qui ne possédaient plus en propre que les villes de Reims et de Laon, et la volonté de Hugues le Grand firent décider que le royaume ne serait point partagé entre les deux frères : c'était une dérogation à l'usage constamment observé sous les deux premières races. Depuis ce temps, l'aîné seul a pris le titre de roi, et les cadets n'ont eu pour légitime que des terres en apanage. C'est dans cette innovation qu'il faut chercher la principale raison du prompt accroissement de l'autorité royale.

La reine Gerberge étant venue, à la mort de Louis, se remettre entre les mains de Hugues le Grand, ce seigneur, qui pouvait prendre la couronne, aima mieux la poser sur la tête de son pupille, en se réservant l'autorité, et faisant

concéder à lui et à son fils Hugues Capet
les duchés de Bourgogne et d'Aquitaine, c'est-à-dire le gouvernement de
ces provinces. Hugues, plus puissant
que les rois, sans tenir de sceptre, mourut, selon les uns, dans sa ville de Paris, selon d'autres, dans le château de
Dourdan, recommandant ses fils à Richard duc de Normandie.

Il en avait eu quatre de sa dernière
femme : Hugues Capet, qui, plus heureux ou plus hardi que lui, osa prendre
la couronne; Odon, Eudes et Henri,
qui furent successivement ducs de Bourgogne. Hugues Capet ne fut reconnu
comme duc de France par Lothaire
que trois ans après la mort de son
père; dès lors ils parurent vivre en
bonne intelligence, et assistèrent ensemble au sacre d'Othon, qui reçut à Rome
la couronne impériale en 960. Hugues
prit peu de part aux querelles surve-
nues entre le roi, Thibaut le Tricheur
ou le vieux comte de Chartres, et Richard duc de Normandie.

Ce Thibaut mourut très-âgé, l'an 974,
laissant deux fils, Eudes ou Odon Ier,

qui lui succéda, et Hugues, qui fut d'abord abbé de Marmoutiers, et dans la suite a[.]evêque de Bourges ; sa fille Emme avait épousé Guillaume dit Tête d'Etoupes, duc de Guyenne et de Poitou. La comtesse Ladgarde, sa veuve, vint donner à Chartres l'exemple d'une piété plus vive qu'éclairée. Elle fit don aux moines de Saint-Père, de l'église et du bourg de Jusiers, de seize métairies, de l'église de Fontenay, de la seigneurie et des domaines de Limay ; le tout situé dans le Vexin, sur la Seine ; afin, déclare-t-elle dans sa donation, d'obtenir le repos de l'âme de son redouté père Herbert, comte de Troyes, et de purifier la sienne par l'aumône. Ses aumônes eussent été plus méritoires, si ces moines de Saint-Père eussent été plus indigens. Mais les baronies d'Alluye, de Brou, de Montmirail, d'Authon et de la Bazoche n'étaient qu'une petite partie des vastes domaines dont ils avaient obtenu la restitution, après en avoir été dépouillés en 846 par l'évêque Hélie. Cet évêque, qu'ils ne voulaient point reconnaître pour leur abbé, était venu les

attaquer à main armée, et, malgré la
résistance opiniâtre des moines, il s'é-
tait emparé de leur monastère comme
d'une place de guerre. La même année,
Hélie avait pris d'assaut une abbaye
de filles, située au-dessus de Lèves;
toutes ces violences étaient alors tolé-
rées, sous prétexte qu'il fallait entretenir des soldats contre les Normands. Au
reste, les moines de Saint-Père furent
amplement dédommagés d'une persécution passagère. L'évêque Ragenfroy
leur avait fait don de douze prébendes
et de beaucoup d'autres biens; du temps
de Eudes, ils reçurent encore des moulins, des vignes, des églises, les domaines de Mainvilliers et de Pomme-
raye. Enfin en 987, sur la demande du
comte de Chartres et la recommandation de Hugues Capet, le roi Lothaire
arrêta que l'abbaye de Saint-Père et
toutes les terres qui en dépendaient ne
seraient soumises à la juridiction d'au-
cuns juges, évêques ou pontifes, ducs,
comtes ou autres seigneurs, et qu'elles
demeureraient à jamais exemptes de
toutes exactions et levées. Il aurait

mieux valu que le comte Eudes fût
moins prodigue envers des moines, et
plus humain envers ses vassaux. On
s'indigne de voir un prince si pieux
faire arracher les yeux à son échanson,
coupable d'avoir pris du vin chez Si-
gemont, chanoine de Chartres, pour le
dîner de son maître. Au reste, il n'y a
rien de remarquable dans sa vie. Il en-
leva au comte Bouchard la ville de
Melun, qui fut reprise par le fils de Hugues Capet et restituée à son seigneur.
Il défendit contre le duc de Normandie la ville de Dreux, dont la moitié
avait été donnée en dot à sa femme
Mathilde, et il la conserva sous condition
qu'elle relèverait de la couronne de
France. A compter de cette époque la
coutume de Normandie y fut remplacée
par le droit français.

Une autre guerre plus importante
occupait le roi de France et Hugues
Capet. Lothaire avait fait en 978 une
incursion en Lorraine : Othon, pour se
venger, conduisit la même année soixante
mille hommes dans le royaume; il sac-
cagea toute l'Ile-de-France jusqu'à

Paris, et envoya dire à Hugues Capet, renfermé dans cette ville, qu'il ferait chanter un alleluia dans Montmartre par tant de clercs, qu'il serait entendu de Notre-Dame. Ni le comte de Paris, ni les habitans, ne se laissèrent effrayer par ces menaces. Les gens d'Othon furent battus dans toutes les rencontres : son neveu, qui par bravade avait planté sa lance dans l'une des portes, fut tué par Geoffroy Grise, comte d'Anjou. L'hiver survint, et les Allemands, obligés de battre en retraite, furent poursuivis jusqu'aux Ardennes par Hugues et Lothaire. Les moines rapportent que dans cette retraite, saint Wolfang, évêque de Ratisbonne, passa la rivière d'Aisne à pied sec, et, après lui, l'empereur et toute l'armée, comme autrefois les Hébreux traversèrent la mer Rouge. Par un traité conclu entre Othon et Lothaire, Charles, frère de ce dernier, fut reconnu duc de Lorraine, à condition d'en rendre hommage à la couronne de France ; mais plus tard il aima mieux se déclarer vassal du prince allemand ; ce qui contribua à lui aliéner le cœur des Français.

L'an 982, Lothaire associe au trône son fils Louis, qui venait d'épouser Blanche, princesse d'Aquitaine. Blanche ne conçoit que du mépris pour son faible époux, le conduit en Aquitaine, et se sépare de lui pour reprendre de plus doux liens. Plus malheureux encore que son fils, le roi voyait sa femme Emma, renfermée dans la tour inexpugnable de Laon, avec l'évêque Ancelin, se rire de toutes ses menaces. On prétend même qu'elle n'en sortit que pour venir lui administrer un breuvage qui la délivrât de toute crainte et de toute importunité.

Lothaire mourut en 986 : la reine, qui redoutait l'ambition de Hugues Capet et la haine violente de Charles de Lorraine, n'avait pas même su gagner le cœur de son fils; elle n'eut d'appui que dans la constance d'Adalbéron. Mais elle fut enlevée avec cet évêque par le duc Charles, qui les retint prisonniers, et les traita fort rigoureusement. Cet acte de vengeance, exercé hors de saison, fut une des causes de sa ruine. Tous les prélats se coalisèrent pour lancer les anathêmes de l'église contre un prince audacieux qui osait attenter à la liberté d'un évêque, et le troubler dans ses plaisirs! Pouvaient-ils lui reconnaître des droits au trône, demeuré vacant en 987, par la mort de l'imbécile Louis? Haï des grands et du clergé, demandera-t-il son élection au peuple? Le peuple n'était point, il n'y avait que des serfs. C'est devant le clergé, aux pieds de l'archevêque Adalbéron, qu'il ira s'humilier pour en recevoir la couronne; mais il avait offensé ce corps redoutable, il ne fut point pardonné. Ainsi, quoique brave et entreprenant, il ne put soutenir le droit de sa naissance contre un rival aussi vaillant et plus habile.

Hugues Capet, issu de la race royale, souverain du duché de France, de Paris et d'Orléans, disposant de la Bourgogne par son frère Henri, et de la Normandie, par Richard, son neveu, n'avait pas négligé d'affermir tant de puissance par la ruse. Quelques évêques et seigneurs, ses partisans, formèrent une sorte d'assemblée générale et le proclamèrent roi

à Noyon. Six mois après son sacre, dans
une autre assemblée convoquée à Orléans, il fit approuver l'association de son
fils Robert à la royauté. Le duc Charles, ainsi dépossédé, eut trop tard recours à l'intrigue qui avait si heureuse-
ment servi son rival. Grâces aux intelligences qu'il entretint avec Arnoul, fils
bâtard de Lothaire et clerc de l'église de
Laon, il se ressaisit de la forteresse de cette
ville et de l'évêque Ancelin, son ancien
prisonnier. Celui-ci, dévoré d'un profond ressentiment, mais habile à le dissimuler, sut gagner l'esprit du malheureux prince, qui le mit à la tête de son
conseil. Cependant Hugues Capet vint
assiéger Laon, et fut battu sous les murs
de la place. Effrayé de ce premier revers,
il tenta de séduire Arnoul, lui donna l'archevêché de Reims, et exigea de lui le
serment écrit de rester fidèle. Le prêtre
jura au nom de son Dieu, et six mois
après, livra Reims à Charles de Lorraine.

Bientôt après, l'évêque Ancelin ouvrit à Hugues Capet les portes de Laon,
et lui livra à la fois Arnoul, le malheureux Charles et sa femme. Conduits d'a-

bord à Senlis et de là à Orléans, ils furent renfermés dans la tour de cette ville. Après avoir partagé trois ans la captivité de son oncle, Arnoul, dégradé par une assemblée d'évêques, fut rétabli sur son siége, malgré la résistance du roi, par l'ordre absolu du pape. Quant à l'infortuné Charles de Lorraine, il mourut en 994, dans la tour d'Orléans, laissant deux fils dont le sort fut ignoré.

Née de la conquête, alimentée par les guerres civiles et par les invasions étrangères, la féodalité déployait enfin toutes ses forces. Arrêtée quelque temps dans sa marche, par la puissance des maires du palais, elle semblait n'avoir fait que reprendre haleine, afin de s'avancer d'un pas plus ferme encore. Les grands tenanciers de la couronne avaient démembré leurs fiefs, pour se faire aussi des vassaux placés à leur égard dans la dépendance où ils se trouvaient euxmêmes à l'égard du roi : bientôt l'arrière-vassal était devenu suzerain à son tour, en concédant quelques fractions de ses domaines. Sous Charles le Chauve, tous ces démembremens et arrière-démembremens des grands fiefs étaient devenus irrévocables et héréditaires. L'usurpation des droits de justice et de guerre, favorisée par les ducs et les comtes eux-mêmes, qui aimèrent mieux être capitaines et magistrats comme seigneurs, que de l'être comme officiers du roi; la construction de ces châteaux forts qui ne devaient servir qu'à abriter les gens de la campagne contre les irruptions des Normands, mais qui bientôt devinrent les siéges inexpugnables de la tyrannie des seigneurs; divers autres empiètemens sur les prérogatives de la royauté et sur les droits de la nation, avaient mis le complément au triomphe du système féodal.

La France était plutôt un grand fief qu'une monarchie. Et encore l'autorité du roi, comme suzerain, était nulle partout ailleurs que dans les domaines qui lui appartenaient en propre; dans toute querelle particulière, même quand il s'agissait de défendre sa couronne, il ne pouvait armer que les vassaux et les sujets de ses terres. Une foule de petits souverains s'étaient attribué le droit de

.3

battre monnaie, de juger, sans appel,
les causes criminelles et civiles; de lever, par leurs baillis ou sénéchaux, des
tailles et impôts de tout genre. Pour que
le roi pût les punir de quelque crime,
il fallait qu'il les fît ajourner en sa cour,
par-devant tous leurs pairs, et quand
justice leur était déniée, ils la poursui-
vaient les armes à la main. Plusieurs
bâtissaient des forteresses sur la croupe
des montagnes, et de là s'élançaient
sur les marchands et les passagers,
pour en exiger de rudes tributs : il fallait que tous les faibles se soumissent
aux coutumes extravagantes ou brutales
établies par leur bon plaisir. Ces violences et ces rapines étaient exercées
par les comtes, les vicomtes, les évêques,
les abbés ou leurs officiers, sur la classe
des hommes libres ou ingénus : quant
aux serfs ou esclaves, leur condition
différait peu de celle des animaux domestiques : les maîtres les achetaient,
les vendaient, pouvaient les battre et
les tuer. Quand ils voulaient mettre
dans leurs châtimens une apparence
de justice, ils leur infligeaient cent, deux

cents coups de fouet, pour les fautes les plus légères; s'ils en commettaient de plus graves, on croyait leur faire grâce en leur coupant les oreilles, le nez, un pied, une main, ou en leur arrachant les yeux. Ce monstrueux système de férocité et d'anarchie amenait à sa suite tous les fléaux, les maladies contagieuses, les famines, la dépopulation. Pour la première fois, en 850, on vit en France des hommes égorger d'autres hommes pour se nourrir de leur chair; et cet affreux exemple fut plus d'une fois imité dans la suite. Ces calamités, si l'on en croit les chroniqueurs, étaient annoncées par des miracles effrayans.

« L'an 988 de l'incarnation du Verbe, dit Raoul Glaber [1], Orléans fut témoin d'un prodige à la fois surprenant et terrible... Il y avait, dans cette ville, un monastère antique fondé en l'honneur du prince des apôtres, et habité d'abord par une communauté de

---

[1] Chronique de Raoul Glaber, dans la collection des mémoires relatifs à l'histoire de France, par M. Guizot, t. VI, 7e livraison.

vierges pieuses qui s'étaient vouées au culte du Dieu tout-puissant. C'est ce qui lui avait fait donner le nom d'abbaye des Pucelles. Au milieu du monastère s'élevait le signe respectable de la croix, avec l'image du Sauveur expirant pour le salut des hommes. Là plusieurs personnes virent, pendant quelques jours, les yeux du Christ verser continuellement un ruisseau de larmes, spectacle terrible qui attira de tous côtés une foule nombreuse. La plus grande partie de ceux qui en furent témoins, crurent y voir un présage divin de quelque malheur près d'éclater sur la ville ; car de même que le Sauveur prévoyant, dans sa pensée, la ruine prochaine de Jérusalem, versa, dit-on, des pleurs sur le sort de cette ville, de même aussi les pleurs qui inondaient alors sa divine figure annonçaient évidemment le désastre prochain d'Orléans.

» Bientôt un événement inouï vint confirmer dans la ville ce triste présage. Une nuit que les gardiens de la grande église, celle de l'évêché, s'étaient

levés, comme à l'ordinaire, pour en ouvrir les portes aux fidèles qui venaient
en foule entendre laudes et matines,
tout-à-coup un loup se trouve devant
eux; il entre dans l'église, va saisir la
corde suspendue à la cloche, et, l'agi-
tant avec force, il se met à sonner.
Les assistans, d'abord interdits par cette
étrange vue, poussent ensuite un cri,
et, n'ayant point d'armes pour le chasser, le mettent du moins, comme ils
peuvent, hors de l'église. L'année suivante, toutes les habitations et les
églises d'Orléans furent la proie des
flammes, et personne ne douta que ce
malheur n'eût été prédit par les deux
événemens sinistres que nous venons
de rapporter.

» Cette ville avait alors pour évêque
le vénérable Arnoul, également distingué par sa naissance, son instruction
et sa sagesse, qui tirait des revenus
considérables des terres patrimoniales
qu'il possédait. Ayant vu la ruine de
son diocèse et la désolation du troupeau confié à ses soins, il se décida
sagement à faire toutes les dépenses et

les dispositions nécessaires pour relever la grande église autrefois bâtie en
l'honneur de la sainte croix, et la reconstruire entièrement sur nouveaux
frais. Pendant qu'il s'occupait avec tous
les siens à diriger vivement les travaux,
pour achever plus dignement son ouvrage et en presser l'exécution, Dieu
lui prêta son aide d'une manière éclatante. Un jour que les maçons, avant
de poser les fondemens de la basilique,
creusaient le sol pour s'assurer de sa
solidité, ils y trouvèrent une quantité
d'or si prodigieuse, qu'on la crut suffi-
sante pour subvenir aux frais de construction de l'église tout entière, quelque grande qu'elle fût. Ceux auxquels
le hasard avait offert ce trésor, le prirent, et le portèrent à l'évêque sans y
toucher. Après avoir rendu grâces au
Dieu tout-puissant de ce don inespéré,
le prélat le remit à son tour entre les
mains des entrepreneurs, avec ordre de
l'employer fidèlement tout entier aux
travaux de l'église. On dit encore que
saint Evurce, ancien évêque du même
diocèse, avait enfoui cet or par pré-

caution, pour servir un jour à la restauration de l'église; et que cette pensée lui était venue, parce qu'ayant voulu lui-même reconstruire et embellir son église, il avait trouvé dans le même endroit un trésor semblable, qui lui avait été destiné par la Providence. Par ce moyen, les bâtimens du siége épiscopal sortirent de leurs ruines, plus élégans qu'ils n'étaient auparavant; et le pontife lui-même voulut que toutes les autres églises d'Orléans, consacrées aux mérites des saints, et renversées par l'incendie, fussent aussi relevées plus belles de leurs ruines; et cette magnificence leur assura la supériorité sur toutes les autres, par l'éclat du service divin. La ville se remplit bientôt de bâtimens nouveaux, et la population, grâces à la bonté du Seigneur, ramenée de ses erreurs coupables, reprit d'autant plus aisément sa première puissance, qu'elle sut mieux comprendre que ce malheur était une juste punition de sa corruption. »

Depuis Louis le Débonnaire, chaque année avait vu la convocation de plusieurs conciles, dans différentes villes de France; c'était le remède auquel on recourait pour toutes sortes de maux, et qui n'en guérissait aucun. En 863, dans le concile de Senlis, Hincmar, que nous avons vu si ardent à combattre les prétentions des papes, fit dégrader Rouauld, évêque de Soissons, pour avoir cruellement mutilé un malheureux prêtre. Rouauld en appela à Rome, et le pape Nicolas le rétablit dans son évêché. Ce même Hincmar fit condamner, dans le concile de Crécy-sur-Oise, le moine Godescale, convaincu de ne pas penser comme lui sur la prédestination : Godescale fut déposé de la prêtrise, fustigé jusqu'à ce qu'il eût jeté ses écrits au feu, et enfin renfermé dans un cachot, où il mourut au bout de quinze ans, privé des sacremens et de la sépulture.

Nous n'avons rien à dire sur l'état des lettres depuis Charlemagne; il ne restait qu'un petit nombre de manuscrits enfouis dans les couvens. Toutefois on cite Arnoul d'Orléans, et quelques autres prélats, comme fort versés dans la connaissance du droit canon et des usages de l'église ; mais pour se faire une idée de ce qu'était la science de ces temps, il suffit de se rappeler que Gerbert, chassé du siége de Reims, et depuis devenu pape sous le nom de Sylvestre II, avait passé en France pour magicien, parce qu'il avait reçu des Arabes quelques notions de mathématiques.

3..

QUATRIEME ÉPOQUE.

DEPUIS L'USURPATION DE HUGUES CAPET, JUSQU'AU RÈGNE DE PHILIPPE-AUGUSTE.

HUGUES CAPET réunit à l'ancien domaine royal son duché de France, ses comtés de Paris et d'Orléans, les riches abbayes de Saint-Germain, de Saint-Martin de Tours, de Saint-Denis, de Saint-Aignan, et d'autres encore; mais il fut obligé, par ménagement pour les prêtres et les moines, de se dessaisir en leur faveur de toutes ces abbayes. Il engagea ou plutôt il contraignit plusieurs seigneurs à en faire autant; et ces restitutions ou donations se multiplièrent par l'adresse des bons religieux, habiles à persuader qu'il n'y avait point d'autre remède *au mal des ardens.* Grâces à tant de libéralités, le nouveau roi ne fut point inquiété par le clergé; mais il lui fallut légitimer son usurpation par des victoires sur le comte de Flandre, le duc de Norman-die, le duc d'Aquitaine, et d'autres sei-gneurs qui refusaient de le reconnaître. Arnoul, archevêque de Reims, et qui, en qualité de fils naturel de Lothaire, prétendait à la couronne, fut son ennemi le plus acharné. Le propre fils de Hu-gues Capet, Robert, lui fit aussi la guerre. Ce roi mourut à Paris, en 996, peut-être fatigué déjà d'une grandeur si peu tran-quille. On l'enterra à Saint-Denis. Ro-bert, qui figurait avec éclat dans toutes les cérémonies d'église, qui excellait dans l'art de chanter au lutrin, qui savait même composer des versets et guérir des ulcères par un signe de croix, n'eût pas été hors de sa sphère s'il n'avait gouverné que son abbaye de Saint-Aignan; enfin, Robert, qui ne fut qu'un roi ridicule, aurait pu passer pour un saint. Il n'en subit pas moins la flé-trissure de l'excommunication, parce qu'il refusait de se séparer de la reine

996.

Berthe, sa parente au quatrième degré. Encore dut-il s'estimer heureux de n'avoir point à combattre la révolte, pendant qu'il était frappé de malédiction. Les premiers troubles s'élevèrent en 999. Eudes, comte de Brie, voulant avoir un passage sur la Seine, comme il en avait un sur la Marne, parvint à corrompre un châtelain de Bouchart, comte de Melun, qui lui livra la ville de son seigneur. Robert, assisté du duc de Normandie, reprit Melun, et fit pendre au haut d'une montagne le châtelain et sa femme. Le traître ne subit ce supplice, que parce que sa félonie l'avait fait retomber dans la roture : un gentilhomme ne pouvait être mis à mort. Belleforêts raconte que les remparts de Melun croulèrent devant les troupes royales, comme les murailles de Jéricho, pendant que le roi disait la messe à Saint-Denis.

En 1017, Robert fit sacrer son fils Hugues, à Saint-Corneille de Compiègne. Son second fils Henri, persécuté par une mère dénaturée, s'enfuit alors de la cour, et, forcé de vivre de pillage, il fut pris et emprisonné par Guillaume, comte du Perche. Relâché, à la prière de Robert, il fut reconnu roi après la mort de son aîné. En 1031, Robert mourut à Melun au retour d'un pélerinage. Il entretenait à sa suite deux cents pauvres et un grand nombre de clercs, et leur lavait les pieds, le jeudi saint. Il bâtit le château d'Etampes, et près de quarante églises, tant à Paris qu'à Orléans. Plusieurs famines désolèrent la France sous son règne; la dernière fut si violente, qu'on vit des hommes déterrer les cadavres, ou se tenir au coin des bois, comme les bêtes carnassières, pour dévorer les passans.

« En 1017, on découvrit dans la ville d'Orléans, dit Raoul de Glaber, une hérésie impudente et grossière, qui, après avoir long-temps germé dans l'ombre, avait produit une ample récolte de perdition, et fini par envelopper un grand nombre de fidèles dans son aveuglement. Ce fut, dit-on, une femme venue d'Italie qui apporta dans les Gaules cette infâme hérésie. Pleine des artifices du démon, elle savait sé-

..3

duire tous les esprits, non-seulement
ceux des idiots et des simples, mais la
plupart même des clercs les plus renom-
més par leur savoir n'étaient pas à l'é-
preuve de ses séductions. Elle vint à
Orléans, et le court séjour qu'elle y
voulut faire lui suffit pour infecter plusieurs chrétiens de sa doctrine empoi-
sonnée. Bientôt ses prosélytes firent tous
leurs efforts pour propager cette semence
du mal. Il faut même l'avouer, ô douleur ! les hommes les plus distingués de
la ville, Etienne et Lisoie, furent les
deux principaux chefs de cette hérésie
criminelle. » Les sectaires rejetaient tous
les mystères comme des fables : « Ils di-
» saient, par exemple, qu'il fallait re-
» garder comme des rêves délirans, tout
» ce que l'ancien et le nouveau canon
» nous enseignent de la trinité des per-
» sonnes dans l'unité de Dieu...... Ils as-
» suraient que le ciel et la terre avaient
» toujours existé tels que nous les voyons,
» sans créateur.» Aréfaste, seigneur normand, dénonça cette hérésie au roi Robert, et fut chargé de découvrir le secret des novateurs. Par le conseil d'E-

vrard, trésorier de l'église de Chartres, il se rendit à Orléans près d'Etienne et de Lisoie, principaux chefs de la secte, et feignit d'écouter leur doctrine en disciple ignorant et soumis. Le roi ne tarda point à arriver à Orléans, suivi de la reine Constance et de plusieurs prélats. Il envoya le lendemain ses gardes dans la maison où étaient assemblés les docteurs, les fit garotter et amener devant lui dans l'église de Sainte-Croix, où les évêques étaient convoqués. Là, le perfide Aréfaste exposa toute leur doctrine, qu'ils ne démentirent point au moment du danger. Pressés par les questions de Guarin, évêque de Beauvais, ils se contentèrent de répondre : « Ce qui choque la nature ne » peut entrer dans les desseins du Créa- » teur. » Ils furent condamnés au feu, et quand ils marchèrent au supplice, la reine Constance, qui se trouvait sur leur passage, frappa de son bâton Etienne, qui avait été son confesseur, et lui creva un œil. Le seigneur normand reçut les félicitations et les présens des évêques et du roi, et pour couronner des ac-

tions si édifiantes, il dépouilla ses enfans d'une partie de leur héritage, en
dota l'abbaye de Saint-Père, et prit
l'habit de saint Benoît. On voit encore sous le règne de Robert un moine
fourbe et ambitieux nommé Mage-
nard, installé dans l'abbaye de Saint-
Père par les soldats de Thibaut II,
comte de Chartres, qui n'est connu que
par cet exploit, et qui mourut à son retour de Rome, où il avait été appelé
pour cet acte de violence et d'usurpation.
Quelques années après, la reine Constance employa de même la force pour
faire recevoir en qualité d'évêque de
Chartres Thierry ou Théodoric, que le
chapitre repoussait comme un *ignorant*
et un *idiot,* indigne de son ministère.

1031. Henri, dès le commencement de
son règne, eut à combattre un ennemi
acharné à sa perte; ce fut sa mère
Constance. Elle excita à la révolte son
second fils Robert, se saisit de Melun,
de Dammartin, de Coucy, et entraîna
dans son parti Eudes, comte de Chartres. Henri fut obligé de fuir de sa
capitale et d'aller implorer l'assistance

du duc de Normandie. Celui-ci lui donna une puissante armée, commandée par Mauger, comte de Corbeil, qui défit la reine en plusieurs rencontres, ravagea toute l'Ile-de-France et le pays des rebelles, qu'il parvint à soumettre. Réduite à demeurer paisible sous le gouvernement de son fils, la reine mourut de dépit à Melun. Pendant près de trente ans de règne, Henri eut continuellement les armes à la main, pour secourir ou combattre ses vassaux. Les campagnes réduites en déserts étaient hérissées de forteresses menaçantes, d'où les seigneurs sortaient pour porter aux environs le pillage et l'incendie. Voici un fait, entre mille, qui donnera une idée de la manière de vivre de la plupart d'entre eux. Odon ou Eudes, frère du roi, n'ayant que peu de biens, vivait en pillant celui des autres. Un jour, assisté des chevaliers du château de Sully, revenant chargé de dépouilles et d'objets volés, il entra de force dans le village de Germigny, sans respect pour saint Benoît qui en était le seigneur. Les serfs du monastère

étant venus réclamer avec prières et
avec larmes ce qu'il leur avait enlevé, il menaça ces malheureux de les
faire charger de coups, et ordonna qu'à
leurs dépens un ample repas fût préparé pour lui et pour sa suite. A
défaut d'autre lumière, il se fit apporter le cierge pascal, et après s'ê-
tre gorgé de vin et de viande, il
alla dormir. L'auteur de cette relation
ajoute que ce prince sacrilége fut malade pendant la nuit, et qu'il ne tarda
pas à mourir. Nous voudrions croire,
ainsi que lui, à un miracle si moral;
mais comme nous voyons, douze ou
quinze ans après, ce même prince renfermé, par l'ordre de son frère, dans les
prisons d'Orléans, il nous est permis
de douter qu'après un si long intervalle
il ne soit mort que par la vengeance de
saint Benoît.

Vers le commencement du règne de
Henri, Eudes II, qui avait joint les
comtés de Chartres, de Blois et de
Tours, hérités de son frère Thibaut, à
la Champagne et à la Brie, dont il
était déjà en possession, conçut l'idée

d'agrandir encore sa puissance par la conquête de la haute Bourgogne, et de se faire roi. Repoussé une première fois par l'empereur Conrad, il fit une nouvelle invasion en 1037, et pénétra même dans la Lorraine; mais Gothelon, qui en était duc, le défit en bataille rangée, le tua, et envoya sa tête à l'empereur. Thibaut III succéda à Eudes, son père, dans les comtés de Chartres, de Blois et de Tours; Etienne eut la Champagne et la Brie. L'un et l'autre refusèrent de rendre hommage au roi, et levèrent contre lui une puissante armée : Thibaut surpris par Geoffroi, comte d'Angers, resta trois ans en prison, et ne fut relâché qu'après avoir cédé à son vainqueur le comté de Touraine, et rendu hommage au roi pour ses autres seigneuries. Il répudia sa femme, et fut excommunié par le pape Léon IX, se remaria une troisième fois, et mourut sans enfans en 1083.

Soit par crainte de l'excommunica- 1060. tion qui avait frappé son père, soit par quelqu'autre raison difficile à deviner, Henri Ier avait épousé une princesse

de Moscovie. Devenue veuve, elle se
retira à Senlis, dans un monastère construit en l'honneur de saint Vincent,
dont l'intercession l'avait rendue mère.
Mais Raoul, comte de Crépy, vint la
tirer de cette solitude et l'épousa; il fut
excommunié par les évêques, se moqua
de leurs censures, et vécut tranquille.
Le nouveau roi Philippe fit aussi enlever Bertrade de Montfort à son vieux
mari Foulques, comte d'Anjou, surnommé le Rechin. Ses noces furent
célébrées à Orléans, par Eudes de
Bayeux, et d'autres évêques à qui le
don de quelques bénéfices fit trouver ce
mariage très-légitime. Quelque temps
après, le roi fut excommunié dans le
premier concile de Beaugency, par
Hugues, archevêque de Lyon, et légat
du pape. Urbain II, qui vint à Clermont prêcher la première croisade,
lança de nouveau contre Bertrade et
Philippe ses foudres sacrées. Après sa
mort, les deux époux furent poursuivis
plus vivement encore par le pape Paschal, et ils n'obtinrent le repos et le
pardon qu'après s'être humiliés aux

pieds de son cardinal-légat, en promettant de se séparer.

Associé à la couronne en 1103, Louis
le Gros combattit avec acharnement
tous les petits tyrans qui désolaient les
environs de la capitale. Ils attaquaient
sur les grands chemins les marchands
et les voyageurs, et ne respectaient
guère les églises et les monastères qui
leur offraient la plus riche proie.

Sous le règne de Robert, Burchard
dit le Barbu, tige de la maison de
Montmorency, faisait de fréquentes
sorties d'un fort qu'il avait construit
dans l'île Saint - Denis, et dévastait
l'abbaye. Le roi crut mettre fin à ses
brigandages en abattant le fort de l'île.
Le baron, plus furieux que jamais, se
vengea de cette perte sur les propriétés
de l'abbaye et sur les pauvres habitans
qui les cultivaient. Il fallut que le roi
consentît à un accommodement et per-
mît à Burchard de construire un château dans un lieu appelé Montmorency,
à trois milles de Saint-Denis, sous condition de rendre hommage à l'abbé,
comme à son seigneur; de restituer

3.

les objets volés à l'abbaye, et de réparer les dommages causés par tant de dévastations. Malgré cet accord conclu en 1008, Burchard IV, à l'exemple de son aïeul, exerçait, en 1101, d'affreux brigandages contre l'abbaye de Saint-Denis. L'abbé, nommé Adam, pillait et incendiait à son tour les terres et les villages de son ennemi, et massacrait comme lui les malheureux cultivateurs. Le prince Louis ordonna au seigneur de Montmorency de comparaître à Poissy: le baron refusa d'obéir; et il fut condamné par la cour du roi; mais il ne se soumit point à cette sentence, et Louis le Gros dut aller l'assiéger dans sa forteresse, dont il s'empara.

Un des moyens mis en usage alors par les moines pour repousser les attaques des seigneurs, fut de payer un ou plusieurs chevaliers chargés de leur défense, qui prenaient le titre d'*avoués* ou de vidames; mais la plupart aimaient mieux piller eux-mêmes les biens des monastères, que de les protéger contre d'autres brigands. Ainsi, une sentence du roi Henri punit, en

1043, un chevalier appelé Nivard, défenseur de l'abbaye de Saint-Maur-les-Fossés, qui écrasait par des vexations insupportables les pauvres habitans d'un village confié à sa protection. La seule ressource qui restât aux abbés et aux évêques, c'était d'excommunier leurs ennemis et de frapper d'interdiction les villes ou les campagnes qui avaient le malheur d'appartenir à ces réprouvés. L'évêque Fulbert ayant excommunié Geoffroi, vicomte de Chartres, coupable de plusieurs crimes, ce seigneur se vengea en incendiant une partie des domaines de l'évêché. Le prélat eut vainement recours au comte Eudes, à Richard, duc de Normandie, au roi de France lui-même; il n'en put obtenir aucune assistance. Les persécutions redoublèrent, et Fulbert, pour manifester l'état de désolation où se trouvait son église, fut réduit à ordonner que l'on célébrât à voix basse l'office divin dans l'étendue de son diocèse. On voit, par ces exemples, que le mépris de la religion et de ses ministres s'alliait fréquem-

ment, dans l'esprit des nobles, avec tous
les genres de superstition. Il paraît même qu'ils avaient plus de crainte des
fantômes et des loups-garous que de la
Divinité; car ils portaient le pillage et
le meurtre jusque dans l'enceinte des
églises et des chapelles. En 1109, un
seigneur, nommé Guillaume, vint avec
plusieurs de ses chevaliers s'embus-
quer dans la chapelle du château de la
Roche-Guyon, situé au bord de la
Seine, et habité par la famille de Guy,
son beau-frère. Au moment où ce malheureux entra pour remplir quelque
devoir de piété, les assassins fondirent
sur lui, le tuèrent à coups d'épée, et
massacrèrent ensuite sa femme, ses enfans et tous les habitans du château.
Les barons du voisinage assiégèrent
Guillaume dans ce fort, et lui promirent la vie sauve s'il renonçait à se
défendre; il ouvre les portes; les chevaliers entrent, se jettent sur les assiégés, les égorgent ou les précipitent du
haut des tours sur la pointe des lances
et des épées. Quant à Guillaume, on
lui arracha le cœur et les entrailles, et

on les plaça au bout d'une pique, sur une colline.

Cependant les comtes de Chartres jouaient un rôle important, soit au dehors dans les croisades, soit au milieu des troubles qui ne cessaient d'agiter le royaume. Etienne, surnommé Henri, déjà comte de Champagne et de Brie, succéda, en 1083, à Thibaut, son frère, dans les comtés de Chartres et de Blois. Il partit, avec Godefroy de Bouillon, pour la Terre-Sainte, où il resta un an; il revint en France, avec quatre mille combattans, sans prendre l'avis des autres princes. Mais se reprochant d'avoir affaibli, par cette espèce de défection, l'armée des chrétiens, il retourna bientôt en Palestine. Dans cette seconde expédition, il fut accompagné du comte de Vermandois, de son frère Hugues, comte de Troyes, et d'autres seigneurs qui, ensemble, avaient levé, dit-on, une armée de soixante mille chevaux, et une infanterie encore plus nombreuse. Pendant son absence, Alix, sa femme, fit beaucoup d'aumônes pour la prospérité de son mari, et des dons consi-

...3

dérables à l'abbaye de Marmoutiers. Les prières des moines ne purent empêcher que le comte ne fût pris devant la ville de Rama, avec Miles, seigneur de Bray, et quelques autres gentilshommes. Ils furent envoyés à Ascalon. Peu de temps après, les Turcs, ayant été battus à Joppé, se vengèrent en faisant trancher la tête au comte Etienne.

Guillaume, l'aîné de ses fils, mais d'un esprit borné, fut privé, par l'artifice de sa mère, des droits que lui donnait sa naissance. Il épousa Agnès, fille de Gillon de Sully, qui lui laissa son titre et sa seigneurie; et il fut la tige des seigneurs de Sully.

Thibaut IV, fils puîné d'Etienne, succéda aux dignités de son père, et fut comte de Chartres, de Blois et de Meaux. Pendant sa minorité, sa mère, à qui les moines ont donné le titre de Pieuse, augmenta les vastes possessions de l'abbaye de Saint-Père, et confirma tous les priviléges des religieux. En 1109, elle prit le voile au couvent de Marcigny, où elle mourut.

Hugues du Puiset, vicomte de Char-

tres, et tuteur du jeune Thibaut, fit la
guerre à son pupille, qui implora la justice du roi. Suger, alors bénédictin,
unit ses plaintes à celles de Thibaut et
des moines de Saint-Denis, dont les terres avaient été pillées par le vicomte.
Cette espèce de ligue réussit. Suger re-
tourne, avec l'autorisation de Louis le
Gros, dans son prieuré de Thoury, fait
armer les communes du pays, et résiste
vaillamment aux attaques de Hugues.
Ce seigneur fut sommé de comparaître
au parlement de Melun pour répondre
aux accusations qui s'élevaient de toutes
parts contre lui ; et sur son refus, le
parlement déclara qu'on exigerait réparation à main armée. Le roi assiégea
et prit le seigneur de Puiset dans son
fort, qui fut rasé, et il le renferma à
Château-Landon.

Le comte de Chartres, que Louis
venait de protéger si ouvertement, devint rebelle à son tour, et sut gagner le
redoutable vicomte, qui avait été im-
prudemment relâché. En peu de temps
Hugues eut reconstruit sa forteresse et
mis une armée sur pied. Il défit complè-

tement celle du roi, fut battu à son tour, et ne consentit à la paix que lorsqu'il se vit abandonné par Thibaut, son allié. Six ans après, il recommença ses vexations contre les moines de Thoury, et Suger attira encore sur lui les armes du roi. Mais il vendit cher la victoire, tua de sa main Auseau de Garlandes, sénéchal de France, et échappant à tous les piéges qu'on lui tendit, après que son château eut été entièrement ruiné, il s'embarqua pour la Terre-Sainte, et périt sur mer.

Les seigneurs de Montlhéry n'avaient pas été moins redoutables aux rois de France ; et il avait fallu verser bien du sang pour leur ravir cette sauvage indépendance défendue par des murailles et par des fossés. Thibaut, surnommé File-Etoupe, fils de Burchard de Montmorency, et forestier du roi Robert, avait bâti, vers l'an 1015, ce château de Montlhéry, flanqué de sept grosses tours qui le rendaient une des plus fortes places du royaume. Guy Troussel, petit-fils de Thibaut, fut ministre de Philippe Ier, et causa bien des inquiétudes à son maître. Ce roi avait inutilement employé toutes sortes d'artifices pour s'emparer de la redoutable forteresse ; et lorsqu'il y pensait le moins, elle fut remise entre ses mains, pour prix de son consentement au mariage de Philippe, comte de Mante, l'un de ses fils, avec Elisabeth, fille de Guy Troussel. Ce seigneur reçut en échange la terre de Melun-sur-Yèvre : mais après la mort du roi, il rentra de force dans son ancien château. Louis le Gros, qui n'avait rien perdu de son activité en montant sur le trône, se hâta d'assiéger ce château, le prit, et le fit démolir, à la réserve de la grosse tour, qui pendant plus de sept cents ans est restée debout, comme un monument de la puissance des anciens barons de Montlhéry.

Un oncle de Troussel, Guy le Rouge, Seigneur de Gournay et comte de Rochefort, avait long-temps joui de la faveur de Philippe Ier, dont il était le grand sénéchal ; à son retour de la Palestine, où il s'était distingué, il crut pouvoir fiancer sa fille Luciane au prince Louis. Les conditions du mariage furent agréees; mais le pape Paschal II l'annula, sur la demande du prince. Le père indigné se retira de la cour, et unit ses armes à celles de Thibaut, comte de Chartres, mécontent comme lui. Il fut arrêté par la mort dans ses projets de vengeance, mais il laissait un fils capable de les poursuivre et de les exécuter. Hugues de Crécy porta le fer et la flamme dans tous les domaines du roi : plus cruel et plus intrépide que tous ses ancêtres, il joignit à la terreur de son nom la force de nombreux alliés; et Louis, désespérant de le vaincre tant qu'il serait si bien secondé, recourut d'abord à la ruse. Il mit en possession des ruines de Montlhéry Miles ou Milon, cousin de Hugues, pour le détacher du parti de ce seigneur. Hugues surprit le réfractaire, le traîna long-temps enchaîné de châteaux en châteaux; enfin, craignant qu'il ne fût enlevé par les troupes du roi, il l'étrangla de sa propre main, et le jeta par la fenêtre d'une tour, pour faire croire qu'il s'était tué lui-même. Louis s'étant saisi du meurtrier, voulut le forcer à se justifier par le duel, selon la coutume barbare de ces temps. Hugues, qui se sentait coupable, n'osa s'exposer à cette épreuve; il implora la clémence du roi, lui remit sa terre, et prit l'habit de moine pour faire pénitence.

Tâchons de découvrir si les vertus des ecclésiastiques consolaient, au onzième siècle, ces provinces que nous avons vues désolées par les crimes des seigneurs. L'évêque Fulbert siégea à Chartres de l'an 1007 à 1028; il était disciple du célébre moine Gerbert, qui, grâces à sa science, passa pour sorcier et devint pape. Fulbert ne fut pas indigne d'un pareil maître, et il ne dut qu'à sa réputation de sagesse et de doctrine la dignité dont il fut revêtu. Il composa des sermons et des vers, rebâtit l'église de Chartres, qui avait été incendiée, résista avec courage aux persécutions de Raoul, seigneur d'Ivry, et de Geoffroy, vicomte de Châteaudun, et laissa des regrets à sa mort. Nous louerions avec plus de confiance son humanité, s'il ne paraissait avoir approuvé l'infâme conduite de cet Aré-

faste qui livra aux flammes les hérétiques d'Orléans.

L'histoire ne dit rien de ses successeurs Thierry et Agobert, sinon que le
premier fut accusé d'imbécillité par son
chapitre, et que le second céda une cure
aux chanoines de Notre-Dame, sous
condition d'en recevoir cent pains blancs
et deux muids de vin, chaque fois qu'il
irait à Paris. Adrald, qui ne se nourris-
sait que des poissons les plus délicats
et de viandes exquises apportées des
pays étrangers, voulut réduire les moines de Saint-Père à des légumes crus;
ce qui occasiona une espèce de soulèvement. On prétend que Geoffroy, accusé par le roi Philippe, d'avoir donné
à d'autres une prébende qu'il lui avait
promise, répondit ingénûment qu'il ne
l'avait point donnée, mais bien vendue. Cet évêque fut deux fois déposé,
comme coupable de simonie, d'adultère et de plusieurs autres crimes. Yves
assura lui-même au pape Urbain II
qu'il n'était pas noble, qu'il s'était élevé
de la poussière à l'épiscopat. On ignore
même le lieu de sa naissance : mais les

historiens qui en ont parlé veulent, à toute force, qu'il appartînt à la maison des seigneurs de Vieux-Pont de Courville. Elu par le pape, à la place de Geoffroy, il fut d'abord déclaré intrus par le concile d'Etampes. A peine affermi sur son siége, il éclata sans ménagement contre l'union adultère de Philippe avec Bertrade de Montfort. Le roi, offensé de ce zèle fougueux, le priva des revenus de son évêché, et le fit garder prisonnier dans le château du Puiset. Ce zèle ne se ralentit point ; le prélat écrivit, disputa, excommunia, et fit tant, qu'il força le roi à une soumission vraie ou apparente. Il ne négligea point toutefois les intérêts temporels de son église ou plutôt de sa dignité, et il obtint du comte Etienne et de sa veuve de nombreuses concessions. Geoffroy II succéda à Yves en 1115 et siégea trentetrois ans. Pendant ce long espace de temps il prononça des harangues dans différentes assemblées, défendit Abailard, puis l'abandonna, fit plusieurs voyages en Italie et dans le midi de la France pour combattre les schismati-

4

ques, se donna beaucoup de mouvement
pour des affaires assez peu importantes,
et mourut honoré du titre de fléau des
simoniaques et de colonne de l'Eglise.

Il est inutile de citer les noms des
évêques d'Orléans; ils sont presque tous
demeurés obscurs. On a conservé le
souvenir de Jean de la Chaîne, doyen
de Sainte-Croix, parce que son zèle
pour les droits du clergé lui coûta la vie:
il fut assassiné par l'ordre de quelques
hommes puissans auxquels il s'efforçait
d'ôter la jouissance de leurs bénéfices.
Ce meurtre demeura impuni. Samson,
soixante-troisième évêque d'Orléans,
fut élu en 1099. Parmi les prisonniers
qu'il délivra le jour de son entrée, se
trouvait un diacre, qu'il fit manger à sa
table : le même jour, offensé de quelques
propos de cet ecclésiastique, il ordonna
à ses domestiques de le fustiger et le renvoya en prison. Ses ennemis, profitant
de cet acte d'inhumanité, le firent déposer par le légat du saint Siége. Nous
n'avons raconté cette anecdote que pour
avoir occasion de remarquer ce privilége bizarre et dangereux que s'attri-

buaient les évêques d'Orléans, de délivrer à leur entrée tous les prisonniers
détenus dans la ville. Nous ne suivrons
pas dans leurs discussions les auteurs
qui ont recherché l'origine de ce prétendu droit, et nous nous contenterons
d'observer que, plusieurs fois confirmé
par les lettres de nos rois et par des arrêts
du parlement, il était encore en vigueur
à la fin du dix-huitième siècle. Un édit
de 1758 excepte de la délivrance ceux
qui se sont rendus coupables de meur-
tres prémédités et, en général, de crimes qui sont punis de mort; jusqu'alors
les plus grands scélérats avaient échappé
à la vengeance des lois parce qu'un
évêque faisait son entrée dans Orléans
sur les épaules des quatres barons de
Sully, d'Yèvre-le-Chatel, du Cheray
et de Rougemeuront. Toutefois on a
dans tous les temps exclu les hérétiques des grâces accordées aux autres
condamnés.

En 1112, un autre doyen de Sainte-
Croix, nommé Archambaud, s'étant
attiré, par sa fermeté, la haine de l'archidiacre Jean et d'un chanoine Algrin,

de la maison des Boutheilliers de Senlis, ces deux prêtres se joignirent à
quelques brigands et allèrent à la maison de campagne d'Archambaud, brûler ses granges, couper ses arbres et ses
vignes. Peu de jours après le malheureux doyen fut trouvé baigné dans son
sang; le cri public et la voix de saint
Bernard dénoncèrent les coupables;
mais ils en furent quittes pour aller se
faire absoudre par la main du pape.

En 1131, ce pape, Innocent II, fut
reçu solennellement à Orléans par le roi
de France, la reine et tous les princes,
qui l'accompagnèrent jusqu'à Char-
tres, où le roi d'Angleterre, Henri Ier,
vint baiser sa pantoufle et recevoir sa
bénédiction.

Louis le Gros avait passé toute sa
vie à combattre quelques seigneurs qui,
sous ses yeux, aux portes de Paris, faisaient preuve d'indépendance en com-
mettant les plus grands désordres. Il
mourut sans les avoir soumis. Dès la
première année de son règne, Louis le
Jeune fut obligé de repousser les attaques d'un Gaucher de Montjay, allié à

la maison de Montmorency. Il assiégea son château et le démolit, ne laissant debout que la grosse tour. Un comte de Corbeil, plus audacieux que tous les autres petits tyrans de la même espèce, entreprit la conquête de la couronne de France. Avant de se mettre en campagne, il dit d'un ton solennel à son épouse, en présence de tous les chevaliers : « Donnez avec joie, noble comtesse, » cette magnifique épée au noble comte, » qui la reçoit en ce moment comme » comte, et qui, avant la fin du jour, » vous la rendra comme roi. » Malheureusement il fut, ce jour même, tué par le comte de Blois qui commandait l'armée royale.

Cependant toutes ces conquêtes de châteaux, quoique chèrement achetées, portèrent un coup terrible à la puissance féodale. Elle s'affaiblit encore par la manie qui, précipitant les seigneurs dans les croisades, détournait contre les ennemis de la foi cette fougue impétueuse et souvent féroce qui avait été si funeste à la patrie.

En 1145, il vint en France, de la

.4

Terre - Sainte, des ambassadeurs qui représentèrent au roi le triste état de la Palestine et de la Syrie opprimées par les Infidèles. On convoqua un concile général dans la ville de Chartres. On y ordonna une seconde croisade, et saint Bernard fut nommé général de cette expédition. Afin de la préparer, il se mit à parcourir les villes et les campagnes de la France et de l'Allemagne. Il excita un zèle si ardent, que des millions de croisés se levèrent à sa voix. Suger fut le seul qui ne partagea point cet enthousiasme et qui s'efforça de retenir le roi ; mais la fougue du missionnaire l'emporta sur la prudence du ministre. Toutefois l'assemblée générale des barons et des prélats, présidée, à Étampes, par Louis le Jeune, rendit un hommage éclatant à la sagesse de l'abbé Suger en le nommant régent du royaume pendant l'absence du souverain. Prêtre sans fanatisme, il réprima les prétentions du clergé ; politique habile et ferme, il maintint l'ordre et la tranquillité dans le royaume, malgré les entreprises d'une foule de vagabonds qui, désertant la

bannière des croisés, étaient revenus en
France affamés de pillage et animés à
la révolte par le comte de Dreux, frère
du roi, qui se flattait d'usurper un
trône abandonné. Le prix d'une administration si sage dans des temps ora-
geux fut le beau titre de **Père de la patrie** que lui décernèrent unanimement
le souverain et les sujets. La postérité
reconnaissante des améliorations qu'il
introduisit le premier dans l'état civil,
lui a confirmé ce titre ; et si elle se sou-
vient que Suger se faisait accompagner,
dans ses voyages, d'un cortége de six
cents chevaux, elle pardonne ce faste à
l'abbé de Saint-Denis.

Sous ce rapport même Suger mérite
des éloges : il déchargea volontairement
les sujets de son abbaye d'une partie des
taxes onéreuses qu'ils étaient tenus de
lui payer. Toutefois les dispenses qu'il
accordait décelaient souvent l'ambition
de l'homme d'église. C'est ainsi qu'il
purge le village de Vaucresson des brigands qui l'infestaient ; qu'il y attire de
paisibles habitans par l'appât des immunités et des dispenses. Mais ces actes

d'humanité sont des empiètemens sur le pouvoir royal : *il dispense les habitans de prendre les armes sur sommation des seigneurs ou du roi, à moins que l'abbé leur commande de s'y rendre avec lui.* Du moins n'abusa-t-il jamais des priviléges excessifs attachés à sa dignité abbatiale.

Dagobert avait accordé à l'abbé de Saint-Denis une puissance absolue sur la vie et les biens des habitans de la ville. Charles le Chauve avait confirmé cette prérogative, ainsi que le droit de tenir près de l'abbaye, et à son profit, une foire annuelle de quatre semaines, pendant lesquelles il était défendu aux marchands de Paris de vendre aucune espèce de denrées. Il avait de plus concédé à l'abbé tous les droits de juridiction sur une étendue de neuf lieues autour de la Seine; c'est ce qu'il appelle, dans l'une de ses chartes, *Cour de Saint-Denis.* Suger fit rebâtir l'église avec une très-grande magnificence, qui n'égala point toutefois celle de la première construction.

Louis le Jeune, de retour dans ses états, les trouva paisibles, grâces à son

ministre; mais il ne tarda pas à avoir
de nouvelles guerres à soutenir contre
Thibaut, comte de Chartres, qui pourtant avait montré beaucoup de modération et de prudence en plus d'une
occasion. L'an 1135, son frère Etienne,
comte de Boulogne, avait passé en Angleterre et s'était fait couronner par
Guillaume, archevêque de Cantorbéry.
Ce nouveau roi, ayant été fait prisonnier de la comtesse d'Anjou, les seigneurs normands offrirent à Thibaut
le duché de Normandie; mais il refusa
cet honneur et le déféra au comte d'Anjou, qui lui céda, par reconnaissance, la
ville de Tours. La guerre qu'il soutint
contre le roi de France fut terminée par
le mariage de Louis avec Adèle, fille
de Thibaud. Cette princesse fut sa troisième femme, et devint mère de Philippe-Auguste.

Le divorce de Louis le Jeune avec sa
première femme, Eléonore d'Aquitaine,
avait été prononcé dans le concile de
Beaugency en 1152; on allégua prudemment le prétexte si commode de la pa-
renté; mais le véritable motif était le

goût que la jeune reine avait pris pour
les aventures pendant la croisade. Quoi
qu'il en soit, ce divorce, qui força le roi
à la restitution des provinces qu'Eléonore avait apportées en dot, fut l'une
des principales causes des calamités du
royaume. Les provinces restituées passèrent à Henri Plantagenet, déjà duc de
Normandie, et depuis roi d'Angleterre.
Louis le Jeune avait épousé en secondes
noces Constance, princesse d'Espagne,
qui fut couronnée dans la ville d'Orléans.
A l'occasion de ce mariage, on établit
dans Boygni, près d'Orléans, les chevaliers de l'ordre de Saint-Lazare-de-
Jérusalem; leur emploi était de soigner
les lépreux, alors si communs en France.
Ces religieux se sont maintenus sous nos
rois tant qu'ils ont observé la règle de
saint Benoît; mais quand ils s'en furent
écartés au point de renoncer au célibat,
on choisit ce prétexte pour s'emparer
de leurs commanderies, et la moindre
partie de leurs biens fut donnée aux
chevaliers de Saint-Jean-de-Jérusalem,
appelés depuis chevaliers de Malte.

Les événemens et les faits divers que

nous venons de parcourir suffisent pour
la juste appréciation de ce gouvernement féodal qui de nos jours est encore
l'objet de quelques regrets ; car il existe
en France des hommes pénétrés de
l'esprit du onzième siècle, qui rappellent
la féodalité de tous leurs vœux ; d'autres
veulent bien convenir qu'elle n'est plus
en harmonie avec la civilisation actuelle,
mais ne laissent pas d'admirer la grandeur de ces hauts barons qui tenaient
en équilibre la puissance des rois, exerçaient la souveraineté de la justice
dans l'étendue de leurs terres, et le droit
de guerre envers et contre tous : ce qui
signifie, en d'autres termes, qu'ils pouvaient opprimer le peuple, causer des
troubles dans le royaume, et s'entr'égorger impunément. Il y en avait, en effet,
autant de grandeur que d'humanité
dans ces combats entre seigneurs féodaux, qui coûtaient toujours la vie au
vaincu, à moins qu'il ne cédât une partie de ses domaines ou qu'il ne se sou-
mît aux réparations les plus humiliantes.
On le voyait se coucher par terre, se
rouler dans la poussière, pleurer et se

lamenter; ou bien il se présentait les pieds nus, en chemise, une selle sur la tête ou sur le dos; quelquefois il marchait sur les mains et sur les genoux, afin de servir de monture à son vainqueur : cruelles puérilités qui paraissent à peine croyables!

Pour faire cesser tant d'affreux désordres, on assembla plusieurs conciles. Le clergé, qui avait eu autrefois la prééminence sur les seigneurs laïques, et qui s'était vu ravir par la violence pouvoir, richesses, dignités, commençait à moins goûter un système qui pesait sur lui comme sur le peuple, et qui le soumettait aux devoirs gênans du vasselage. Il s'arma donc de censures et d'excommunications contre les barons les plus redoutables. Cette arme spirituelle fut long-temps impuissante et méprisée. Un évêque s'avisa de publier que, dans une lettre tombée du ciel, Dieu ordonnait aux guerriers de déposer leurs armes, aux parens de suspendre la vengeance de leurs parens outragés ou massacrés; enfin de jeûner au pain et à l'eau tous les vendredis. Les évêques

saisirent avec empressement ce nouveau moyen de répression, plus capable qu'aucun autre de frapper des esprits grossiers. On convoqua encore
des conciles. Les seigneurs s'y rendirent
pour prêter serment sur des reliques,
et le peuple assemblé leva les mains au
ciel en criant : La paix ! la paix ! Mais les
sermens furent bientôt violés ; et le pillage et les massacres recommencèrent.

Enfin, en 1041, on publia *la trève de
Dieu,* monument irrécusable de la misère du peuple et de la brutale férocité
des seigneurs féodaux. Il fut arrêté que
pendant trois jours et deux nuits de
chaque semaine les nobles seraient au-
torisés à piller, à tuer, à incendier ; ils
devaient se tenir en repos pendant les
autres jours. Bientôt l'on trouva trop
long le temps que cette trève accordait
aux opprimés pour respirer, et le brigandage fut permis pendant quatre jours
et trois nuits, et même pendant six jours
et cinq nuits.

Les seigneurs ecclésiastiques, évêques
ou abbés, qui, réunis en concile, semblaient si ardens à arrêter le cours de

4..

ces calamités, y contribuaient eux-mêmes, quand ils étaient rentrés dans leurs
domaines. Quelques-uns, à la vérité,
furent modérés et vertueux au milieu
de la corruption et de la barbarie uni-
verselle ; mais la plupart étaient pour
leur troupeau un objet de terreur ou de
scandale. Plusieurs avaient des femmes
qui portaient effrontément le titre d'é-
vêquesses ; ils avaient des chevaliers, des
officiers de justice, des vassaux, des
serfs : leur avidité était sans bornes. En
1170, Manassès de Garlandes, évêque
d'Orléans, obtint du pape Eugène III
des bulles qui lui assuraient la possession des abbayes de Saint-Mesmin
et de Saint-Euverte de Beaugency,
de sept églises avec les terres qui en dépendaient, et enfin des châteaux de
Meung, de Pithiviers, de Jargeau ; les
mêmes bulles font défense de lever aucune espèce de taxes sur les terres de
l'évêque. Louis le Jeune eut la faiblesse
de confirmer cette donation. Il répara
en quelque manière cette faute en abo-
lissant par ses lettres-patentes plusieurs
coutumes onéreuses aux Orléanais, en-

tre autres celle du duel. Les combats judi-
ciaires, d'origine bourguignonne, avaient
été institués en 501 par une loi de Gon-
debaud. Cette coutume insensée s'introduisit dans le reste de la France sous la
seconde race, et bientôt elle y fut généralement établie. Les moines de Saint-
Denis sont les premiers dans le territoire
parisien qui aient sollicité pour leurs
seigneuries l'institution des combats ju-
diciaires. Le roi Robert, par un diplôme
de l'an 1008, leur concéda cette barbare
prérogative. En 1118, Louis VI confirma à l'abbaye de Saint-Maur et à plusieurs autres le droit de faire vider les
procès à coups de bâton. Peu après toutes les classes de la société furent soumises
à cette étrange procédure. Les vieillards,
les femmes, les gros bénéficiers, trop faibles ou trop timides pour combattre en
personne, prenaient des champions à
gage, qui, s'ils se laissaient vaincre,
perdaient un pied, une main, et quelquefois étaient pendus. Les seigneurs
retiraient des profits assez considérables
de ces combats ; ils percevaient les
amendes et autres menus droits. Les prê-

tres aussi se faisaient payer pour bénir les armes et célébrer la messe du duel.

Cependant les écoles commençaient à se former sous la direction de plusieurs docteurs dont l'érudition aurait pu répandre quelque lumière s'ils ne s'étaient égarés dans le labyrinthe obscur de la théologie scolastique. Abailard lui-même, si fameux alors par son éloquence, si intéressant aujourd'hui par ses malheurs, n'enseigna à ses nombreux disciples que de vaines subtilités. On assure qu'à seize ans il avait lu tous les orateurs et les poètes grecs et latins, qu'il possédait toutes les langues modernes, que la logique et la jurisprudence n'avaient plus de secrets pour lui. Par quelle fatalité, quand il pouvait puiser à toutes les sources d'une instruction solide et utile à ses semblables, ne trouva-t-il de charmes qu'aux misérables discussions d'une dialectique querelleuse et insensée! Il alla successivement professer à Paris, à Corbeil, à Melun, à Laon; partout il excita la jalousie et la haine de ses concurrens; mais il était consolé de leurs persécutions par l'amour de la tendre Hé-

loïse, quand la vengeance du chanoine
Fulbert fit de cet amour même le plus
affreux de ses tourmens. Il voulut cacher dans le monastère de Saint-Denis
sa honte et son désespoir, et il ne put
se taire sur la licence et les débordemens des moines, qui le chassèrent sans
pitié de cet asile. Condamné comme
hérétique, renfermé, tantôt dans un
cloître, tantôt dans une prison, il traîna
une vie languissante; mais toujours aimé
d'Héloïse, il reposa près d'elle dans le
tombeau, et ces deux noms, insépara-
blement unis, rappellent à la postérité
l'un des plus touchans souvenirs que
lui ait légués notre histoire. •

L'enthousiasme excité par Abailard
pour la science à laquelle il devait sa
célébrité, quoique mal dirigé, ne fut pas
entièrement perdu. Une autre cause excita l'émulation de la jeunesse et lui fit
braver les dégoûts d'une étude rebutante.
Comme la plupart des nobles étaient
tombés dans une stupide ignorance, il fallut souvent conférer les bénéfices, les
évêchés et les abbayes à des roturiers
plus instruits. Dès lors les écoles se rem-

..4

plirent d'étudians qui aspiraient à sortir d'une condition misérable et méprisée.

Une amélioration non moins heureuse s'introduisait, à la même époque, dans le gouvernement. Le système féodal était parvenu à son apogée, c'est-à-dire au monstrueux développement de tout ce qu'il avait d'oppressif. Les peuples gémissaient sous les lois inhumaines de la servitude, de la mainmorte, du formariage, etc., et, qui pis est, les seigneurs, après avoir vexé leurs vassaux par des corvées, leur faisaient subir les traitemens les plus cruels. Le droit dit de mainmorte devait ce nom bizarre à l'odieux usage de couper la main droite d'un serf décédé, pour la présenter au seigneur, qui, dès ce moment, s'emparait des biens et des effets du défunt, à l'exclusion de ses enfans. La loi du formariage rendait nuls les mariages contractés par des serfs à l'insu ou contre le gré de leurs maîtres.

Si la tyrannie féodale n'eût opprimé que les peuples, elle n'aurait eu de terme que celui même de leur patience, sorte de vertu qui ne leur a jamais manqué. Mais cette tyrannie pesait à la fin sur les rois et sur le clergé, et dès lors les peuples trouvèrent de la commisération et des secours. Les rois favorisèrent l'établissement des communes et l'affranchissement des serfs : en vertu de la concession du droit de commune, il fut permis aux habitans des villes d'aliéner leurs biens, de s'assembler, de délibérer, de s'imposer des tailles, de veiller à leur sûreté, de garder eux-mêmes leurs fortifications, de tenir sur pied une milice réglée, etc.

Louis le Gros donna l'exemple : le premier, il octroya ou plutôt il vendit des chartes, et encouragea les seigneurs à l'imiter. En 1137 il affranchit les serfs de l'église de Chartres, et releva tous ceux de ses domaines du droit de mainmorte, mais pour neuf années seulement. Quoi qu'on ait dit à la gloire de ce prince, il n'y eut dans sa conduite ni désintéressement, ni bonne foi. On le vit souvent révoquer des priviléges qu'il avait concédés à prix d'argent, et cela sans restituer le prix de vente. Louis le

Jeune fit plus que son père : il déclara
les serfs de l'Orléanais libres de toute
servitude ainsi que leurs enfans : mais
bientôt après, sous prétexte que les chefs
de la communauté et de la bourgeoisie
d'Orléans s'attribuaient des franchises
contraires à l'autorité royale, il se transporta dans cette ville, et châtia comme
rebelles des sujets qui se croyaient libres parce qu'ils avaient payé pour
l'être et parce qu'ils avaient une charte.
Déjà Louis le Gros avait réprimé,
les armes à la main, une tentative de
même nature. Ces deux rois paraissaient avoir pour système de provoquer
l'établissement des communes partout
ailleurs que dans leurs domaines : d'a-
bord il faut bien prêcher d'exemple,
mais on en est quitte pour des concessions provisoires ; le lendemain on détruit l'ouvrage de la veille. Les villes et
les serfs qui ne relèvent point directe-
ment du pouvoir royal trouvent dans le
roi un protecteur qui plaide leur cause
auprès du maître féodal, et qui même
les encourage à la révolte. Mais malheur aux sujets du roi, s'ils prétendent

conquérir leurs franchises ! le roi veut rester seigneur. Toutefois le signal avait été donné, et après quelques résistances plus ou moins opiniâtres, la révolution devint à peu près générale. Les chartes primitives des communes du Valois remontent, dit-on, au règne de Louis le Jeune, ou même à celui de Louis le Gros. La charte de Crépy accordait aux habitans le droit de *clameur*, c'est-à-dire le droit de dénoncer les violences et exactions du seigneur au capitaine commandant les troupes du roi. Elle autorisait les bourgeois à tenir des assemblées et à confier la gestion des affaires communales à des hommes de leur choix. Quinze magistrats électifs, y compris le bailli, formaient le tribunal de la commune : ce tribunal connaissait des délits, des affaires civiles et des crimes divers, à la réserve cependant du meurtre, du rapt et de l'homicide : on appelait *cas royaux* ces trois circonstances ; ils n'étaient soumis qu'à la compétence du bailli royal.

Telles étaient, à quelques différences près, les garanties successivement accordées ou vendues à la plupart des communes. Ces premiers essais de la liberté eurent à lutter long-temps encore contre les derniers efforts de l'anarchie féodale.

CINQUIÈME ÉPOQUE.

DEPUIS LE RÈGNE DE PHILIPPE—AUGUSTE JUSQU'A CELUI DE CHARLES V, DIT LE SAGE.

Le Valois, partagé en plusieurs seigneuries et châtellenies, formait une sorte de petit royaume féodal, dont la capitale était Crépy. Véritables suzerains des seigneurs de Pierrefonds, de Bazoches, de Nanteuil, d'Autresches, d'Ambleny, de Braine, etc...., les comtes de Vexin et de Valois s'étaient maintenus indépendans sur les limites du domaine royal, qu'ils n'avaient pas toujours respectées. Généraux nés de l'abbaye de Saint-Denis, ils avaient le glorieux privilége de porter l'oriflamme. C'était un petit drapeau rouge découpé en trois pointes, qui se terminait en

houpes de soie verte ; il servait primiti-
vement d'étendard aux abbés de Saint-
Denis dans leurs guerres privées. On
croit que ce fut Louis le Gros qui le
premier adopta l'oriflamme comme
bannière du royaume ; elle était regar-
dée non-seulement comme un symbole
de sainteté, mais comme un garant infaillible de victoire.

C'est à l'orgueil chevaleresque des
comtes de Valois qu'on attribue l'in-
vention des armoiries et des tournois.
Les efforts impuissans des premiers Ca-
pétiens pour réprimer leur ambition
n'avaient fait qu'accroître leur audace.
Raoul III prouva qu'il ne craignait
ni les armes du roi, ni les censures de
l'Eglise. Il divorça deux fois en dépit
des anathèmes, imposa son amitié à
1074. Philippe Ier, et accrut ses domaines par
la conquête de Péronne et de Montdi-
dier. Héritier de son courage, son fils
Simon triompha des ennemis que lui
suscitait Philippe Ier ; mais, plus timoré
que son père, il recula devant l'impro-
bation du pape. Il institua des messes
pour le repos de l'âme de Raoul, dota

richement les églises, et s'intitula comte *par la grâce de Dieu*. Le pape Grégoire VII, d'accord avec Philippe Ier, profita du zèle fervent de ce jeune prince pour le déterminer à la retraite. Simon se soumit aux rigueurs de la pénitence; mais avant d'exécuter sa résolution il procéda à son mariage avec la fille d'Hildebert, comte d'Auvergne, à laquelle il avait été fiancé. Les deux époux mirent à profit la première nuit des noces en faisant ensemble vœu de chasteté. Après un pélerinage à Jérusalem, après plusieurs années écoulées dans la solitude du cloître, Simon alla mourir à Rome, entre les bras du pape, 1082. des suites d'une fraîcheur attrapée au confessionnal. Il eut les honneurs de la canonisation et d'une épitaphe latine composée par le pape lui-même. Le patrimoine des comtes de Crépy fut alors en partie démembré, par suite des legs faits aux monastères et des usurpations des seigneurs : le Vexin fut incoporé au domaine royal. Bientôt après cependant le mariage d'une nièce du comte Simon avec Hugues le Grand,

4...

frère de Philippe Ier, fit reparaître avec
éclat le triple comté de Vermandois, de
Valois et de Crépy. La ferveur de Hugues pour les croisades l'entraîna deux
fois hors du royaume. Il mourut à Tarse
en 1102. Son fils, Raoul VI, dit le Bor-
1151. gne, se montra plus jaloux d'agrandir
sa puissance que d'aller combattre les
infidèles. Il obtint, dit-on, la dignité de
grand-sénéchal ; on prétend même que
pendant la croisade de Louis VII il
gouverna le royaume, de concert avec
Suger, en qualité de régent. Raoul V,
le lépreux, ne lui survécut pas long-
temps, et ses domaines passèrent entre
les mains de sa sœur Elisabeth, mariée
à Philippe d'Alsace, comte de Flandre. Par cette accession du comté de
Crépy à son fief patrimonial, Philippe
devint l'un des plus puissans vassaux de
la couronne. Il ne se signala d'abord
que par des fondations de monastères.
Il se proposait, dit-on, d'en ériger un
en l'honneur de saint Etienne, le premier des martyrs, lorsqu'il reçut à
Crépy la visite de Thomas Becquet, archevêque de Cantorbéry, qui, à la suite

de ses premiers démêlés avec le roi d'Angleterre, était venu chercher un asile en France. Comme Philippe s'entretenait avec ce prélat de l'hommage qu'il voulait rendre à la mémoire du premier martyr : « S'agit-il de celui » qui a été, dit Becquet en riant, ou de » celui qui sera? » Philippe ne répondit point à cette question ; mais plus tard, lorsqu'arriva le temps de la Dédicace, il la regarda comme l'expression d'un vœu de Thomas Becquet, qui, depuis assassiné et canonisé, avait eu la gloire d'étrenner le martyre. Le monastère de Crépy fut consacré à saint Thomas.

Durant les premières années du rè- 1180. gne de Philippe-Auguste, Philippe d'Alsace, son tuteur et son parrain, exerça le pouvoir royal sous le nom du jeune monarque; il lui fit épouser sa nièce Isabelle, fille de Baudouin, comte de Hainaut, en dépit de l'opposition de la reine-mère. Ses domaines, auparavant bornés par le comté de Péronne et une partie de l'Amiennois, s'étendirent au-delà des rives de l'Oise et de l'Aisne.

Les intrigues de la reine-mère, et les efforts d'une première ligue, dans laquelle étaient entrés le comte de Champagne, le roi d'Angleterre et le comte de Sancerre, échouèrent d'abord contre le crédit du puissant comte de Flandre.

Mais bientôt Philippe-Auguste voulut être émancipé, et dès lors il conspira avec les ennemis de son tuteur. La mort d'Elisabeth de Vermandois fut pour le roi une occasion plausible de rompre avec Philippe d'Alsace. Sommé de restituer les comtés de Vermandois et de Valois, le comte de Flandre répond par un refus et se prévaut d'une donation ratifiée par le roi en bas âge. De part et d'autre on court aux armes. Hélin, sénéchal de Flandre et gouverneur de Crépy, fait face à tous les ennemis de son maître, et prend hardiment l'offensive. Cependant le roi implore le secours de Richard, duc d'Aquitaine, et marche contre Philippe d'Alsace, qui avait rassemblé autour de Senlis des forces imposantes. En présence l'un de l'autre, ces deux rivaux abdiquent chacun le commandement

de leur armée. Philippe-Auguste le ré-
signe entre les mains de Hunfroy de
Bouchain, l'un des meilleurs capitaines
de l'Angleterre; le sénéchal Hélin commande l'armée de Flandre. A quelques engagemens partiels, qui semblaient le préliminaire d'une action
générale, succède une conférence, puis
une trève que le roi sut mettre à profit.
La mort de Hélin, qui s'était inutilement opposé à ces démarches de con-
ciliation, découragea le comte de Flan- 1184.
dre; et dans une nouvelle entrevue à
Amiens, Philippe - Auguste lui dicta la
loi. Le vassal rebelle dut renoncer aux
comtés d'Amiens et de Vermandois, et
accepter en échange une rente propor-
tionnée aux revenus de ces deux domaines. Quant au comté de Valois, il
passa entre les mains d'Eléonore, belle-
sœur du comte de Flandre, et bientôt
après, à la mort de cette princesse, dernier rejeton de la seconde branche des
seigneurs de Valois, il fut, pour la première fois, réuni à la couronne.

Depuis l'établissement des sociétés
anséatiques le commerce commençait

...4

à fleurir dans cette province, et le séjour du comte de Flandre avait développé ces germes d'amélioration. Chemin de passage entre les Pays-Bas et la Champagne, le Valois recueillait une partie des avantages que des foires célèbres attiraient dans ce dernier pays.

Ces symptômes de vie industrielle s'expliquent aussi par le grand nombre de Juifs qui habitaient le Valois, et dont la plupart avaient racheté leur liberté. Ils avaient un entrepôt à Crépy et des comptoirs à Pierrefonds, à Verberie, à Béthizy, à La Ferté-Milon et à Braine; ils payaient à la vérité ces priviléges par de fortes redevances, et d'ailleurs on les tenait en dehors du droit commun. Un sceau particulier servait à caractériser et à sanctionner les obligations passées avec eux. Philippe-Auguste, dans l'un de ses réglemens, avait institué, pour chaque bonne ville, deux charges de prud'hommes auxquels était confiée la garde du sceau des Juifs; l'un était dépositaire du scel et l'autre du râcloir.

Le Valois devait en outre aux moines dont il était peuplé, les nombreux défrichemens qui avaient amélioré le sol, ainsi que plusieurs ateliers et manufactures d'étoffes. Ce n'est pas que les moines dérogeassent à leur vœu d'oisiveté ; mais ils employaient à ces travaux les serfs innombrables qu'ils tenaient parqués dans leurs cloîtres.

Le caractère énergique de Philippe-Auguste et son ambition démesurée le poussèrent, contre ses grands vassaux, à des entreprises qui accrurent rapidement sa puissance et hâtèrent la ruine de la féodalité. Les seigneurs, qui sous les règnes précédens s'étaient crus égaux aux rois, se trouvaient alors honorés d'occuper des charges à la cour. Ainsi Thibaut V, fils de ce Thibaut, surnommé le Grand, qui avait soutenu avec avantage plusieurs guerres contre Louis VI et Louis le Jeune, porta le titre de sénéchal de France, et fut toujours un sujet soumis. Il est vrai qu'il n'avait pas hérité de toute la puissance de son père. Hénri, son aîné, avait reçu en partage les comtés de Champagne et de Brie, avec les droits de suzeraineté sur le comté de Chartres, qui jusqu'en 1152 n'avait relevé d'aucun autre. Le comte Thibaut fit le voyage d'outre - mer avec Philippe - Auguste, l'an 1191; il mourut, l'année suivante, au siége de Saint-Jean-d'Acre.

Louis, le seul de ses fils qui lui eût survécu, se mit en possession de toute la succession paternelle. Il se prépara à partir aussi à une croisade par des donations aux abbayes de Saint-Père et de Tyron; et, suivi des bénédictions des moines, il arriva en 1204 sous les murs de Constantinople. Baudouin, comte de Flandre, s'étant fait couronner empereur d'Orient, donna à Louis le duché de Nicée et de Bithynie. Deux ans après le comte de Chartres avait perdu ses nouveaux états. Il fut tué à côté de Baudouin, en combattant comme un lion, au siége d'Andrinople. Son successeur, nommé Thibaut, ne fut pas moins zélé pour la religion. A l'instigation du pape Innocent III, il se croisa contre les Maures d'Espagne, qui furent défaits, et à son retour il mourut sans enfans, à peine âgé de trente-trois ans.

Le siége de Chartres fut occupé au commencement de ce règne par un Anglais, Jean de Salisbury, qui donna à l'abbaye de Saint-Père une chasuble et une tunique de saint Thomas de Cantorbéry dont il avait été le secrétaire. Plusieurs écrivains ont parlé du mérite de cet évêque, qui a laissé des lettres et un traité sur *les amusemens des gens de cour*. Après lui, Pierre de Celles, de la maison de Lorraine, fit paver les rues de Chartres, à l'exemple du roi, qui venait de faire paver celles de Paris. Regnault de Mousson se trouvait avec Philippe-Auguste et le comte Thibaut à la prise d'Acre. Dans la croisade contre les Albigeois, il fut choisi par Innocent III comme le principal conseiller de Simon de Montfort. Pendant que ce prélat se signalait dans une guerre contre des chrétiens, un différend s'éleva entre les officiers de la comtesse de Chartres et les chanoines de la cathédrale. Ceux-ci, qui avaient été pillés par les habitans, interdirent tous les sacremens, descendirent les châsses de leurs saints sur le pavé du

chœur, et chaque jour, au son des cloches, fulminèrent une nouvelle excommunication contre leurs ennemis. Celui qui prononçait les malédictions fut
plusieurs fois interrompu par les huées
de tout le peuple. Le cas était grave : il
fallut que le roi vînt en personne pour
rétablir l'ordre. Il condamna les coupables à une amende de trois mille livres,
à titre de réparation; et en outre ordonna
qu'à jour solennel, ils assisteraient à la
procession nus jusqu'à la ceinture, portant des verges à la main, avec lesquelles
ils seraient fustigés devant le grand-autel.
Il n'est pas étonnant que Philippe-Auguste, si prompt à servir la vengeance
d'un chanoine, ne sût pas se faire respecter par les évêques. En 1206, Manassès d'Orléans ayant été mandé avec
ses vassaux, refusa de marcher, à moins
que le roi ne commandât l'armée en
personne. Son temporel fut saisi; mais
il se vengea en jetant l'interdit sur les
terres du roi, et en se mettant sous la
protection du pape, qui ordonna la restitution des biens de l'évêque. On ne
reconnaît pas à cette conduite la fer-

meté de Philippe-Auguste. Voici un autre fait qui ne témoigne pas en faveur de son jugement. En 1191, son fils, dont la naissance avait été célébrée par de grandes réjouissances, tomba dangereusement malade. On ne se confia point à l'art des médecins; mais on manda l'abbé de Saint-Denis, qui, portant le saint clou, la sainte couronne, et un bras de saint Siméon, marcha en procession, les pieds nus, jusqu'à Paris; et faisant baiser ces reliques au prince malade, le guérit miraculeusement. En 1206, ce même abbé, muni d'un morceau de la vraie croix, des cheveux de Jésus-Christ, de ses langes, et d'une côte de saint Philippe, vint encore processionnellement donner sa bénédiction à la Seine dont le débordement avait causé de grands ravages; les eaux du fleuve docile rentrèrent dans leur lit. Philippe-Auguste, plein de vénération pour le saint abbé qui opérait de si grands miracles, confirma en sa faveur l'établissement du Lendit, et fit en 1215 un réglement sur cette foire. L'abbé de Saint-Denis y avait un logement et jugeait les différends survenus entre les marchands. L'évêque de Paris, chargé d'un grand nombre de reliques, ouvrait la foire en grande cérémonie et donnait une bénédiction qui lui était payée dix livres. Ces dix livres occasionèrent de vives querelles entre l'évêque et l'abbé. Un poète du temps s'est amusé à peindre les désordres causés au Lendit par les écoliers de l'université, et à décrire les marchandises qu'on y apportait. C'étaient des tapisseries, des parchemins, de vieux habits, du linge, des pelleteries. On y vendait aussi des ustensiles de ménage, des meubles grossiers, des instrumens aratoires. Enfin, il s'y trouvait des changeurs, des orfèvres, des marchands de bière et de vin, des bateleurs et des femmes publiques. Nous avons vu Philippe-Auguste plein d'égards et de ménagemens pour les chanoines, les évêques et les abbés ; son zèle l'avait conduit dans la Terre-Sainte, et l'avait porté à permettre une seconde croisade prêchée, dans un tournoi, par Foulques, curé de Neuilly, et une autre croisade plus odieuse contre ses propres sujets. Cependant son royaume avait été mis en interdit par Innocent III, qui le força de reprendre sa femme Ingelburge ou Isemburge répudiée, on ne sait pourquoi, le lendemain de ses noces. La malheureuse reine n'en fut pas moins forcée d'aller se renfermer dans le château de Corbeil, qu'elle-même avait bâti.

Louis VIII n'eut pas le temps de se 1223. repentir des cruautés qu'il exerça contre les Albigeois ; car on ne peut regarder comme actes de réparation les legs considérables qu'il fit, en mourant, à soixante abbayes de l'ordre de Cîteaux.

Louis IX n'avait que douze ans 1226. quand son père fut enlevé par une mort subite. Les seigneurs crurent l'occasion favorable pour reconquérir l'indépendance de leurs ancêtres. Les comtes de Champagne, de Bretagne et de la Marche, s'engagèrent par serment à ne recevoir aucun ordre du roi tant qu'il serait en bas âge ; mais ils cachèrent leurs intentions, et afin de s'emparer de sa personne, ils l'invitèrent à se rendre auprès d'eux à Vendôme, lui promettant

5

hommage et satisfaction. Louis, s'étant mis en marche, apprit que les rebelles faisaient secrètement avancer des troupes jusqu'à Etampes et à Corbeil, afin de l'enlever. Il se retira au milieu des ruines du château de Montlhéry, et se cacha dans un souterrain dont l'entrée est à quelques pas de la tour. La reine Blanche, avertie de ce danger, anima tellement les Parisiens, qu'ils vinrent en armes chercher le roi dans sa retraite, et, le renfermant dans le centre de leurs bataillons, ils le ramenèrent à Paris.

En 1234 ce prince pacifia le différend qui s'était élevé entre Thibaut, comte de Champagne, descendu, par les femmes, de la branche des comtes de Chartres, et Alix, reine de Cypre, qui réclamait l'héritage de la maison de Champagne. Thibaut fut condamné à payer deux mille livres en fonds de terre, et quarante mille livres en argent comptant. Il les emprunta du roi et s'acquitta de cette dette, en abandonnant la mouvance des comtés de Chartres, Blois et Sancerre, avec toutes les dépendances de ces terres que Henri son aïeul s'é—

tait réservées dans un partage de famille fait en 1152. Dès lors le comté de Chartres fut tenu en fief de la couronne. Jean de Châtillon le possédait du chef de sa femme Élisabeth, sœur de Thibaut VI, mort sans enfans en 1219. Le comté de Blois, qui avait été uni à celui de Chartres depuis Thibaut le Tricheur, avait passé à Gauthier d'Avesne.

Jean de Châtillon n'est connu que par la fondation de l'abbaye de Notre-Dame-de-l'Eau, en faveur des filles de l'ordre de Cîteaux. Après la mort d'Elisabeth, qui était restée veuve, Mahault, sa fille unique, prit le titre de comtesse de Chartres, en 1248. Jean d'Amboise, seigneur d'Oisy, devint comte de Chartres par son mariage avec Mahault. Il accompagna saint Louis au voyage d'outre - mer, et fut le troisième comte de Chartres qui périt en Palestine.

Quatre barons d'Orléans, vassaux 1250. de l'église de Sainte-Croix, qui avaient aussi accompagné le roi à cette croisade, furent miraculeusement sauvés d'un grand danger. Il ne s'agissait de rien moins que d'être pendus aux gouttières du château de la Massoure. Dans la nuit qui précéda le jour marqué par les Turcs pour leur supplice, les prisonniers implorèrent le secours du Très-Haut, et promirent d'offrir, tous les ans, dans la cathédrale d'Orléans, des gouttières de cire ; là-dessus ils s'endormirent, et le lendemain, à leur réveil, ils furent bien étonnés de se trouver dans l'église de Sainte-Croix. On connaît le fait ; en voici les preuves : les tapisseries de la cathédrale représentaient l'histoire de ces barons, telle que nous venons de la raconter. Trois ou quatre manuscrits, rédigés tant avant qu'après ce merveilleux événement, en attestent l'authenticité. Enfin, les auteurs de l'église gallicane qui écrivaient dans le dix-huitième siècle le trouvent encore vraisemblable ; toutefois, dans le dix-neuvième, on commence à le trouver douteux.

La nouvelle des désastres éprouvés par l'armée de saint Louis répandit en France la consternation : un fanatique, apostat de Cîteaux, publia alors que

les anges et la Vierge lui avaient ordonné
de prêcher une croisade au petit peuple et aux bergers qu'il enrôla sous le
nom de Pastoureaux. Une foule de scélérats et de vagabonds s'empressèrent
de grossir cette milice, qui forma bientôt un corps de cent mille hommes. Ils
étaient armés de mauvaises épées, de
couteaux et d'instrumens de labourage
transformés en lances. C'est ainsi qu'ils
marchèrent sur Orléans. Les habitans,
poussés par la curiosité, s'assemblent
en foule autour du nouveau prophète.
En vain Matthieu de Bussy, leur évè-
que, menace des foudres de l'Eglise
quiconque écoutera les discours de l'im-
posteur : un écolier de l'université in-
terrompt le prélat et le traite d'hérétique; aussitôt il tombe frappé d'un coup
de hache aux pieds de celui qu'il vient
d'outrager. Les Pastoureaux, pour le
venger, se jettent comme des forcenés
sur les prêtres, les massacrent ou les
traînent dans la Loire. Ce funeste événement éclaira la régente, qui avait
d'abord toléré les rassemblemens de

.5

ces fanatiques; ils furent presque tous exterminés.

Rappelé dans son royaume par ces troubles et par la mort de sa mère, saint Louis alla signer à Chartres un traité de paix avec Henri III, roi d'Angleterre. Dans le même temps il intercéda près des abbés de Saint-Père, de Saint-Jean et de Saint-Chéron, chargés par le pape Innocent IV de l'exécution d'un jugement assez curieux rendu contre les chanoines de la cathédrale. On ne sait jusqu'à quel point ils étaient complices d'un meurtre commis par Hugues de Chavernay, leur confrère, sur la personne d'un chantre frappé dans les ténèbres, comme il allait à matines. L'assassin en fut quitte pour un bannissement de cinq années, et ses confrères pour un changement de domicile, de la Pentecôte jusqu'à la Toussaint. Nous sommes fâchés que le bon roi saint Louis, qui trouva ce châtiment trop rigoureux, ait fait percer et brûler les lèvres des blasphémateurs. Ces jugemens sont d'un moine; mais ceux qu'il rendait sous le chêne de

Vincennes contre les princes même de sa famille, en faveur des opprimés, sont vraiment d'un roi.

Saint Louis séjournait souvent à Poissy et à Pontoise ; il avait été baptisé dans la première de ces deux villes ; aussi était-elle pour lui un lieu de prédilection : il s'intitulait familièrement Louis de Poissy. Joinville nous a révélé les motifs secrets qui le fixaient au château de Pontoise : « C'était, dit-il, le lieu » qui lui plaisait le plus, parce que sa » chambre était située au-dessus de celle » de la reine Marguerite son épouse : et » comme la mère de ce roi, Blanche, » ne voulait pas qu'il vît Marguerite » pendant le jour, les deux époux, pour » éluder ce caprice tyrannique, se par-» laient par le vide d'un escalier à vis. » Le roi y tomba dangereusement malade en 1243 : il implora le Ciel en faisant vœu d'une croisade ; il n'eut apparemment point assez d'un premier pèlerinage pour se croire dégagé de sa parole.

Ce saint roi dut souvent interposer, et quelquefois même compromit son arbitrage, en cherchant à concilier l'ambition rivale des seigneurs et des moines.

Jean II de Châtillon, devenu comte de Chartres et de Blois depuis la mort de Mahault, disputa à l'abbé de Saint-Père les droits et profits que celui-ci prétendait sur les foires de Saint-Pierre. Je ne sais comment les chanoines de la cathédrale se trouvèrent mêlés dans cette querelle; mais quelques-uns de leurs officiers ayant été emprisonnés par le comte, le chapitre jeta l'interdit sur la ville et la banlieue de Chartres, excommunia le comte, son châtelain, son prévôt, et plusieurs bourgeois. Saint Louis intervint encore dans cette affaire, et nomma cinq prélats pour la juger. Jean de Châtillon et tous les autres excommuniés furent condamnés à demander humblement l'absolution, et à payer de grosses amendes. Il n'est rien là qui doive surprendre ; mais on a peine à croire que des évêques aient pu ordonner que les morts inhumés pendant l'interdit fussent déterrés par les mains de ceux qui les avaient ensevelis, et que leurs os, promenés autour de l'église paroissiale, fussent ensuite déposés dans des fosses pour y demeurer après qu'on aurait célébré les obsèques, comme de coutume, et surtout après que les droits des curés auraient été perçus : ainsi par cupidité et par vengeance, des prêtres troublaient la cendre des morts !

Au mépris de cette horrible transaction, un nouvel interdit ne tarda pas à être lancé sur la ville de Chartres et sur sa banlieue. Saint Louis se disposait à sa seconde croisade ; il écrivit en ces termes au chapitre : « Comme à notre » réquisition et à la prière que nous vous » en avons faite, le mercredi d'après la » fête des bienheureux apôtres saint » Pierre et saint Paul, à notre arrivée à » Chartres, vous avez repris l'usage de » vos orgues, nous vous prions que pour » l'amour de nous, et à nos instantes » prières, vous suspendiez pour un » temps les interdits dans votre église » et dans la terre de notre cher comte » de Blois. »

Enfin, en 1294, une transaction définitive étouffa ces discordes scandaleuses. Le comte de Chartres reconnut que le cloître, l'église, et tout ce qui en dépendait seraient soumis à la justice du chapitre, et que le chapitre ne serait en aucune manière assujéti à la juridiction seigneuriale.

Philippe le Hardi ayant ramené en France les débris de l'armée que son père avait conduite sous les murs de Tunis, s'empressa de rendre les derniers devoirs à ce saint roi. Lui-même conduisit la pompe funèbre, suivi de l'archevêque de Sens et de l'évêque de Paris. Mais le fier abbé Matthieu de Vendôme, jaloux de maintenir ses priviléges, ferma brusquement les portes de son église : « Il fallut, dit Vély, que les deux prélats » allassent quitter les marques de leur » dignité au-delà des limites de la sei- » gneurie de l'ambitieux solitaire : jusqu'à » ce que cela fût exécuté, le roi et les ba- » rons de France attendirent patiemment » à la porte, qu'on pouvait, observe un » judicieux écrivain, qu'on devait peut- » être même enfoncer. »

C'est ce même Matthieu de Vendôme qui avait achevé la reconstruction de l'église de Saint-Denis, commencée, en 1231, par l'abbé Eudes

Clément; il avait alors affecté plus d'humilité; il avait requis le consentement de saint Louis et de Blanche de Castille, parce qu'il n'osait pas faire abattre, de sa seule autorité, la vieille église qui avait été consacrée par Jésus-Christ en personne.

A la mort de Philippe le Hardi, il y eut encore de grands débats entre les moines de Saint-Denis et les Jacobins. Ceux-ci avaient obtenu que son cœur fût déposé dans leur église; les autres ne manquèrent pas de rappeler leurs priviléges et de former opposition. La Sorbonne s'assembla pour examiner cette affaire, et décida que le nouveau roi n'avait pu donner ce cœur, ni les Bénédictins le céder, ni les Jacobins le retenir sans une dispense du pape. Mais la volonté de Philippe le Bel trancha la question.

En montant sur le trône, Philippe le Hardi avait ordonné que, s'il décédait avant que son fils eût atteint l'âge de quatorze ans, la régence du royaume fût confiée à son frère Pierre d'Alençon, auquel il donnait pour conseillers Jean

de Châtillon, comte de Chartres, et
Pierre de Barbes, archidiacre de Dunois. Mais Jean de Châtillon mourut
avant le roi. Alix, sa veuve, fit un pélerinage en Terre-Sainte, et mourut à son
retour. Pierre de France ou d'Alençon,
fils de saint Louis, qui avait épousé
leur fille Jeanne, hérita des comtés de
Chartres et de Blois. Ce prince avait
suivi son père en Afrique, et s'était distingué au siége de Tunis; il alla finir
ses jours à Salerne, dans le royaume de
Naples, en 1282. La comtesse Jeanne
perdit ses enfans en bas âge. Elle fit des
legs considérables à l'église de Chartres,
aux hôpitaux et aux couvens, et donna
un secours de quinze mille livres aux
défenseurs de la Terre-Sainte. Elle avait
affranchi ses sujets de Sancheville, de
Bonneval et de Saint-Martin, de l'obli-
gation de prendre les armes; ce qui
prouve que les seigneurs prétendaient
toujours au droit de guerre. Philippe
1285. le Bel acheta de Jeanne le comté
de Chartres et la ville de Bonneval
pour trois mille livres de rente. Par
cette acquisition il réunissait le do-

maine à la seigneurie, mais il s'en
dessaisit peu de temps après en faveur
de son frère Charles de Valois. Cependant ce roi semblait affectionner la ville
de Chartres. Après sa victoire de Mons-
en-Puelle, où les Flamands lui avaient
fait courir un grand danger, il fonda un
service solennel de Notre-Dame-de-la-
Victoire dans l'église de Chartres, et
fit présent à cette église de son cheval
et de ses armes; don qu'il avait déjà
fait à Notre-Dame de Paris. Malgré
toutes ces faveurs, les intraitables chanoines soutenaient avec opiniâtreté et
contre Philippe le Bel et contre son
frère Charles, leur nouveau seigneur,
cette querelle ridicule qui avait pris
naissance au sujet d'un cloître, du temps
de Jean de Châtillon. Nous ne suivrons
pas ces chanoines dans leurs émigra-
tions à Mantes, à Etampes, ou dans
d'autres lieux. Sans doute leur présence
eût été peu regrettée des habitans de
Chartres, s'ils n'avaient frappé la ville
d'interdit, laissant ainsi dans le désespoir des malheureux à qui la superstition faisait regarder comme une puni-

tion divine la vengeance intéressée de ces prêtres.

Philippe le Bel mourut à Fontainebleau d'une chute de cheval. Actif, ambitieux et ferme, il donna une meilleure organisation aux diverses administrations de ses Etats, et fit faire de grands progrès à l'autorité royale. Il rendit le parlement sédentaire, brava le pape Boniface, persécuta les Juifs, détruisit les Templiers, et mérita le nom de faux monnoyeur.

1314.   Louis X, surnommé le Hutin, était, dit un historien de son temps, *volentif, mais non ententif, en ce qu'au royaume il fallait.* Cependant il fit beaucoup de bien, par l'affranchissement général des communes, sans avoir eu pourtant de fort bonnes intentions. Après avoir dit dans ses chartes que, selon le droit de la nature, chacun doit naître franc, il statue qu'on vendra le droit de franchise à tous ceux de ses sujets qui étaient demeurés serfs. Acquise, même à ce prix, la franchise était encore un grand bien pour les pauvres habitans des campagnes, mais la plupart étaient trop abrutis et trop misérables pour payer par un sacrifice volontaire des avantages dont ils étaient accoutumés à se passer : il fallut donc les forcer à devenir libres. Plusieurs années auparavant, Charles de Valois, oncle de Louis, avait exempté les habitans de sa ville de Chartres du paiement des tailles, subsides et autres droits, et leur avait permis de tenir leurs assemblées dans un hôtel commun. Mais ces immunités n'avaient pas non plus été gratuites. Les bourgeois avaient payé au comte douze mille livres. Charles avait besoin d'argent pour soutenir les prétentions de sa seconde femme, Catherine de Courtenay, à l'empire de Constantinople et au comté de Namur. Il avait aussi besoin de la faveur du pape Boniface, si cruellement outragé par son frère Philippe le Bel, et il parvint à la gagner à force de souplesse. Revêtu par ce pontife du titre de vicaire de l'Empire, il fut envoyé à Florence pour rétablir la paix entre les habitans divisés en factions de blancs et de noirs ; il chassa les blancs, au nombre desquels se trouva le fameux poëte le Dante, qui se vengea, par ses

vers, de cette persécution. L'année suivante, il allait faire voile vers Constantinople, avec plusieurs seigneurs d'Italie
qui le suivaient à grands frais, quand le
roi le manda pour la guerre de Flandre.
Les Italiens l'accompagnèrent, et pour
les récompenser, il leur procura de riches bénéfices dans l'église de Chartres.
En 1306, le pape Clément V pressa par
ses lettres Charles de Valois de passer
dans le Levant, promettant de l'aider
de tout son pouvoir à recouvrer l'héritage de son épouse. Pendant qu'il se
préparait à cette expédition, Catherine
de Courtenay mourut subitement. Il
épousa, la même année, en troisièmes
noces, Mahault de Saint-Paul, fille de
Guy de Châtillon, et déclara, par lettres
datées de Poitiers, qu'il laissait aux enfans à naître de ce mariage le comté
de Chartres et quelques autres seigneuries. Charles de Valois mourut dans le
château de Patay en Beauce, en 1325.
Toute sa vie fut agitée par des projets
ambitieux qu'il ne mit jamais à exécution ; son avarice, excitée par de grands
besoins, le rendit odieux à la France, et,

plus tard, le dépit de voir ses dilapidations démasquées, le poussa à une vengeance qui l'a rendu plus odieux encore
à la postérité. Enguerrand de Marigny,
sommé, en plein conseil, de rendre
compte de l'emploi des finances qu'il
avait administrées sous Philippe le
Bel, déclara qu'il en avait remis une
grande partie au comte de Valois, que
l'autre avait payé les charges de l'Etat.
Charles lui donna un démenti et mit
l'épée à la main; le ministre en fit autant; on les sépara. Marigny fut arrêté. On invita le peuple, qui lui attri-
buait les malheurs du dernier règne, à
venir déposer contre lui : personne ne
se présenta. Le comte de Valois choisit
ses juges et ne permit pas qu'il eût un
défenseur; enfin il fit déposer, par de
faux témoins, que Marigny avait tenté
de faire périr le roi par un sortilége. La
peur décida ce prince à permettre l'exécution de la sentence. Marigny, marchant au supplice, protesta de son innocence et émut le peuple de pitié.
Louis le Hutin témoigna bientôt son
repentir, et Charles ses remords. Ce-

..5

lui-ci, aux approches de la mort, fit distribuer aux pauvres d'abondantes aumônes, avec recommandation de prier pour monseigneur Enguerrand et pour Charles de Valois; mais ces regrets tardifs, qui prouvaient l'injustice, ne suffisaient pas pour l'expier.

Une autre condamnation plus juste, mais trop rigoureuse, marqua encore d'un caractère sanglant le règne si court de Louis X. Il fit étrangler sa femme, Marguerite de Bourgogne, coupable de quelques galanteries. Cette reine, avec ses deux sœurs Jeanne et Blanche de Bourgogne, s'était retirée dans l'abbaye de Maubuisson, près de Pontoise, *où elle menait joyeuse vie.* Philippe et Gauthier d'Aunay, deux frères, qui partageaient leurs plaisirs, furent cruellement mutilés, écorchés vifs, puis décapités à Pontoise. L'huissier complaisant qui avait favorisé leurs intelligences fut attaché à un gibet; un religieux périt dans les supplices; beaucoup d'autres, innocens ou coupables, furent appliqués à la torture. La princesse Blanche, répudiée par son mari, finit ses jours dans le Château-Gaillard. Jeanne de Bourgogne, plus heureuse sans avoir été plus sage, monta sur le trône avec Philippe le Long, et ne renonça point à ses habitudes de débauche. Il paraît que cette reine, perdant toute retenue, fit de son hôtel de Nesle un lieu de prostitution. Elle appelait par des signes les écoliers de bonne mine qui passaient sous ses fenêtres, et quand ils avaient eu l'imprudence de se rendre à ses désirs, elle les faisait renfermer dans un sac et jeter à la Seine.

Les annales de l'église de Chartres ne présentent que de risibles démêlés entre les évêques et les chanoines. Ils avaient sans doute autrefois une grande importance, puisqu'ils ont fourni matière à de gros volumes; mais aujourd'hui ils n'en ont plus, et le ridicule de ces querelles soutenues par des injures et par des excommunications, n'a pas même assez d'attrait pour faire surmonter le dégoût qu'elles inspirent.

Philippe le Long offrit, comme son 1317. prédécesseur, *d'abolir la servitude à bonnes et convenables conditions;* ce qui prouve que jusqu'alors ces conditions avaient paru trop onéreuses. Cependant peu à peu, tant par la persuasion que par la violence, nos rois étendirent le bienfait de l'affranchissement. Philippe trouva un moyen de réprimer les seigneurs sans rendre les communes indépendantes. Il réduisit les grands baillis royaux établis par saint Louis à la simple fonction de juges, et leur retira le commandement de la milice, pour en investir un capitaine général; ensuite il désarma les communes, sous prétexte que les bourgeois pauvres vendaient leurs armes.

1322.   Charles le Bel contint les nobles par la terreur des châtimens. Il fortifia l'autorité royale par la suppression des monnaies seigneuriales, qu'il abolit en achetant les droits et les ateliers des seigneurs.

Le comté de Valois, incorporé au domaine royal par Philippe – Auguste, en avait été détaché deux fois par saint Louis : la première, en faveur de Blanche de Castille, qui en eut la jouissance viagère; la seconde, en faveur de

Tristan, fils du roi, avec clause de re-
version à la couronne, à défaut d'hoirs
mâles. La mort prématurée de ce prince,
décédé sans enfans, fit rentrer le Valois
dans les limites du domaine royal. Mais
en 1284, Philippe le Hardi l'aliéna de
nouveau, pour le donner en apanage,
sous le titre de comté, à Charles de
France, son second fils, à qui fut également conféré le comté de Chartres.
Nous avons indiqué les principaux traits
de la vie de ce prince, connu sous le nom
de Charles de Valois. Les historiens de
cette province célèbrent à l'envi les
bienfaits de son administration. Il pros-
crivit de prétendus priviléges de pacage,
d'usage, de garenne; il réprima les exactions exercées en son nom par ses officiers; il promulgua, en 1311, une lettre d'affranchissement, précédée d'un
préambule qui fait honneur à sa philan-
thropie. Cette lettre est ainsi conçue :
« Tous gens nés et à naître dans le comté
» de Valois seront à l'avenir exempts
» de main-morte, de for-mariage et de
» toute servitude ; ils pourront passer
» dans tel pays qu'ils voudront, sans être

» assujétis à aucun droit. Tout homme
» de notre comté peut et pourra prendre
» tonsure entrer en religion, contracter
» alliance et telle qu'il voudra, sans qu'on
» puisse exiger redevance. »

Le comte n'excepta du bénéfice de
l'affranchissement que la nommée Gil-
le, femme de Thibaud l'écuyer, et sa
postérité. On ignore la cause de cette
singulière exception. Punissait-il en elle
le crime de n'avoir pas satisfait *au droit
du seigneur?* punissait-il en sa postérité
le crime d'appartenir à l'écuyer Thibaud, sans mélange de sang seigneurial?
Les éloges donnés à Charles de Valois, fussent-ils mérités, ne suffisent
point pour compenser les reproches terribles que lui adresse l'histoire, et qu'il
s'adressait lui-même, reproches fondés
sur un forfait.

Il y avait à cette époque, dans le
Valois, une sorte de tribunal de l'in-
quisition qui connaissait des blasphê-
mes et des scandales contre la religion. Un bourgeois de Verberie, accusé
de sacrilége, fut absous pour cause d'i-
vresse, mais néanmoins condamné, par

forme d'expiation, à une pénitence publique.

Un seul trait suffit pour caractériser la jurisprudence de cette époque. En 1313, un procès criminel est intenté contre un taureau, *habitant* du village de Moisy, prévenu d'homicide : instruction est faite ; témoins sont entendus ; plaidoiries ont lieu ; question intentionnelle est posée ; condamnation capitale prononcée selon la forme et teneur (on ignore toutefois s'il y eut torture préléminaire à l'effet d'arracher l'aveu de culpabilité) : le condamné cornifère est accroché, par la main de l'exécuteur des hautes-œuvres, aux fourches patibulaires du lieu où le crime avait été commis : mort s'ensuivit. Toutefois ce supplice ne termina pas la scène : il y eut appel des officiers royaux pour cause d'incompétence ; l'affaire fut portée au parlement en 1314, lequel reconnut l'incompétence, mais confirma le jugement. L'historien qui rapporte ce fait judiciaire ajoute que *les ministres d'une telle procédure étaient eux-mêmes des animaux.*

A la mort de Charles, en 1325, Philippe de Valois succéda à son père dans le comté de ce nom. Trois années après il fut appelé à la régence du royaume. Charles le Bel était mort à Vincennes, sans enfans mâles; mais Jeanne d'Evreux était enceinte : elle accoucha d'une fille, et alors, en dépit des réclamations d'Edouard, roi d'Angleterre, la régence de Philippe se convertit en royauté. Avec lui commence la branche dite des Valois.

Philippe de Valois eut à soutenir des guerres longues et malheureuses. Pendant que la famine et les maladies contagieuses ravageaient la France, des impositions excessives achevèrent de pousser le peuple au désespoir. Il s'éleva un cri général d'indignation et de douleur qui ne troubla point les plaisirs de la cour, des gens de guerre et de finances; aussi Philippe, qu'on avait aimé, mourut haï de tous ses sujets, auxquels il avait fait pressentir que la puissance absolue des rois serait oppressive comme la puissance anarchique des nobles.

Philippe de Valois avait succédé à son père Charles, en 1325, dans les comtés de Chartres, de Valois et d'Anjou. Quand il devint roi de France, ces comtés furent joints à la couronne, mais non réunis; il en jouit comme de domaines héréditaires. Ses successeurs gardèrent le comté de Chartres, au même titre, jusqu'à ce qu'il fût érigé en duché, l'an 1528, et donné par François 1er à Rénée de France, duchesse de Ferrare et fille de Louis XII, avec les seigneuries de Montargis et de Gisors. En 1314, Humbert, dauphin du Viennois, résolu à se retirer dans un cloître après la mort de son fils, disposa du Dauphiné et de ses autres états en faveur du second fils de Philippe de Valois, à condition que lui et les autres enfans de France qui en jouiraient prendraient le nom et les armes de dauphin, et que ces états ne pourraient être incorporés au royaume. Philippe VI s'éloigna des intentions de Humbert en affectant le Dauphiné à l'héritier présomptif de la couronne : mais il voulut donner un dédommagement à Philippe, son second fils. Il lui céda à titre d'apanage la ville et la seigneurie d'Orléans, qu'il érigea en duché. Et

5...

pour ne point déroger à l'ancien usage, qui voulait qu'un duché fût composé de dix châtellenies, il y joignit le comté de Beaugency, et les seigneuries de Neuville, d'Hyèvre-le-Châtel, de Vitry, de Châteauneuf, d'Hyenville, de Château-Renard, de Lorris et de Bois – Commun. Il donna, la même année, à son second fils, sous la même loi d'apanage, les comtés de Valois et de Beaumont-le-Royer. Un démembrement si considérable de la monarchie pouvait devenir aussi funeste que les divisions du royaume sous les successeurs de Clovis.

Philippe de Valois mourut au château de Nogent-le-Roi, en 1350. Il avait été le dernier comte de Chartres, et c'est précisément vers le temps où ce titre s'éteignit que la dignité de vicomte, passée en main ecclésiastique, resta sans attributions. Le vicomte exerçait, au nom du comte et sous sa dépendance, l'autorité civile et militaire : le premier connu à Chartres, est Hugues, seigneur du Puiset, qui vivait à la fin du dixième siècle. Ses descendans remplirent obscurément leur char-

ge jusqu'à Everard III, qui suivit le
comte Etienne en Terre-Sainte, et se fit
tuer au siége d'Antioche. Hugues III,
son frère, usant du droit généralement
établi au douzième siècle, s'empara des
biens de l'Église ; mais l'évêque Yves,
peu endurant, l'excommunia et le contraignit d'aller mourir dans la Syrie, en
expiation de son péché. Hugues IV,
fils d'Everard, est ce même seigneur
du Puiset dont nous avons déjà parlé,
qui pendant plus de dix ans lutta contre
les foudres des évêques et des papes, et
contre toutes les forces du roi de France Louis le Gros. Nous avons rapporté,
suivant quelques auteurs, qu'il périt sur
mer, en 1120; selon d'autres, il arriva
sain et sauf à Jérusalem, près de Baudouin du Bourg, son cousin-germain,
qui lui donna en garde la ville de Jaffa.
Accusé de meurtre et de trahison, il se
fit turc pour échapper à la condamnation prononcée contre lui. Peu de
temps après, s'étant repenti, il fit sa
paix avec le roi de Jérusalem, et fut
poignardé, en jouant une partie d'é-
checs, par un chevalier Breton. Le

dernier vicomte de Chartres fut un chanoine nommé Pierre de Rochefort, élu évêque de Langres en 1325.

Orléans avait aussi des vicomtes depuis la fin du sixième siècle; mais leur vie a été plus obscure encore que celle des vicomtes de Chartres. Il paraît, par les ordonnances de saint Louis, de Philippe IV et de Charles V, qu'ils étaient juges de la ville, et exerçaient à peu près la même autorité que les baillis et les sénéchaux.

1350.   Le roi Jean commença son règne par une exécution juste peut-être, et néanmoins révoltante, parce qu'elle n'avait été précédée d'aucune forme de justice. Il fit trancher la tête au comte d'Eu, que sa qualité de connétable plaçait au premier rang dans l'Etat, après le roi. Cet événement a une malheureuse coïncidence avec un échange fait entre le roi Jean et Philippe duc d'Orléans, du comté de Beaumont-le-Roger, des châtellenies de Breteuil, de Conches et d'Orbec, qui appartenaient à ce dernier, contre le comté de Beaumont-sur-Oise, Asnières, Meung-sur-Yèvre, et toutes les seigneuries que le roi avait acquises en Saintonge et en Poitou par la forfaiture du comte d'Eu.

La France, qui avait vu ce règne commencer sous de lugubres auspices, était en proie aux guerres intestines et aux brigandages d'une multitude de troupes vagabondes. Bientôt la guerre étrangère amena de plus grands maux. Edouard, qui avait disputé la couronne à Philippe de Valois, s'était enhardi dans ses projets par des victoires; il préparait une nouvelle invasion. Le roi Jean, dans la nécessité de s'assurer des fonds pour mettre une armée en campagne, convoqua en 1355 les états-généraux à Paris. Ces fameux états consacrèrent le principe qu'aucun impôt ne pouvait être levé sans le consentement de la nation, et tout en accordant un subside suffisant à la défense du royaume, ils ne voulurent pas laisser l'argent à la disposition du roi. Ce fut un tort de cette assemblée de ne réclamer, au nom du peuple, que l'administration des finances; et cependant il était d'un heureux augure de voir le tiers-

...5

état, naguère esclave du clergé et de la noblesse, partager déjà leur autorité.

Le roi Jean se transporta à Chartres, y rassembla des troupes, et partit pour cette campagne, si malheureuse par son imprudence, et terminée par la bataille de Poitiers, où il fut pris. Il ne recouvra sa liberté que quatre ans après, par le traité de Brétigny. Mezerai rapporte que le roi d'Angleterre, qui venait d'éluder les propositions de paix faites à Longjumeau, fut surpris devant Brétigny, petit village voisin de Chartres, par un orage qui lui tua mille chevaux. Nous croyons, avec Voltaire, qu'il a pu être déterminé à la paix par des causes moins miraculeuses que cette grêle meurtrière : quoi qu'il en soit, le traité fut conclu le 7 mai 1360. Les principaux articles furent que la Guienne, le Poitou, la Saintonge, le Limousin, demeureraient en toute propriété au roi d'Angleterre, et que le roi de France paierait trois cents millions d'écus d'or pour sa rançon.

Pendant la captivité du roi Jean, le dauphin avait de nouveau convoqué les états-généraux. Robert-le-Coq, évêque de Laon, et Marcel, prévôt de Paris, que nos historiens ont flétri de noms odieux, dominèrent dans cette assemblée. Leurs efforts pour relever la dignité et la puissance du peuple étaient louables, mais ils furent prématurés; trop faibles pour combattre seuls les obstacles qu'on leur opposait, ils se donnèrent dans le roi de Navarre un chef dangereux par ses vices, par ses intrigues et par son habileté, et se laissèrent entraîner au-delà de leur but par une populace turbulente dont ils avaient cru faire un instrument. Les désordres de la capitale se répandirent au dehors. L'Ile-de-France surtout devint le théâtre d'une guerre désastreuse entre les troupes de Charles le Mauvais et celles du dauphin, qui avait quitté Paris. Elle fut en même temps ravagée par des compagnies de brigands qui se formèrent de toutes parts. Les gens de campagne, las des vexations de la noblesse, prirent les armes, et furent poussés par la vengeance et par l'espoir du butin à des actes de férocité qui font frémir. Les nobles, obligés de se rallier pour leur défense, exterminèrent les Jacques, et allèrent grossir le parti du régent. Ce prince était venu tenir les états-généraux à Compiègne. Il y fit condamner les Parisiens, obtint des subsides, leva des troupes, et alla bloquer Paris. Les habitans, fatigués de l'état d'anarchie où les avaient conduits leurs propres fureurs, assassinèrent Marcel, et ouvrirent leurs portes au régent, qui, par sa politique adroite, rétablit l'autorité royale, et la rendit à son père plus absolue et plus forte qu'elle ne l'avait été sous ses prédécesseurs,

Depuis le règne de Philippe-Auguste jusqu'à celui de Charles V, un siècle et demi s'est écoulé, et pendant cette longue période nous avons vu tous les appuis du gouvernement féodal successivement renversés. Louis le Gros et Louis le Jeune avaient commencé à battre en ruines cet édifice sans solidité ; ils avaient du moins indiqué l'attaque que leurs successeurs poursuivirent sans relâche et avec un plein succès. La cour suprême de Philippe-Auguste, où les grands

vassaux eurent l'imprudence de comparaître à côté des officiers du palais; l'acquisition des vastes domaines confisqués
sur Jean-Sans-Terre, et l'éclat de grandes victoires, élevèrent la puissance du
roi bien au-dessus de celle des seigneurs,
et mirent ces derniers sous sa dépendance. Les appels de faux-jugement
devant un tribunal civil supérieur,
et toutes les réformes introduites par
Louis IX dans la législation, firent passer
dans ses mains la souveraineté judiciaire. Le duel étant aboli, il fallut,
pour être en état de juger, une instruction et des connaissances que les nobles
méprisaient; c'est pourquoi le tribunal
suprême, qui prit le nom de parlement,
fut composé d'hommes des communes,
pour la plupart dévoués au roi. Le parlement acquit une nouvelle importance,
en devenant sédentaire, sous Philippe
le Bel. Ce roi porta le dernier coup à
ses vassaux par la défense de troubler
la paix intérieure de l'Etat, en s'armant
les uns contre les autres, et par le droit
qu'il s'attribua de lever des aides extraordinaires dans leurs domaines. Il

est à remarquer que Philippe le Bel
convoqua des assemblées qui furent le
modèle de celles qu'on a depuis appe-
lées états-généraux. Ses trois fils affer-
mirent encore l'autorité qu'il avait établie ; elle fut presque absolue sous Philippe de Valois, et cessa de s'appuyer
sur les intérêts du peuple. Sous le roi
Jean, le peuple, qui commençait à connaître ses droits et qui sentait l'oppression, fit un effort pour se relever ; mais
après cet effort violent et mal dirigé, il
tomba dans le découragement, et n'eut
plus d'énergie que pour le service de ses
maîtres.

Au treizième siècle ou du moins
au quatorzième, on commença à mé-
priser les seigneurs qui vivaient de
pillage ; ils furent flétris du nom *de chevaliers à la proie;* plusieurs même furent pendus pour leurs crimes, comme
de simples roturiers. Ils s'avisèrent alors
de prendre à leur service des pillards et
coureurs, à l'exemple de nos rois qui
exerçaient dans les villes leur droit de
prise par des chevaucheurs. On voit que
la réforme complète de ces mœurs bar-

bares était bien lente à s'opérer. Un écrivain qui appartient à cette époque reproche aux femmes l'indécence de leur parure; il leur recommande de ne point jurer, de ne point boire avec excès, de fuir l'habitude du vol et du mensonge. Les superstitions n'étaient ni moins grossières ni moins communes que dans les siècles précédens. On croyait estropier son ennemi ou le faire mourir de langueur, en perçant à coups de stylet, en mutilant, ou en faisant fondre une image de cire formée à sa ressemblance. Cependant la culture des lettres avait fait de nouveaux progrès; l'enseignement était plus général, et quoique mal dirigé, il répandait toujours quelque lumière. L'université d'Orléans s'était considérablement accrue au treizième siècle. Elle était depuis long-temps en réputation, et l'on assure que lorsque Gontran fit son entrée solennelle dans la ville, il y fut harangué en langues grecque, syriaque, hébraïque et latine. Il est douteux que le fils de Clotaire fût en état de comprendre l'orateur. L'université d'Or-

léans obtint sous le pontificat de Clément V des priviléges singuliers : l'é-
vêque seul devait juger les délits commis par les docteurs, les écoliers et leurs
serviteurs; même quand ils étaient pris
en flagrant délit, ils ne pouvaient être
punis par la justice séculière. Aucun
d'eux ne pouvait être arrêté pour dettes.
Les habitans, indignés de ces priviléges
qui troublaient l'ordre civil, se portèrent en tumulte au couvent des dominicains, et menacèrent violemment les
écoliers et leurs maîtres. Sur la plainte
de ces derniers, le parlement condamna
vingt-deux habitans à payer mille livres
d'amende, à faire une réparation publique, et à demander à genoux le pardon de leur faute. En 1315 l'université,
troublée dans quelques-uns de ses priviléges, ferma ses écoles, et les étudians
se retirèrent à Nevers. Pour les apaiser, on les rétablit dans leurs anciens
droits, et on leur en accorda de nouveaux, sans s'inquiéter des pauvres habitans. Le droit canon a été enseigné à
Orléans dès la fondation de l'université,
le droit civil seulement vers le com-

mencement du douzième siècle. Parmi les docteurs qui ont illustré cette université, on cite les papes Clément V et Jean XXII, et le cardinal Bertrandi, député par le clergé de France pour défendre la juridiction ecclésiastique attaquée par le célèbre Pierre de Cugnères. Un homme qui honora plus véritablement l'Orléanais par ses talens, fut le poète Jean de Meung, continuateur du roman de la Rose. On rapporte de lui un tour assez plaisant : il avait légué aux Dominicains de Paris un coffre très-lourd, qu'ils trouvèrent, en l'ouvrant après sa mort, rempli de pièces d'ardoise sur lesquelles étaient tracées des figures de géométrie. Les moines indignés exhumèrent le cadavre de Jean de Meung enseveli dans leur église ; mais ils furent contraints par arrêt du parlement de rendre au défunt une sépulture honorable. Ce trait peint, aussi bien que les satires du poète orléanais, l'esprit des religieux de son siècle. Le roman de la Rose, qui a fait la réputation de Jean de Meung, avait été commencé par Guillaume de Lorris, doué

6

de plus de sentiment que lui. Le continuateur était plus vif et plus caustique. Aux fictions sans vraisemblance et sans agrément qui remplissent la plus grande partie de l'ouvrage, il mêla les traits d'une bonne plaisanterie et d'une fine critique, qui en assurèrent le succès, et le rendirent fort à la mode sous le règne de François 1er. Marot s'avisa alors d'en publier une édition, où il altéra le texte; mais il resta bien au-dessous des deux auteurs qu'il voulait corriger.

Les annales de Chartres ont conservé les noms de plusieurs savans, qui sont d'ailleurs demeurés fort obscurs. Un chanoine, nommé Jean le Marchant, a traduit en français un poème latin, sous le règne de saint Louis, qui lui donna une prébende. Amaury de Chartres, chef de secte, qui fut condamné par Innocent III, soutenait que le paradis, l'enfer, et la résurrection des corps étaient des rêves; ses disciples ajoutèrent à ces opinions que les sacremens étaient inutiles, et que toutes les actions dictées par la charité, même l'adultère, ne pouvaient être mauvaises.

Ces hérétiques furent condamnés en
1209 dans un concile de Paris. On en
brûla plusieurs, et l'on déterra le corps
de leur chef pour le jeter à la voirie.

SIXIÈME ÉPOQUE.

DEPUIS LE RÈGNE DE CHARLES V, JUSQU'A L'AFFRANCHISSEMENT DU ROYAUME RECONQUIS SUR LES ANGLAIS.

1364.   CHARLES V, devenu roi, déploya autant de prudence et de fermeté qu'il avait montré de dissimulation et de faiblesse pendant sa régence. Il n'était point guerrier; mais, secondé par le vaillant Duguesclin, il sut vaincre et réprimer le roi de Navarre, chasser les Anglais de son royaume, et le purger de ces bandes qui, sous les noms de *routiers, grandes compagnies, écorcheurs,* faisaient plus de ravage que les ennemis étrangers. Ce roi aimait les lettres; il fut le premier qui réunit dans le Louvre une collection de livres assez nombreuse, et qui fit traduire quelques ouvrages de l'antiquité. Ce qui porte à croire néanmoins que son goût pour les sciences n'était pas très-éclairé, c'est qu'il donnait la préférence à l'astrologie. Il avait aussi la manie d'entretenir des fous à sa cour. Il fit ériger à l'un de ces fous, dans l'église de Saint-Maurice de Senlis, un monument sépulcral magnifique pour le temps. Sur la fin de sa vie, Charles devint avide d'argent, et il accabla le peuple d'impôts ; mais son règne parut doux en comparaison de ceux qui l'avaient précédé, et de ceux qui le suivirent. Ce roi mourut au château de Beauté-sur-Marne, qu'il avait construit.

Le duc d'Anjou, déclaré régent du 1380. royaume pendant la minorité de Charles VI, doit être regardé comme le principal auteur des maux qui désolèrent la France dès le commencement de ce règne. Ce prince avide, après avoir pillé les trésors de Charles V, voulut en découvrir de nouveaux. Il prétendait que ce roi avait entassé des lingots d'or dans un lieu secret à Melun, et pour forcer Savoisy à les lui découvrir,

.6

il le mit entre les mains du bourreau,
le menaçant du dernier supplice. Après
les séditions excitées dans Paris par la
rigueur des impôts, et apaisées par le
sang d'un grand nombre de victimes,
le duc d'Anjou, obligé de céder aux
habitans rendus opiniâtres par la misère, assembla les états-généraux, mais
ne les trouva pas assez dociles. Dédai-
gnant alors toute forme légale et tout
ménagement, il envoya dans les environs de Paris des corps de troupes chargés de piller et de maltraiter les habitans, de brûler leurs maisons et leurs
propriétés; le tout pour affamer la ville.
Cet expédient, digne de l'enfer, eut un
plein succès. Les Parisiens, tourmentés
par la famine, entrèrent en négociations
à Saint-Denis, et promirent de payer
cent mille livres, à condition que le roi
n'exercerait aucune vengeance. Malgré l'assurance qui en fut donnée, les
amendes, le bannissement, les supplices
plongèrent les malheureux habitans
dans la consternation.

Quand le roi fut en âge de gouverner
par lui-même, il devint fou. L'autorité

exercée par les ducs de Berri et de Bourgogne, oncles de Charles VI, leur fut bientôt disputée par Louis, son frère. Mais avant d'examiner la conduite de ce dernier prince dans le gouvernement de l'Etat, il convient de dire comment il avait été fait duc d'Orléans.

Par une transaction conclue entre Charles V et son oncle Philippe d'Orléans, le duc avait renoncé à l'apanage qu'il tenait de Philippe de Valois, mais sous condition d'en conserver la jouissance viagère. Depuis 1375 jusqu'à 1392, le duché d'Orléans fit partie du domaine de la couronne. A cette époque, Charles VI, qui avait donné à son frère le duché de Touraine, le reprit et lui donna en échange celui d'Orléans, malgré les vives réclamations des Orléanais, qui ne regrettaient apparemment point leurs ducs. Il y ajouta les comtés de Beaumont - sur - Oise, de Valois, d'Angoulème, de Soissons, les châtellenies de Châtillon-sur-Marne, de Courtenay, de Montargis, de Château-Thierry et de Crécy, comme s'il eût voulu partager avec lui tout le royaume.

Outre ces vastes domaines reçus en apanage, Louis possédait les comtés de Blois et de Dunois, ainsi qu'un grand nombre de seigneuries qu'il avait acquises, et, quoiqu'il se fût engagé, par une déclaration solennelle, à ne plus rien demander, il fit encore ériger le comté de Valois en duché-pairie, l'an 1406.

On peut juger déjà que le désintéressement n'était pas une de ses qualités. Jaloux, d'ailleurs, et ambitieux, il se rendit maître des finances, et le devint bientôt de l'Etat. Mais il abusa de son pouvoir, établit de nouvelles impositions et y assujétit le clergé, ce qui aurait pu les rendre supportables si les prêtres n'eussent été assez hardis pour refuser de payer, et assez puissans pour qu'on ne pût les y contraindre. Le peuple murmura, et l'édit fut révoqué; mais le duc d'Orléans ne put se soutenir par cette concession tardive. L'administration passa entre les mains de son rival, le duc de Bourgogne, et peu de temps après entre celles de la reine Isabelle de Bavière.

Philippe le Hardi, duc de Bourgogne, mourut en 1402, et quoiqu'il n'eût pas toujours été sage et modéré, sa mort fut un malheur, parce qu'il laissait Jean-sans-Peur pour héritier de sa puissance, de son ambition et de ses haines. Ce prince ne tarda pas à se rendre redoutable au duc d'Orléans, qui disposait à son gré du gouvernement par la reine, uniquement occupée de son avarice et de ses plaisirs. Pendant que leur cour de Saint-Germain s'abandonnait aux plus honteuses dissolutions, donnant chaque jour, à grands frais, des fêtes ridicules et scandaleuses, le duc de Bourgogne marchait sur Paris à la tête d'une armée. Le duc d'Orléans et la reine prirent la fuite et enlevèrent le dauphin, qui fut atteint et ramené par Jean-sans-Peur, devenu l'idole des Parisiens. Le duc d'Orléans, à son tour, rassembla des troupes dans les provinces, et vint redemander une part dans le gouvernement, se montrant assez fort pour qu'on ne pût la lui refuser. A la suite d'une apparente réconciliation, on poursuivit les hostilités contre les Anglais. Le duc d'Orléans revint, après une expédition peu glorieuse, en Guyenne, et il se consola en reprenant ses habitudes de débauche. Au nombre de ses maîtresses, dont il grossissait peut-être la liste par vanité, il eut l'imprudence de nommer la duchesse de Bourgogne, et ce fut, à ce que l'on prétend, ce qui avança ses jours. Mais l'âme de Jean-sans-Peur n'avait pas besoin d'être excitée au meurtre par la jalousie ; jamais assassin ne prépara son crime avec tant de sang-froid et de noirceur. Il avait couché dans un même lit avec le duc d'Orléans, communié à la même messe, et signé un acte de confraternité inviolable, tout en méditant l'exécution du lendemain. Dix-huit satellites attaquèrent le frère du roi pendant la nuit ; environné de massues, d'épées et de poignards, il tomba en s'écriant : *Je suis le duc d'Orléans !* — *Tant mieux,* répondirent les meurtriers, et ils le laissèrent sur la place.

Le duc de Bourgogne, convaincu par les aveux que lui arracha son trouble, mais non le remords, demeura impuni.

Un moine impudent, en présence du dauphin et de tous les princes, fit l'apologie du meurtre. Son discours fut écouté en silence, et même avec approbation.

Cependant la reine à Melun, la duchesse d'Orléans à Blois, et le duc de Bretagne à la tête d'une armée, préparaient une vengeance éclatante. Tout sembla d'abord les favoriser. Le duc de Bourgogne venait d'être appelé en Flandre au secours de Jean de Bavière. La reine rentra dans Paris au milieu des réjouissances publiques, et, redevenue toute puissante pour quelque temps, elle fit prononcer contre son ennemi absent des condamnations qui ne furent point exécutées. Jean-sans-Peur revenait victorieux : le peuple courut avec ivresse à sa rencontre, et déjà la reine avait fui. Alors on ne parla plus de punir, mais de se réconcilier. Il y eut une entrevue à Chartres entre le duc de Bourgogne et le jeune duc d'Orléans, accompagné de son frère le comte de Vertus. En présence du roi, de la reine et d'une nombreuse assemblée, Jean-sans-Peur fit quelques excuses de pure cérémonie, dont les deux princes feignirent de se contenter ; mais on se sépara avec les mêmes sentimens de haine et les mêmes projets de vengeance. Plusieurs disaient hautement que désormais on aurait bon marché d'occire et assassiner les princes, puisque l'on n'en faisait pas justice. Cette réconciliation de Chartres, si peu sincère et si peu durable, fut appelée *paix fourrée*. Les ducs d'Orléans, de Bretagne, de Bourbon, les comtes d'Alençon, d'Armagnac, de Richemont, et Charles d'Albret, conclurent une ligue à Gien. Après le mariage de sa fille avec le duc d'Orléans, le comte d'Armagnac devint le chef de cette faction, et lui donna son nom. Le jeune duc adressa à Jean-sans-Peur un défi conçu en ces termes : « Charles, » duc d'Orléans, à toi Jean, qui te dis » duc de Bourgogne, pour le meurtre » par toi commis, en grande trahison, » sur la personne de notre redouté sei- » gneur et père, etc. » De part et d'autre on lève des armées, les massacres commencent dans l'Orléanais et autour de Paris, que les Armagnacs viennent assiéger. Leurs armes sont victorieuses; mais la cour, le peuple, les prêtres se déclarent contre eux; dans les écoles, dans les tribunaux, dans les chaires, on dévoue à l'horreur publique la faction des Armagnacs. Le duc de Bourgogne, aux portes de la capitale, évite le poignard d'un assassin, et par les dangers même qu'il vient de courir excite l'enthousiasme de ses partisans. Il repousse ses ennemis, et les poursuit par des bulles d'excommunication qu'il a achetées du pape. Mais à Orléans, ces bulles furent interprétées contre lui; sur un théâtre dressé en place publique on fit monter le héraut d'armes qui les avait apportées, et les prélats, revêtus de leurs habits pontificaux, fulminèrent l'excommunication au son des cloches, chandelles éteintes. Cette cérémonie achevée, la sentence bien cachetée fut donnée au héraut pour qu'il la remît à son maître: farces ridicules qui ajoutaient une teinte de folie à la férocité de cette guerre. En 1412, elle fut suspendue par le traité d'Auxerre, dans lequel le roi accordait aux princes du sang entière

6..

amnistie, à condition qu'ils renonce-
raient aux alliances faites avec les étrangers, et qu'on ne prononçerait plus les
noms de Bourguignons et d'Armagnacs.
Ce traité fut rompu, et Jean-sans-Peur
ayant échoué dans le dessein d'envelopper dans un même assassinat tous les
princes du parti d'Orléans, tenta d'enlever le roi, manqua ce nouveau coup,
et s'enfuit à Tulle. Les Armagnacs re-
vinrent à Paris sur l'invitation du dauphin, qui fit révoquer tous les édits rendus contre eux. Il s'en repentit et rappela
son beau-père, se repentit encore et le
chassa. Ce dauphin mourut. Le connétable d'Armagnac, maître des affaires,
se rendit si odieux, qu'on regretta le
Bourguignon. Il y eut un soulèvement
dans Paris. Les séditieux firent monter
le roi à cheval, coururent dans toutes
les rues sur les Armagnacs, en massacrèrent un grand nombre, et firent les
autres prisonniers. Quelques jours après,
la populace, conduite par deux chefs,
Jean-sans-Peur et le bourreau, vint en
fureur assiéger les prisons, brisa les portes, égorgea le connétable, le chancelier,

plusieurs évêques et seize cents prisonniers de tout sexe, de tout âge, bourgeois ou gentilshommes, prêtres ou soldats. Les meurtriers conservaient les cadavres de leurs victimes pendant plusieurs jours; ils les promenaient dans la ville, les coupaient par morceaux, portaient des têtes sur la pointe de leurs piques, ou les suspendaient aux portes des maisons. La peste se déclara cette 1419. même année; on enterra plus de cent mille hommes dans l'espace de deux mois. Une guerre désastreuse joignait ses ravages à tant de calamités. Déjà dans la bataille d'Azincourt huit mille gentilshommes avaient péri; les ducs d'Orléans et de Bourbon avaient été faits prisonniers : maintenant, les Anglais, maîtres de la Normandie, prenaient Pontoise et menaçaient Paris. Il n'y avait pas un moment à perdre pour sauver l'État. Le roi ne pouvait rien pour sa défense, quoique assez malheureux pour avoir par intervalles des lueurs de raison qui l'éclairaient sur ses propres malheurs et sur ceux de son peuple. La reine, qui vivait à Vincennes dans un désordre public, laissa surprendre un de ses amans, qui fut noyé dans un sac. D'abord transférée à Tours, puis enlevée par le duc de Bourgogne, digne de devenir son défenseur, elle s'était retirée à Troyes, où elle tenait une cour. Son fils Charles, le nouveau dauphin, aussi odieux à sa mère qu'au Bourguignon, avait un autre parlement et une autre cour dans les provinces. On feignit pourtant de se rapprocher pour résister aux Anglais. Une entrevue fut indiquée sur le pont de Montereau. Le dauphin et Jean-sans-Peur s'y rendirent accompagnés chacun de dix chevaliers, et à peine furent-ils en présence, que le duc de Bourgogne tomba frappé à mort par les gens du dauphin, et peut-être par son ordre. Charles fut déclaré criminel de lèse-majesté, et déchu de ses droits 1420. au trône. Isabelle, Philippe, fils de Jean-sans-Peur, et Henri V, signèrent à Troyes ce fameux traité qui livrait la France aux Anglais. Les ambassadeurs envoyés à Paris pour en demander la confirmation furent ac-

cueillis avec joie; le chancelier et le
premier président du parlement par-
tirent avec eux le lendemain pour aller
complimenter à Pontoise le roi d'Angleterre.

Cependant la guerre se continuait
contre le parti du dauphin avec une extrême barbarie; les prisonniers étaient
impitoyablement massacrés par les
Bourguignons ou par les Anglais. Au
siége de Crépy, où il faisait ses premières
armes, le jeune duc Philippe montra le
premier quelque humanité : il voulut que
la garnison, après s'être vaillamment
défendue sous les ordres de La Hire et
de Xaintrailles, pût sortir sauve de corps
et de biens; mais ses ordres furent peu
respectés. Quelque temps après, il vint
avec le roi d'Angleterre mettre le siége
devant Melun, où le dauphin Charles
avait laissé Barbazan, le sire de Bourbon et ses plus braves chevaliers. La
place était encore défendue par d'habiles arbalétriers, au nombre desquels
on remarquait un moine augustin, qui
tua au moins soixante hommes d'armes.
Elle soutint d'abord un assaut opiniâtre

..6

et repoussa les assiégeans avec grande perte. Ceux - ci, voyant qu'ils ne pouvaient la prendre de force, creusèrent des mines. Louis Juvénal des Ursins fut le premier qui entendit dans les caves un bruit sourd et souterrain. Il y courut avec sa hache ; Barbazan y conduisit des ouvriers pour contreminer ; bientôt on se rencontra, et à la lueur des flambeaux : Louis des Ursins et plusieurs autres chevaliers se signalèrent par de beaux faits d'armes. Cependant le pain vint à manquer ; la garnison ne vivait que de chair de cheval ; elle diminuait chaque jour par les maladies, mais elle ne perdait pas courage. Le sire de Luxembourg amena de nouveaux renforts aux assiégeans, la milice dè Paris vint aussi, conduite par les bouchers Legoix et de Saint-Yon. Du haut de leurs murailles, les assiégés, voyant de loin les bannières s'avancer vers la ville, poussèrent des cris de joie, croyant que le dauphin envoyait à leur secours : quand ils s'aperçurent de leur erreur, épuisés par un siége de cinq mois, ils résolurent de se rendre, à condition que les hommes

d'armes auraient la vie sauve. Ils donnèrent douze otages, parmi lesquels se
trouvaient les sires de Bourbon et de
Barbazan, et Juvénal des Ursins. Ces
otages et cinq cents hommes de la garnison furent envoyés dans les prisons
de Paris. Tous les Écossais, deux moines
et plusieurs bourgeois furent décapités
par l'ordre du cruel Henri V. Après la
prise de Melun, les deux rois et le duc
passèrent à Corbeil, à Vincennes, puis
firent leur entrée dans la capitale, au
milieu des acclamations du peuple qui
criait *Noël*. L'année suivante, le roi
d'Angleterre, alarmé des progrès qu'a-
vaient faits ses ennemis pendant son absence, rassembla une armée à Mantes,
et marcha vers Chartres, où le dauphin
avait réuni ses forces. Chartres était
tombée, en 1417, entre les mains de
Jean-sans-Peur, qui l'avait durement
traitée. C'est là que la reine Isabelle
était venue le joindre, après son évasion
de Tours. Dans le même temps, Hec-
tor de Saveuse, l'un des plus vaillans
chevaliers du parti bourguignon, avait
tué à coups d'épée, aux portes de l'é-

glise, le gouverneur Jacqueville, sans que ce meurtre eût excité la moindre indignation. La ville, qui avait été pendant quatre ans exposée aux vengeances et aux ravages des deux partis, passa alors décidément sous la domination des Anglais, qui prirent aussi Dreux et Beaugency, et forcèrent le dauphin à se retirer derrière la Loire. Henri revint après cette expédition presser le siége de Meaux, qui se défendait avec autant de vigueur que Melun. Philippe de Gamaches, abbé de Saint-Pharon, et trois religieux de Saint-Denis s'y étaient particulièrement distingués; ils furent pris et condamnés à mort par l'évêque de Beauvais; mais le sire de Gamaches, capitaine de Compiègne, les racheta en livrant la ville confiée à sa défense. Une grave maladie vint surprendre le roi d'Angleterre au milieu de ses succès. Il se fit transporter en litière à Vincennes, où il mourut à l'âge de trente-quatre ans. Son corps fut embaumé, déposé à Saint-Denis, puis transporté en Angleterre. L'infortuné Charles VI mourut la même année, sincèrement re-

gretté de ce peuple, qui, forcé de haïr
tous ceux qui l'avaient gouverné depuis
quarante ans, reportait tout son amour
sur un prince digne de pitié comme lui.

Le duc de Bedfort, nommé régent 1422.
de France, était maître de la capitale
et de la plus grande partie du royaume,
quand Charles VII se fit couronner à
Poitiers. Tandis que ce prince, languis-
sant dans la mollesse et les voluptés,
semblait s'abandonner lui-même, le zèle
de ses défenseurs releva sa fortune. Orléans, qui lui était restée fidèle depuis la
captivité de son duc, fit un don volontaire de deux mille livres; Meulan et
la Ferté-Milon ouvrirent leurs portes
aux Français. Bedfort, craignant que cet
exemple ne devînt contagieux, s'empressa de venir mettre le siége devant
la forteresse de Meulan. De son côté,
Charles envoya une armée considérable
pour la secourir, et il remit à Tanneguy
Duchâtel les deux mille livres des
Orléanais, pour la paie des hommes
d'armes. Au lieu de les employer à cet
usage, on prétend qu'il en acheta pour
lui des joyaux et de la vaisselle. Il s'é-

leva à ce sujet des murmures dans l'armée, des querelles entre les chefs. Ils se séparèrent; et leurs compagnies dispersées, poursuivies par les garnisons de Chartres et de quelques villes de la Beauce, eurent beaucoup à souffrir. Lorsque le sire de Gravelle et les habitans de Meulan se virent ainsi lâchement abandonnés, ils abattirent la bannière du roi Charles, déchirèrent avec fureur la croix blanche et les enseignes françaises, et se mirent à la discrétion du régent, qui exigea d'eux le serment de servir le roi Henri contre tous ses adversaires. Après Meulan, les Anglais prirent Montlhéry, et le château de Marcoussis, où le fameux Jean de Montagu, décapité par l'ordre de Jean-sans-Peur, avait recelé la vaisselle, les meubles et les bijoux que Charles VI, dénué de tout, l'avait chargé de mettre en gage.

La perte de ces forteresses et la défaite de Verneuil nuisirent moins à la cause de Charles VII que l'incapacité et l'insolence des favoris qui le dominaient. L'activité, le zèle et les violences du connétable de Richemont rétablirent un peu les affaires du royaume, malgré le roi, dans le même temps que le jeune comte Dunois, bâtard d'Orléans, et le brave La Hire rendaient par une victoire inattendue l'espoir et la confiance à nos armées découragées. Ils surprirent devant Montargis les Anglais qui en formaient le siége, en tuèrent un grand nombre, et mirent les autres en déroute. Les habitans, qui avaient fait preuve de fidélité et de courage sous le commandement d'un gentilhomme gascon nommé Lafaille, obtinrent, entre autres priviléges, l'exemption de tous subsides, et la permission de porter sur la manche une **M** brodée en or. Ils ont conservé l'étendard du comte de Warwick pris à cette bataille, et célèbrent leur délivrance par des processions et des joûtes annuelles.

Cependant les désordres causés de 1428. nouveau dans les conseils du roi par la violente inimitié du sire de la Trémoille contre le connétable avaient été le signal de nouveaux revers. Le comte de Salisbury, à la tête d'une puissante armée, s'était emparé successivement de toutes les villes et forteresses de la Beauce, et de la rive droite de la Loire. Nogent, Jargeau, Beaugency, Rambouillet, Pithiviers, Chartres, étaient aux mains des Anglais. Il ne restait plus de ce côté de la rivière que Châteaudun, défendu par le sire d'Illiers. Le comte de Salisbury pensa qu'il était temps de porter le dernier coup à la puissance du roi Charles, en s'emparant de la ville d'Orléans, qui ouvrirait un passage dans le Berri, l'Auvergne et le Lyonnais; et, contre l'avis du régent, il y vint mettre le siège. Mais alors le zèle des Français se ranima, et presque toutes les villes libres du joug étranger se réunirent dans de courageux efforts et de généreux sacrifices pour sauver ce dernier rempart du royaume. Le sire de Gaucourt était gouverneur d'Orléans; Dunois, Xaintrailles, le sire de Guitry, le sire de Villars s'y étaient enfermés. Les bourgeois prirent les armes et se taxèrent volontairement; entraînés par cet élan patriotique, les chanoines mêmes contribuèrent pour deux cents

écus. Un des faubourgs qui ne pouvait
être défendu fut aussitôt abattu, et les
braves habitans virent cette destruction
sans regret; ils aidèrent les hommes
d'armes à raser leurs vignes, leurs arbres, leurs jardins, à plus d'une lieue
à l'entour.

Le 12 octobre les attaques commencèrent; elles furent vigoureusement re-
poussées; les femmes secondaient les
assiégés en leur apportant des pierres,
en faisant bouillir de l'huile ou rougir
du fer. Quand le fort des Tournelles fut
emporté, il avait coûté bien du sang aux
Anglais. Quelques jours après, comme
le comte de Salisbury était monté sur la
tour de ce fort pour observer l'ennemi,
un de ses capitaines lui dit : « Milord,
» regardez d'ici votre ville d'Orléans. »
Tout-à-coup une pierre vint frapper
rudement la fenêtre de la tour, le comte
eut l'œil et une partie de la face emportée.
Il se fit transporter à Meung-sur-Loire,
et en expirant recommanda aux Anglais de ne se point décourager : mais
cette fermeté même prouvait la grandeur de la perte qu'ils venaient de faire;

6...

leurs regrets et la joie des Français furent également honorables à ce général. Le comte de Suffolk, choisi pour le remplacer, continua à investir la ville, mais il ne put empêcher que l'intrépide Dunois ne fît de fréquentes sorties, et ne parvînt à introduire dans Orléans des secours en vivres et en munitions. Le sire de Culant, amiral de France, y pénétra avec deux cents lances, et le maréchal la Fayette à la tête de plus de deux mille hommes. Ces nouveaux renforts avaient augmenté l'ardeur des assiégés, déjà fiers de leurs premiers succès. Malheureusement la garnison s'étant jointe aux Ecossais, commandés par le comte de Clermont, pour enlever, près du village de Rouvray, un convoi conduit par Jean Fastolf, le coup manqua par le défaut de concert; et l'ennemi s'étant aperçu du désordre qui régnait dans l'armée de France, en fit un horrible carnage. Dunois fut grièvement blessé; le connétable d'Ecosse, les sires de Rochechouart et d'Albret, et beaucoup d'autres vaillans chevaliers, périrent, sans que le comte de Clermont eût fait de grands efforts pour les dégager. Après cette funeste bataille, connue sous le nom de *journée des harengs*, on crut tout perdu. Le roi songeait à se retirer dans le midi, et même à fuir au-delà des Pyrénées. *Carolus rex spoliatus* (dit Meyer dans ses Annales de Flandre), *ad tantam erat redactus paupertatem, ut instar privati hominis vivere videretur, deque suâ in Hispaniam fugâ cogitaret.* Orléans allait se résigner à demeurer neutre, sous la protection du duc de Bourgogne. Déjà le duc d'Orléans, prisonnier depuis la bataille d'Azincourt, avait demandé que ses domaines fussent exempts de guerre, puisque, n'étant point en France, il ne pouvait prendre parti ni pour ni contre les Anglais. Cette demande, qui semblait juste au conseil d'Angleterre, avait été rejetée par le régent. Cette fois encore, ce fut lui qui rejeta les offres des Orléanais, appuyées par le duc de Bourgogne. Celui-ci, mécontent, envoya son héraut avec les députés d'Orléans pour commander à tous ses hommes d'armes de quitter sur-le-champ l'armée anglaise; ce qu'ils firent avec joie. Mais cette armée était encore bien puissante, et la ville épuisée, sans espoir de secours, ne pouvait être sauvée que par une espèce de miracle.

Alors vivait, dans le village de Don-Remy, une jeune fille nommée Jeanne d'Arc [1], née de pauvres paysans. Son imagination s'était échauffée au récit des malheurs de la France, et à la vue des ravages commis jusque dans son village par des compagnies d'Anglais et de Bourguignons. Elle eut de fréquentes visions. Sainte Marguerite et sainte Catherine lui apparurent au milieu de grandes clartés, et saint Michel lui commanda d'aller au secours du roi de France, promettant que, si elle était bonne et sage, Dieu lui aiderait. Elle se fit conduire à Vaucouleurs, chez le sire de Baudricourt, qui la crut folle et la

[1] Jeanne d'Arc a été en quelque sorte naturalisée Orléanaise ; elle a pris le nom de la ville qu'elle avait sauvée. La vie de cette héroïne appartient à l'histoire d'Orléans. Nous avons cru ne pouvoir mieux faire que de suivre le récit de M. de Barante, dans son histoire des ducs de Bourgogne.

renvoya. Dans une nouvelle entrevue, le gouverneur, aussi superstitieux qu'elle, mais toujours défiant, la fit exorciser ; enfin, cédant à l'opiniâtreté de cette jeune fille et à la voix publique, il la remit entre les mains de deux gentils-hommes pour la conduire au roi, et, en présence des habitans de Vaucouleurs, qui l'avaient équipée comme un cavalier pour la voir partir, « Va, lui dit-il, et ad- » vienne que pourra. » Arrivée à Gien, Jeanne d'Arc apprit en détail les malheurs et les dangers de la ville d'Orléans, et elle publia qu'elle était envoyée à sa délivrance. Le bruit de ses paroles se répandit et porta quelque espérance au cœur des assiégés. Au village de Sainte-Catherine-de-Fierbois, elle s'arrêta pour entendre trois messes et se préparer à paraître devant Charles VII, qui était à Chinon ; après trois jours de consultation, il consentit à la voir. Elle lui dit, sans paraître troublée de sa présence: « Noble seigneur, le roi » des cieux vous mande par moi que » vous serez sacré dans la ville de » Reims. » Ensuite, dans un entretien

...6

secret, elle lui fit plusieurs révélations qui ont passé pour miraculeuses, et qui cependant ne le touchaient que faiblement, puisqu'il crut nécessaire, à Poitiers, de la faire interroger par des juristes et par des théologiens. Elle parla devant eux avec simplicité de ses apparitions, de ses voix et de sa mission. « Mais, lui disait-on, si Dieu veut sau- » ver la France, il n'a pas besoin de » soldats. — Eh! mon Dieu, répliqua- » t-elle, les hommes d'armes bataille- » ront et Dieu donnera la victoire. — » Cependant, poursuivit-on, quel signe » donnez-vous de votre mission? — Le » signe que je dois donner c'est la déli- » vrance d'Orléans. »

Quand on crut encore s'être assuré qu'elle était vierge, par l'examen qu'en firent la reine de Sicile et la dame de Gaucourt, tous les scrupules furent levés, toutes les incertitudes cessèrent. On attacha à sa personne un écuyer, deux pages, deux hérauts, et tout le train d'un chef de guerre, et elle partit pour Blois, où l'attendaient les plus fameux capitaines d'Orléans. Au milieu de tous

ces hommes d'armes, accoutumés à une
vie déréglée, et plus disposés à se railler
d'elle qu'à la respecter commé sainte, elle
ne se sentit point intimidée. Elle chassa
les filles de mauvaise vie qu'ils menaient
avec eux, punit ceux qui proféraient
des juremens, se fâchant à ce sujet
même contre le brave La Hire, qu'elle
força comme les autres à se confesser.
Soir et matin, frère Paquerel, son cha-
pelain, suivi de tous les prêtres de Blois,
promenait sa bannière, chantant des
hymnes et des cantiques, et Jeanne,
priant avec ferveur, édifiait tout le
monde par sa piété. Enfin elle partit de
Blois, et, par l'ordre du bâtard d'Orléans, fut conduite par la route la plus
sûre, quoiqu'elle voulût opiniâtrément
passer à travers toutes les forces des
Anglais. Avant de faire son entrée dans
la ville, la Pucelle se sépara à grand
regret de ses gens, qu'elle jugeait in-
vincibles, parce qu'ils étaient tous bien
confessés. Elle entra dans Orléans tout
armée, montée sur un cheval blanc,
ayant à ses côtés Dunois, La Hire et
les plus braves chevaliers de sa suite

et de la garnison. Les femmes, les enfans se pressaient autour d'elle, et la
regardaient avec admiration et avec
espoir, comme si elle eût été un ange
envoyé du ciel pour leur délivrance. Son
arrivée produisit, en sens contraire, autant d'impression sur les Anglais; elle
avait adressé à leurs chefs une lettre de
défi, à laquelle ils répondirent par des
injures, menaçant de la faire brûler
comme sorcière et hérétique, si elle
tombait entre leurs mains. Pleine d'une
ardeur que les plus sages conseils ne
pouvaient modérer, elle voulait sur-le-
champ tenter une attaque; mais elle
consentit enfin à attendre que Dunois
eût amené des renforts de Blois. Quand
elle sortit pour aller au-devant de lui,
les Anglais, frappés d'une crainte su-
perstitieuse, n'osèrent troubler son passage, et se renfermèrent dans leurs
bastilles. Ce jour même la garnison, en-
couragée par leur contenance timide, attaqua vigoureusement là bastille
Saint-Loup, qui fut emportée après une
défense de trois heures, malgré les efforts de Talbot. Ce fut la première ac-

tion où la Pucelle signala son courage
en même temps que son humanité. Vivement affligée d'avoir vu passer au fil
de l'épée le plus grand nombre des prisonniers, elle en fit cacher quelques-
uns et les sauva. Dans un second assaut, dont le succès fut dû pareillement
à sa présence, elle ne quitta le lieu du
combat qu'après avoir vu tous ses gens
en sûreté, quoiqu'elle eût été blessée au
pied, et qu'elle se sentît épuisée par
un long jeûne (ce jour était un ven-
dredi). Le lendemain, les soldats et les
habitans, entraînés par la Pucelle, coururent à l'attaque du fort des Tournelles, contre l'avis du conseil et l'ordre
positif du gouverneur, qui faillit être
tué dans une émeute, et fut entraîné
comme tous les autres. Les Anglais,
commandés par Gladesdale, écartè-
rent long-temps les assaillans à coups
de canons et de flèches, brisant leurs
échelles avec des haches ou des massues. Pour ranimer les siens, qui se
décourageaient, la Pucelle voulut leur
donner l'exemple: la première elle s'é-
lança sur le rempart, mais au moment

qu'elle venait d'y atteindre, elle fut frap-
pée d'un trait entre le cou et l'épaule et
tomba dans le fossé; les Anglais allaient
l'entourer, quand le sire de Gamaches,
avec qui elle avait eu les plus violens
démêlés, accourut à son secours. Il lui
donna son cheval et la fit emporter.
Sa blessure était profonde; saisie de
douleur et d'effroi, elle se mit à pleurer;
mais soudain la vision de ses deux saintes la consola. Pendant ce temps les capitaines faisaient sonner la retraite; la
Pucelle reprit ses armes, monta à cheval, et voyant de loin remuer son étendard, se hâta d'arriver, et le ressaisit.
Les Français la suivirent en foule, et le
combat recommença. Sir Gladesdale
fut tué avec un grand nombre de ses
gens : les autres s'enfuirent, et les vainqueurs entrèrent dans le fort. Après
cette journée décisive, le comte de Suffolk, Talbot et les autres chefs anglais
se décidèrent à lever le siége. Dès la
pointe du jour ils s'éloignèrent de la
ville, pendant que la Pucelle y faisait
chanter des cantiques et des actions de
grâces.

Aussitôt Jeanne, Dunois et tous les capitaines retournèrent auprès du roi, qui les accueillit comme des libérateurs. La Pucelle fit décider qu'on marcherait sur Reims, pour le faire couronner; mais auparavant on voulut chasser les Anglais des villes qu'ils occupaient entre la Loire et la Seine. On commença par attaquer Jargeau. La Pucelle fut encore renversée du haut d'une échelle par une grosse pierre qui se brisa sur son casque; on la croyait morte, mais elle se releva en criant : « Courage, ils » sont à nous! » La place fut emportée, le comte de Suffolk, après avoir vu périr l'un de ses frères, fut pris avec l'autre. Le duc d'Alençon alla ensuite occuper Meung-sur-Loire, et Beaugency abandonné par le fameux Talbot. Ce fut pendant le siége de Beaugency que le connétable de Richemont, disgracié par les intrigues de la Trémouille, vint offrir ses services, dont on ne voulait pas. Le duc d'Alençon hésitait, la Pucelle était d'avis de combattre Richemont, mais La Hire et quelques autres déclarèrent que si l'on en venait à tirer

l'épée, il y aurait assez de gens qui aime-
raient mieux le connétable que toutes
les pucelles du royaume. On se décida.
Le duc, Jeanne d'Arc, le bâtard d'Orléans, le sire de Laval allèrent à la rencontre du connétable. La Pucelle s'inclina
pour embrasser ses genoux : « Jeanne,
» dit-il, on m'a dit que vous vouliez me
» combattre ; je ne sais si vous venez
» de par Dieu ou non. Si vous venez de
» par Dieu je ne vous crains en rien, car
» il sait mon bon vouloir; si vous venez
» de par le diable, je vous crains encore
» moins. » On se résolut alors à marcher contre lord Talbot et Falstoff, qui
étaient, à la tête d'une armée, près du
bourg de Patay, dans les plaines de la
Beauce. Le combat ne fut pas long.
Falstoff prit la fuite, et Talbot, après
d'héroïques efforts, se rendit prisonnier.
« Eh bien! milord, lui dit le duc d'A-
» lençon, vous ne vous attendiez pas à
» cela ce matin. — C'est la fortune de
» la guerre, » répondit l'Anglais, sans
s'émouvoir. On lui montra, pour le
consoler, la prophétie de l'enchanteur
Merlin, qui avait annoncé que la France

serait sauvée par une vierge. A cette bataille, Jeanne - d'Arc donna encore une preuve de son humanité; un prisonnier fut frappé devant elle et abattu tout sanglant à ses pieds; elle le soutint dans ses bras, fit appeler un confesseur, et en attendant, par ses soins et par des paroles consolantes, tâcha de ranimer son courage.

Après la victoire de Patay, la Pucelle retourna vers le roi, pour le presser de marcher sur Reims. Comme il passait à Sully, tout près d'Orléans, elle le supplia d'aller visiter cette ville, qui venait de lui donner des preuves éclatantes de sa fidélité et de son amour; mais elle ne put obtenir de lui cette légère marque de reconnaissance. On partit de Gien; on traversa la Champagne sans rencontrer grande résistance, et, le 17 juillet 1429, l'on arriva à Reims. Pendant la cérémonie du sacre, Jeanne se tint près de l'autel, portant son étendard; à la fin, elle se jeta aux pieds du roi, les lui baisa en pleurant, et dit : « La volonté de Dieu est accomplie ! »

Charles se dirigea ensuite vers l'Ile-

7

de France. Crécy, Château-Thierry et Provins le reçurent sans difficulté. Déjà l'alarme se répandait dans Paris ; mais le duc de Bedford reparut à la tête d'une armée. Il traversa Corbeil et Melun, et vint à Montereau, d'où il adressa un défi au roi de France, qui se disposa à livrer bataille. Mais les Anglais n'attaquèrent point, et rentrèrent dans Paris.

L'armée royale revint à Château-Thierry, puis s'avança jusqu'à Dammartin ; partout le peuple criait : Noël ! et courait dans les églises remercier Dieu. La Pucelle, charmée de cette dévotion, témoignait le désir de mourir au milieu de ces bons habitans. « Jeanne, lui dit » le comte de Dunois, savez-vous où » vous mourrez et en quel lieu ? — Je » ne sais, répliqua-t-elle ; j'ai accompli » la volonté de Dieu ; je voudrais bien » maintenant qu'on me ramenât auprès » de mes parens, qui auraient tant de » joie à me revoir. » Cependant le roi apprit encore la soumission de Compiègne et de Beauvais, d'où les habitans avaient chassé leur évêque. Il se rapprocha de Senlis, où était campé le duc de Bedford ; ainsi les deux armées se trouvaient une seconde fois en présence ; mais il n'y eut que de légères escarmouches, qui montrèrent néanmoins la fureur des deux partis : nul prisonnier ne fut admis à rançon, tous furent massacrés impitoyablement. A peine les Anglais eurent-ils quitté Senlis, que cette ville se soumit au roi. Il s'y rendit, puis de là à Saint-Denis, où il reçut les sermens du seigneur de Montmorency. On s'enhardit alors à livrer l'assaut à la capitale. Jeanne, en se portant, avec son étendard, au premier rang, fut blessée à la jambe, et se coucha sur le revers d'un tertre qui séparait les deux fossés, d'où elle ordonnait encore l'attaque. Après cette tentative infructueuse, le roi se résolut à retourner vers la Loire. La Pucelle, aussi découragée, voulut suspendre son armure blanche et son épée sur le tombeau de saint Denis ; mais elle se laissa persuader, et suivit le roi à Gien.

Cependant le duc de Bourgogne avait

été nommé régent de France; les conseillers de Charles VII vinrent à Saint-
Denis poursuivre des négociations déjà
entamées. On confirma une trève pré-
cédemment conclue à Compiègne, mais
qui fut mal observée. Les garnisons des
deux partis ravageaient à l'envi l'Ile-
de-France, et les habitans de Paris,
manquant de pain, venaient par bandes
piller sur toutes les routes. Bientôt on
reprit ouvertement la guerre : Melun,
Saint-Maur se rendirent aux Français.
Sous les murs de Lagny, la Pucelle, se-
condée de la garnison, fit prisonnier
un fameux chef des compagnies bour-
guignonnes, nommé Franquet d'Arras.
Elle le livra au bailli de Senlis et aux
juges de Lagny, qui le firent décapiter;
ce qui donna lieu aux Anglais et à leurs
partisans d'accuser la cruauté de Jeanne-
d'Arc. Dès qu'elle apprit que la ville
de Compiègne était assiégée par les
forces redoutables du duc de Bourgogne, elle vint s'y renfermer. Guillaume
de Flavy, qui en était gouverneur, passait pour l'un des plus vaillans capitaines de ce temps-là ; mais il était fier

et impitoyable. Il avait fait de grands préparatifs de défense, et voyait sans inquiétude la place cernée de tous côtés. Jeanne-d'Arc, plus impatiente, tenta une sortie le jour même de son arrivée. Jamais elle ne s'était montrée plus intrépide ; mais il fallut céder au nombre et battre en retraite. Elle se mit à l'arrière-garde pour protéger ses gens ; bientôt elle fut entourée d'ennemis qui la reconnaissaient à son étendard : renversée de cheval, elle se releva et combattit long-temps à pied, mais elle ne put rentrer dans la ville, et enfin il lui fallut remettre son épée à Lionel, bâtard de Vendôme. Elle fut sur-le-champ conduite au camp des Bourguignons, qui laissèrent éclater la joie la plus vive. A Paris, à Londres, on chanta le *Te Deum*, et l'on fit de grandes réjouissances. Les regrets des Français égalèrent ces transports. On accusa le sire de Flavy de l'avoir vendue au sire de Luxembourg, et d'avoir fermé les portes sur elle. Ce qu'il y a de certain, c'est que sa haute renommée avait excité la jalousie d'un grand nombre de seigneurs ; mais pourtant Jeanne-d'Arc

·7

ne se plaignit de personne, et la valeureuse défense du sire de Flavy prouva bien qu'il n'était pas un traître.

Il n'y avait pas trois jours que la Pucelle était prisonnière, quand un moine, nommé Martin, inquisiteur de la Foi, demanda avec instance au duc de Bourgogne l'autorisation de lui faire son procès. L'université appuya cette demande, et l'évêque de Beauvais, Cauchon, adressa une lettre de menaces au sire de Luxembourg, qui refusait de la livrer : enfin il céda, et pour dix mille livres la vendit aux Anglais, comme lui-même l'avait achetée du bâtard de Vendôme. Les Anglais avaient la rage dans le cœur de tous les revers qu'ils avaient essuyés depuis que cette fille héroïque avait paru pour les combattre. Après l'avoir laissée pendant six mois dans les prisons d'Arras et du Crotoy, ils la menèrent à Rouen. On la renferma dans une cage, et on lui mit les fers aux pieds. Là, elle fut exposée aux injures et aux outrages des archers qui la gardaient, et même des plus grands seigneurs. Pierre Cauchon, investi par le roi d'Angleterre du droit de la juger, commença par introduire dans sa prison un prêtre espion, qui feignit d'être lorrain et partisan du roi Charles, pour obtenir sa confiance. L'évêque de Beauvais et le comte de Warwick se tenaient cachés tout auprès pour écouter, et ils avaient amené des notaires chargés d'écrire ce qu'elle dirait; mais ceux-ci, indignés de ces honteuses supercheries, se refusèrent à les seconder. Les informations prises sur elle à Dom-Remy s'étant trouvées favorables, on les supprima. Enfin commencèrent les interrogatoires; on ne lui accorda ni avocat ni conseil; mais elle répondit toujours avec simplicité et avec force. L'évêque, ne pouvant la faire tomber dans aucun piége, devenait furieux; il menaça quelques-uns des conseillers qui prenaient pitié de l'accusée de les faire jeter à la Seine, et il finit par les exclure de la procédure. Il eût bien voulu la condamner comme sorcière; mais l'idée qu'une vierge ne pouvait faire aucun pacte avec le diable était alors prédominante, et les nouvelles visites aux-

quelles Jeanne d'Arc fut soumise pré-
sentaient sous ce rapport sa justification : *Nam mulieres*, dit Meyer, *nihil
aliud potuere affirmare, quàm intemerata
claustra virginalia in illâ reperirent.* Le
duc de Bedfort n'eut pas honte de regarder par une ouverture pratiquée à
la muraille pendant qu'on faisait cette
visite. L'accusation se réduisit à deux
points : le crime d'avoir porté des habits d'homme, et le refus prétendu de
se soumettre à l'Eglise. C'en fut assez
avec de pareils juges pour motiver sa
condamnation : elle fut prononcée. On
déclara à l'accusée qu'elle était retran-
chée de l'Eglise comme *un membre in-
fect*, et livrée à la justice séculière. On
ajoutait, pour la forme, que l'intercession du clergé ferait modérer la peine.
On voulut obtenir d'elle un aveu public
de la justice de sa sentence ; elle demeura ferme, mais un secrétaire du roi
Henri prit sa main, et lui fit mettre
une croix pour signature au bas d'un
papier qui contenait, sans qu'elle le
sût, une longue abjuration.

Alors l'évêque de Beauvais et l'inquisi-

teur prononcèrent une autre sentence,
et condamnèrent Jeanne à une prison
perpétuelle. On la reconduisit à la tour.
Les Anglais n'étaient pas assez vengés,
ils voulaient sa mort. Une infâme ruse
fut employée contre elle; on lui avait
fait promettre qu'elle ne reprendrait plus
l'habit d'homme qu'elle avait porté;
mais en lui enlevant, durant son som-
meil, les vêtemens de son sexe, on la
força de violer cette promesse. Les Anglais apostés pour la surveiller s'écriè-
rent aussitôt : « Elle est prise ! » On la
condamna au feu, et l'exécution ne fut
guère différée. Dès qu'elle eut communié, elle monta dans la charrette du
bourreau; huit cents Anglais, armés de
haches, l'entourèrent. Dans le chemin,
elle mêlait des larmes et des gémissemens à ses prières; presque tous les spec-
tateurs étaient attendris. Elle monta
sur le bûcher en embrassant la croix :
dans ce moment elle aperçut l'évêque
de Beauvais et lui dit : « Je meurs par
vous! » Puis elle se recommanda au 1431.
Ciel, et avant que les flammes qui l'entouraient eussent étouffé sa voix, on en-

entendit à plusieurs reprises le mot
« Jésus ! »

Ainsi périt, oubliée du roi de France,
cette fille étonnante qui avait relevé son
trône. La mémoire de Jeanne ne fut
réhabilitée que vingt années plus tard.
Charles VII alors, lui rendant une tardive justice, permit aux Orléanais de
consacrer leur reconnaissance par l'é-
rection d'un monument en l'honneur
de Jeanne, et par une procession annuelle destinée à perpétuer sa gloire
avec le souvenir de la délivrance de leur
ville. Les rois n'ont été que trop souvent ingrats ; mais les peuples ne doivent pas l'être. Si l'on écarte tous les vains
prestiges dont l'imagination supersti-
tieuse des anciens historiens a entouré
la Pucelle d'Orléans, pour examiner ce
qu'elle a fait, elle n'en paraît que plus
admirable. Simple fille de village, ser-
vante d'auberge, si l'on veut, elle a acquis la plus belle des illustrations, par
la défense de son pays contre des ennemis
étrangers. Bien des gens, se refusant à
tout sentiment d'admiration, ne voient
en elle qu'une femme visionnaire et fa-

natique dont la politique a su faire un
instrument. Mais la superstition était
de son temps, et le fanatisme fut en
elle une passion grande et généreuse,
puisqu'il opéra des prodiges, sans étein-
dre l'humanité dans son cœur. Enfin
Jeanne-d'Arc, pure de tout reproche,
a sauvé la France.

La mort de la Pucelle, qui semblait
devoir être fatale au parti du roi, inspira
partout une profonde horreur contre la
domination anglaise. Dans chaque ville,
les mécontens se multiplièrent, et les intelligences avec eux devinrent faciles.
C'est ainsi que deux habitans de Chartres, assistés d'un religieux, conspirèrent
avec Dunois l'expulsion des Anglais,
et rendirent au roi de France une ville
qu'il avait naguère inutilement assiégée. 1432.
«Le religieux, prédicateur renommé, dit
Villaret, avait publié qu'il prononcerait
ce jour-là un sermon dont les auditeurs
seraient édifiés, et qui moult profiterait
pour le sauvement de leurs âmes : il
donna pour l'entendre rendez-vous à
l'une des extrémités de la ville, opposée
à la porte qu'on devait attaquer. Ce-

pendant le bâtard d'Orléans, Gaucourt, Lahire, etc., à la tête de quatre mille hommes, s'étaient approchés à la faveur des ténèbres jusqu'à un quart de lieue de Chartres, où ils s'arrêtèrent, attendant le moment de l'exécution. Les deux habitans qui dirigeaient l'entreprise se présentèrent dès la pointe du jour à la porte de Blois : ils accompagnaient plusieurs charrettes chargées de vin, conduites par des soldats dont les armes étaient cachées sous leurs casaques. Tandis qu'ils amusaient les gardes par des propos indifférens et par le présent de quelques aloses, les charretiers déguisés fondent sur eux, l'épée à la main, massacrent les portiers, et se saisissent de la porte et des barrières. Dans le même temps, d'Illiers, qui s'était avancé jusque sous le rempart avec un détachement de cent vingt hommes, entre dans la ville, et à l'instant est suivi d'un second corps de trois cents combattans : ils marchent, enseignes déployées, jusques à la cathédrale, en faisant retentir les cris de : La paix! La paix! Vive le roi! Le bâtard d'Orléans, La-

hire et les autres chefs arrivent avec le
reste des troupes : l'alarme se répand
et parvient jusqu'à cet endroit de la
ville où frère Jean prêchait : le peuple
épouvanté déserte l'église ; les uns cou-
rent à leurs maisons, les autres se ras-
semblent près de l'évêque, zélé partisan
des Anglais et des Bourguignons. Ce prélat marche à leur tête ; il rencontre des
Français dans le marché, les attaque,
et meurt percé de coups. Il se nommait
Jean de Festigny. Environ quatre-vingts
bourgeois subissent le même sort : on
fait six cents prisonniers, au nombre
desquels était le commandant anglais.
Le reste de la garnison fuit par une autre porte : la ville est prise et livrée au
pillage : les soldats se dispersent dans
les différens quartiers, et s'abandonnent
à tous les excès que leur suggèrent l'a-
varice, la débauche et la cruauté. Les
citoyens riches évitèrent la mort en
payant de fortes rançons. Le lendemain
on exécuta tout ce qu'on put trouver
d'Anglais, de Bourguignons, ou de leurs
partisans. On eut soin de laisser dans
la ville une nombreuse garnison, dont

quelques jours après le roi donna le commandement au bâtard d'Orléans. »

Après ce succès, le comte Dunois, sans prendre de repos, courut au secours de Lagny, qu'assiégeait le duc de Bedfort en personne. Il battit les Anglais, et fit lever le siége. Paris se trouvait resserré de plus en plus, et commençait à ne plus recevoir de vivres. Alors les ambassadeurs de Bourgogne, de France et d'Angleterre reprirent leurs conférences dans le petit village de Saint-Port, entre Melun et Corbeil; mais il s'éleva des difficultés au sujet des princes prisonniers depuis la bataille d'Azincourt. Déjà le duc d'Orléans était à Douvres; impatient de passer la mer, il proposait de se rendre à Calais, où se trouveraient réunis tous les princes et les grands seigneurs de France, et s'engageait d'avance, pour lui et pour tous ses vassaux, à rendre hommage au roi Henri. Dans le cas où le dauphin Charles ne renoncerait pas à ses prétentions, il promettait de livrer aux Anglais Orléans, Blois, et toute s les villes de son apanage. Il avait déjà signé toutes ces conditions, décidé à rentrer dans le royaume, dût-il en causer la ruine. Sur cette difficulté, toutes les négociations furent encore une fois rompues.

Les hostilités recommencèrent sur tous les points de la France. La Hire et Xaintrailles, qui occupaient la vieille forteresse de Gerberoy près de Beauvais, se signalèrent par une nouvelle victoire et par la mort du comte d'Arondel. Les sires de Foucault et de Gaucourt reprirent Saint-Denis, et en exterminèrent la garnison. Le connétable, le bâtard d'Orléans, et tous les autres fameux capitaines accoururent alors pour conduire la guerre aux portes de Paris. Dans le temps qu'elle était poussée avec le plus de vigueur, Charles VII conclut avec le duc de Bourgogne le traité d'Arras, onéreux pour le royaume, et pourtant nécessaire dans des circonstances si malheureuses. Au moment où l'on commençait à entrevoir le terme de tant de calamités, la reine Isabelle, qui les avait en partie causées, mourut

accablée de ses remords et du mépris
public, croyant peut-être expier ses crimes par le don qu'elle fit au monastère
de Saint-Denis de la seule maison qui
lui restât. Son corps fut transporté dans
ce monastère, au milieu de la désolation
des habitans de Saint-Denis, qui tout
récemment avaient beaucoup souffert
d'un long siége et de la vengeance des
Anglais. Enfin la mort du régent anglais,
1437. et la guerre qui éclata entre le duc de
Bourgogne et ses anciens alliés, amenèrent des succès plus décisifs, et la
soumission de Paris, qui assura la délivrance de tout le royaume. Charles VII
n'y fit son entrée que l'année suivante.
Afin de détruire l'impression défavora-
ble qu'avait inspirée contre lui sa longue
indolence, il ne voulut se montrer aux
Parisiens qu'après s'être signalé par un
coup d'éclat. Au siége de Montereau,
il monta des premiers sur la brèche,
emporta la ville d'assaut, et laissa la vie
aux prisonniers, à la prière du dauphin,
qui faisait là ses premières armes. Quelques jours après il entra dans Paris en
1440. grande pompe, entouré de tous ses

vaillans chevaliers, La Hire, Xaintrailles, Dunois, Daulon, Chabannes, qui
avaient reconquis pour lui sa capitale
et son royaume.

Le duc d'Orléans, prisonnier depuis
la bataille d'Azincourt, vit enfin le
terme d'une captivité qui avait duré
vingt-cinq ans. Une rançon de trente
mille écus d'or fut le prix de cette liberté,
qu'il avait plusieurs fois consenti à racheter par des sacrifices, sinon plus onéreux,
du moins plus humilians. Charles VII
cautionna une partie de cette somme :
le duc de Bourgogne montra plus de
générosité encore : oubliant les démêlés
sanglans des deux familles, il acquitta
de ses propres deniers une partie de la
rançon : « Par ma foi, biau frère et biau-
» cousin, lui dit Charles d'Orléans, je
» vous dois aimer par-dessus tous autres
» des miens, et ma belle cousine votre
» femme : car si vous et elle ne fussiez, je
» fusse demeuré à toujours au danger de
» mes adversaires, et n'ai trouvé meilleur
» ami que vous. »

Cependant la guerre se poursuivait
avec vigueur, et les armes du roi triom-

phaient sur tous les points : la prise de Pontoise, en 1441, affranchit le territoire de l'Ile-de-France. Cette ville avait, à différens intervalles, subi toutes les vicissitudes de la guerre : reprise sur les Anglais, en 1423, par les habitans eux-mêmes, qui avaient profité d'une sortie de la garnison pour fermer leurs portes, elle était retombée, en 1437, au pouvoir de Talbot, grâces à la ruse vraiment punique qu'employa le général anglais, et grâces aussi peut-être à la lâcheté du gouverneur français, et à la négligence ou à la simplicité des défenseurs de la ville. La neige, tombée avec abondance durant plusieurs jours, avait blanchi les campagnes : mettant à profit cet accident de la saison, et comptant sans doute « sur le bon naturel » des habitans de Pontoise, Talbot fit vêtir ses soldats de toile blanche, et s'avança en silence jusqu'au pied des murailles, qu'il escalada sans coup férir. A peine si le gouverneur, L'Ile-Adam, eut le temps de s'enfuir en chemise par une poterne. Au pillage des maisons, et à tous les excès d'un vainqueur que la résistance

n'avait pourtant pas exaspéré, les habitans s'aperçurent enfin de leur méprise.
Nous n'aurions point reproduit les circonstances de cet événement, si elles
n'étaient appuyées que sur une simple
tradition. Les soldats de Charles VII,
auxquels Pontoise ouvrit de nouveau
ses portes, voulurent, à l'instar des Anglais, exercer tous les droits de la victoire : il ne fallut rien moins que l'in-
tervention du roi pour préserver la ville
du pillage.

La conquête de la Guienne, assurée par
le combat de Castillon, en 1453, termina
cette guerre si longue, et marquée par
tant de vicissitudes. Devenu maître de ce
royaume *qu'il avait perdu si gaîment*, Charles VII déploya au sein de la paix une activité que n'avait pas excitée le bruit des
armes. Pour arrêter les brigandages commis autour de Paris et dans toutes les provinces par les bandes indisciplinées qui
ne trouvaient plus d'emploi à la guerre,
il créa des compagnies d'ordonnance,
et organisa quinze cents hommes d'armes : chacun d'entre eux combattait
avec six chevaux ; ce qui formait une

troupe de neuf mille cavaliers. Le prétexte de subvenir à leur solde et à leur
entretien motiva l'établissement d'un
impôt, appelé *la taille des gens d'armes*,
créée par le bon plaisir du roi, sans le
concours des états-généraux. L'université fut réglée, et perdit une influence
qu'elle n'aurait jamais dû exercer. Le recueil des coutumes de France, commencé sous ce règne, introduisit une sorte de
régularité dans la jurisprudence. Enfin,
l'établissement de la pragmatique-sanction réprima une partie des abus de
l'autorité ecclésiastique. Cette espèce de
charte promulguée à Bourges donnait
force de loi à plusieurs décisions du concile de Bâle, qui avaient proclamé la
supériorité des conciles sur les papes,
l'abolition de plusieurs impôts et priviléges ecclésiastiques, tels que annates,
réserves, grâces expectatives, ainsi que
la restriction des cas d'appel à la cour
de Rome : ces décrets formèrent la base
des libertés de l'Église gallicane, dont la
défense a été l'une des gloires de Bossuet.

Les dernières années du règne de Charles VII suffirent à peine pour relever

les débris dont la France était couverte, et pour effacer les vestiges de la guerre. Les provinces du centre, principal théâtre de cette lutte sanglante, tour à tour envahies et dévastées par deux armées rivales, ne présentèrent long-temps qu'un spectacle de désolation. Plusieurs villes du Valois avaient été détruites de fond en comble : tout ce que la nature a de fléaux semblait avoir conspiré, avec la guerre, la ruine de cette contrée ; des torrens de pluie, et des débordemens avaient consommé l'œuvre des invasions ; enfin, pendant les années 1437 et 1438, les habitans avaient dû s'armer en masse contre les loups affamés qui se précipitaient par troupes du sein des forêts. Au retour de sa captivité, le duc d'Orléans fit preuve de sollicitude envers ses malheureux vassaux. Il consentit à la remise de quelques droits onéreux, fit sortir de ses ruines la ville de Crépy, et encouragea la culture des terres, presque partout restées en friche depuis l'an 1416. La greneterie de Verberie remplaça celle de Béthizy, que les dévastations avaient ruinée ; enfin le commerce et l'agriculture, ranimés par la paix, reprirent insensiblement un peu de vie et de mouvement.

Si la guerre déchaîna ses fureurs contre le peuple, elle fut tout-à-fait inoffensive pour la royauté, qui sortit du naufrage national, non-seulement intacte, mais plus forte et plus puissante que jamais. Les frontières du royaume s'étaient reculées, et à l'intérieur, les élémens de résistance contre le pouvoir royal semblaient avoir disparu. Le tiers-état avait perdu le sentiment et jusqu'au souvenir de cette énergie qu'il avait naguère déployée : personne ne réclamait la convocation des états-généraux; personne ne songeait à protester contre la création d'un impôt arbitrairement établi sans leur concours. Il n'était pas jusqu'aux grands et jusqu'aux parlemens qui ne parussent avoir dépouillé tout sentiment de rivalité et d'ambition. Il semblait qu'on fût à la veille du jour où la royauté régna enfin sans concurrence sur les débris de ces castes long-temps oppressives, et de ce tiers-état toujours opprimé.

On est d'abord tenté de regarder comme inutile la recherche des progrès que l'esprit humain peut avoir faits durant la période de guerre et de malheurs que nous venons de parcourir; mais l'histoire console les hommes en leur apprenant que la société, loin d'être condamnée à des mouvemens rétrogrades, n'est même jamais absolument stationnaire! Certes le quinzième siècle n'a pas été moins fécond en utiles et grandes découvertes qu'en scènes de carnage! Le quinzième siècle est l'ère de l'imprimerie, et l'imprimerie a été pour la pensée humaine un moyen infaillible d'affranchissement, et pour les peuples un gage de liberté future, mais nécessaire. Cette conquête de l'esprit humain n'a point été une révélation (les persécutions de l'Eglise contre les premiers imprimeurs servent de preuve à cet égard), mais bien un résultat d'activité intellectuelle! Déjà sous Charles V on voit les traductions des auteurs latins se multiplier, et bientôt après les manuscrits se répandre, grâces à la découverte du papier-linge, pour la fabrication duquel il s'élève en France des manufactures à l'instar de celle de Nuremberg. La guerre elle-même inspire le génie de l'homme qui, par l'usage de l'artillerie, peut se glorifier d'avoir centuplé les forces de la mort.

Ces découvertes, qui ont influé ou en bien ou en mal sur le sort des populations dont nous esquissons l'histoire, comme sur le reste du monde, ne sont pas, à la vérité, d'origine, soit parisienne, soit valésienne, soit orléanaise; aussi nous contenterons-nous de les indiquer. Mais l'Ile-de-France peut revendiquer la gloire d'avoir vu naître cette *confrérie de la Passion,* à laquelle notre théâtre doit son origine, qu'il en rougisse ou non. Ce fut sous le règne de Charles VI que les membres de cette congrégation vinrent s'établir dans le bourg de Saint-Maur-les-Fossés; ils y dressèrent un théâtre, et représentèrent sur des espèces de tréteaux la Passion de notre Seigneur. Le prévôt de Paris fit défense aux habitans de son arrondissement de se rendre à ce spectacle, sans une permission expresse du roi. Mais la confrérie ga-

gna tellement la bienveillance de Charles VI, qui avait assisté et pris plaisir à
leurs saintes tragédies, que, par lettres-
patentes de l'an 1402, il leur fut permis de continuer leurs représentations
dans Paris et aux environs, ainsi que
de se montrer dans les rues avec leur
costume théâtral. Enfin l'Orléanais et
le Valois eurent l'honneur d'être gou-
vernés par un poète : Charles d'Orléans
aimait les lettres et les cultivait avec succès. On a de lui un recueil de poésies,
dont plusieurs ont été insérées dans les
annales poétiques, et où l'on découvre
un véritable talent. Mieux vaudrait
pour sa gloire, qu'il ne restât de lui
que ses vers !

7...

SEPTIÈME ÉPOQUE.

DEPUIS LOUIS XI, JUSQU'A L'EXTINCTION DE LA BRANCHE DES VALOIS.

1461. LOUIS XI, en montant sur le trône, annonce la ferme intention de régner par lui-même, de fortifier l'autorité royale, ou plutôt de la rendre absolue. Il déclare la guerre à la féodalité par des actes de pouvoir ; il fait passer en des mains obscures les dignités et les charges conférées par son père aux principaux seigneurs : *Exoneravit proceres.* Mécontens et rebelles, les grands renouent secrètement leurs intrigues, et forment la ligue dite du *Bien public,* titre spécieux, qui a servi de mot d'ordre à toutes les factions, et qui du moins ne trompe pas l'histoire. Au reste, il faut prendre acte, en faveur des peuples, de ces proclamations mensongères : elles prouvent invinciblement qu'il n'y a de vrai en politique que l'utilité générale, seule base légitime de toute organisation sociale, de tout gouvernement.

La guerre était imminente : le rachat 1464. des villes de Picardie, cédées au duc de Bourgogne par le traité d'Arras, et restituées à regret par ce prince, en détermina l'explosion. Le comte de Charolais, fameux sous le nom de Charles le Téméraire, entre dans la conspiration des ducs de Berri, de Bretagne, de Bourbon, etc., et devient le véritable chef de la ligue, sous le titre de lieutenant-général du duc de Berri, frère du roi. A la tête de quatorze mille hommes, il entre en Champagne, et marche, enseignes déployées, sur Paris, que pro- 1465. tégeait l'armée du roi : après s'être emparés du pont de Saint-Cloud, les Bourguignons vont prendre position à Longjumeau : leur avant-garde, commandée par le comte de Saint - Pol, occupe Montlhéry, tandis que Louis XI vient camper à Arpajon.

Les deux armées en vinrent aux

mains le 16 juillet, sans que le roi ni le
comte de Charolais eussent envie de
combattre. Mais le Bourguignon fit de
nécessité vertu, et donna carrière à son
impétuosité. Atteint de plusieurs coups
au milieu de la mêlée, il serait tombé
mort ou vif au pouvoir des Français,
sans le dévoûment du fils de son médecin : enfin son courage fougueux décida la victoire : le comte du Maine et
Jean de Rohan prirent la fuite avec
huit cents hommes d'armes; et le roi
se retira de nuit à Corbeil. Les fuyards
de l'armée royale coururent jusqu'à
Amboise ; mais les chroniqueurs décer-
nent le prix de la course à *un homme d'Etat*,
qui s'enfuit jusqu'à Lusignan, à vingt-
huit lieues au-delà d'Amboise, sans prendre de nourriture. Toutefois cette bataille fut plus sanglante que décisive : le
comte de Charolais n'eut guère que
l'avantage de rester maître du champ
de bataille, qu'il se préparait, dit-on,
à abandonner, lorsqu'il apprit la retraite du roi. La renommée allait, d'un
côté, publiant la mort du roi de France,
et de l'autre, proclamant sa victoire.

L'armée de Bourgogne avait eu ses
fuyards, et les fuyards n'annoncent jamais que des défaites : les Bourguignons
qui occupaient le pont de Saint-Cloud
l'abandonnèrent à la hâte ; Sainte-
Maxence ouvrit ses portes au roi comme au vainqueur, et la Bourgogne fut
plongée dans la consternation ; on ne
sut quelque temps à quoi s'en tenir sur
la bataille de Montlhéry, Enfin les trai-
tés de Conflans et de Saint-Maur, qui
mirent fin à la guerre du *Bien public*,
firent connaître le héros de Montlhéry :
le Bourguignon eut décidément les
honneurs du triomphe. Louis XI accepta le rôle du vaincu : toutefois il sortit de la lutte, sinon avec honneur, du
moins avec avantage.

Il traita comme celui qui avait le
dessous, mais en se ménageant la faculté de violer les conditions onéreuses
qu'il était obligé de subir : ce qu'il cé-
dait aux uns, il l'arrachait à d'autres ;
de sorte qu'il opposait entre eux ceux
mêmes qui lui avaient dicté des lois.
Mais il ne montra pas toujours la même
habileté. A Péronne, sa politique arti-

...7

ficieuse tourna à sa honte : victime de
sa duplicité et de son imprudence, il
resta captif entre les mains de son ennemi, et près du cachot où Charles le
Simple avait misérablement terminé ses
jours. Ce fut peu de le punir, le duc de
Bourgogne l'humilia ; il le traîna à sa
suite contre les Liégeois révoltés, grâces
aux intrigues du roi de France lui-
même. Louis XI n'attendait sans doute
sa délivrance que d'un miracle ; car
après avoir échappé aux dangers de sa
1468. prison et à ceux des combats livrés sous
les murs de Liége, il envoya à l'église
de Saint-Père à Chartres deux cierges
pesant chacun trois cents livres, avec
ordre de les placer devant les images
de saint Pierre et de saint Paul, et de
célébrer une messe du Saint Esprit pour
la prospérité du roi. « *Un présent de roi*
» *de six cents livres de cire n'est pas con-*
» *sidérable* (observe Doyen) ; *mais deux*
» *cierges de chacun trois cents livres de-*
» *vaient former deux prodigieuses pyrami-*
» *des.* » Louis XI avait une prédilection
particulière pour l'église de Saint-Père.
En 1463, il y était venu faire ses pâ-

ques. En 1477, lorsqu'il apprit la mort
de Charles le Téméraire, tué devant
les remparts de Nancy, il partit de
Tours, la veille des Rois, et vint en pélerinage à Chartres : il y fit ses dévo-
tions, et de là se rendit à Notre-Dame-
de-la-Victoire, près de Senlis, pour y
renouveler ses actions de grâces. Quelque temps après il fit trancher la tête
au duc de Nemours, et poussa la cruauté 1477.
jusqu'à faire placer les enfans de cet infortuné sous l'échafaud, afin que le sang
de leur père ruisselât sur leur tête. Ce
n'était là qu'un de ces *petits crimes* pour
lesquelles il obtenait de sa bonne Vierge
des indulgences préalables. Le caractère de Louis XI n'est plus un mystère ;
mais il n'appartenait qu'au génie de
nous en faire sonder les profondeurs,
de faire apparaître devant nous ce tyran couvert de reliques, d'images et de
sang. Nous avons pénétré jusque dans
les recoins les plus cachés de ce château
de Plessis – lès – Tours, qu'il avait su
rendre inaccessible : là, agité de plus
de terreurs qu'il n'en inspirait, dévoré
de soupçons, il tremblait aux appro-

ches de la mort : il était devenu le jouet et l'esclave de ceux qui l'entouraient, et surtout de Jacques Coytier, son médecin, dont les ordonnances, si l'on en croit une ancienne chronique, étaient *de terribles et merveilleuses médecines.*

Gaguin dit en termes exprès : *Humano sanguine, quem ex aliquot infantibus sumptum hausit, salutem comparare vehementer optabat.* Cet homme cupide trafiqua si bien des frayeurs du malade, et accumula tant de richesses, qu'avec ses dépouilles on put couvrir, par la suite, les frais d'une expédition : il s'était fait concéder la propriété de la place, du château, de la prévôté, et de la seigneurie de Saint-Germain-en-Laye : mais le parlement cassa la donation : il est inutile d'ajouter que ce ne fut pas du vivant de Louis XI.

La mort paisible et douce qu'amène la vieillesse avait soustrait Charles d'Orléans aux vengeances d'un tyran que l'histoire regarde comme l'assassin de son propre frère, et qui avait fait craindre un parricide à son père Charles VII. Il eût sans doute expié le crime d'avoir pris part à la ligue du *Bien pu-blic*, s'il n'était mort en 1465, trans-mettant les duchés d'Orléans et de Va-lois, ainsi que le titre purement hono-raire de duc de Milan, à son fils Louis de Valois (depuis Louis XII). La tu-telle de ce jeune prince et l'administra-tion de ses apanages furent exercées par Marie de Clèves, sa mère. A peine sorti de l'enfance, il sentit toute la rigueur d'un despotisme qui ne pesait pas moins sur la famille royale que sur le royaume. Malgré ses répugnances il lui fallut épou-ser sa cousine Jeanne, fille de Louis XI, laquelle était laide, petite et contrefaite ; il lui fallut même dissimuler sa violente aversion ; elle eût offensé un tyran qui ressentait, sinon la tendresse, du moins l'amour-propre d'un père. La jeunesse du duc d'Orléans fut abreuvée de cha-grins domestiques ; Marie de Clèves avait poussé l'oubli de sa dignité et de ses devoirs jusqu'à se marier secrète-ment avec Rabondages, son maître-d'hôtel. Placé entre une marâtre, une femme qu'il ne pouvait aimer, et un maître aussi ombrageux et tyrannique

comme beau-père que comme roi, le
duc d'Orléans ne joua, pendant vingt-
ans, qu'un rôle tristement passif.

Les Orléanais et les Valésiens purent
oublier qu'ils avaient un duc : la puissance royale se manifestait partout avec
le caractère de force et d'unité que lui
avait imprimé Louis XI. En 1478, le
roi tint des états à Orléans, à l'effet d'assurer, sous certains rapports, l'exécution de la Pragmatique-sanction, en
empêchant que les revenus des bénéfices vacans ne profitassent à la cour de
Rome. Mais, d'un autre côté, il prépara
l'abrogation de ce réglement salutaire,
consommée plus tard par le concordat
de François Ier.

1483.   Avec Louis XI disparaît une tranquillité elle - même déplorable, puisqu'elle était le fruit de ses rigueurs et
de sa tyrannie ; ses dernières volontés
avaient mis la régence entre les mains
d'Anne de France, sœur aînée du jeune
Charles VIII, et mariée au sire de
Beaujeu. Comme aux premiers temps
de Charles VI, s'élèvent ces troubles
presqu'inséparables des minorités.

L'ambition du jeune duc d'Orléans, long-temps comprimée par la terreur, éclata enfin. Anne est d'abord forcée au partage de son autorité; mais à l'aide des états - généraux, elle parvient bientôt à révoquer les concessions qu'on lui avait arrachées. Louis d'Orléans a recours alors aux ressources trop ordinaires de sa famille, à la guerre civile. Louis XII fut chef de faction avant de régner, avant de devenir père du peuple. A la tête de quelques mécontens, il se retire chez le duc de Bretagne, François II, dont les vassaux étaient révoltés; mais la bataille de Saint-Aubin 1488. vient ruiner les espérances des rebelles. Le duc d'Orléans vaincu tombe au pouvoir de la Trémouille, et reste enfermé trois ans dans la tour de Bourges, où on le traita, dit-on, avec une extrême rigueur: on lui refusait presque le nécessaire; il était enfermé la nuit dans une cage de fer; on ne lui permettait pas d'écrire; *Guarin*, son geolier, insultait à son malheur par des précautions qui tenaient de la barbarie. Enfin le comte Dunois, de concert avec 1491.

Charles VIII, trompe la surveillance d'Anne de Beaujeu, et ouvre la prison de Louis d'Orléans, qui rentre en possession de ses apanages, réunis quelque temps, par voie de confiscation, au domaine de la couronne. Pour prix de sa délivrance, le duc d'Orléans négocia le mariage du roi avec l'héritière de Bretagne, auquel il avait naguère prétendu pour lui-même, en dépit des liens qui l'unissaient à Jeanne.

Peu de temps après, Charles VIII institua le gouvernement de Paris et de l'Ile-de-France : Louis d'Orléans en fut investi ; mais bientôt il négligea l'exercice de cette charge pour aller en Italie déployer un courage inutile.

1498. Charles VIII ne survécut pas long-temps à ses revers ; il ne laissait point d'enfans : Louis d'Orléans lui succéda. Son avénement à la couronne entraîna l'adjonction de ses apanages au domaine royal. Le règne de Louis XII commence sous d'heureux auspices ; la clémence et l'économie du prince étaient un gage de prospérité pour le royaume. Les impôts furent diminués du tiers. Le roi de

France pardonna les injures du duc d'Orléans; peut-être devait-il aussi pardonner à Jeanne sa laideur! elle avait consolé sa captivité! il la répudia pour épouser Anne de Bretagne, la veuve de Charles VIII. Jeanne protesta avec dignité contre la dissolution de son mariage, et contre la supposition de violence dont on argumentait pour le rompre, disant *qu'elle respectait assez la mémoire du roi, son père, pour penser qu'il n'avait employé que des voies légitimes, et que, quant au défaut de consommation, l'honnêteté ne lui permettait pas de s'expliquer nettement, mais que sa conscience l'empêchait d'en demeurer d'accord.* Louis XII lui donna la ville de Pontoise pour dédommagement de répudiation : mais elle se retira à Bourges, où elle fonda l'ordre de l'*Annonciation* ou de l'*Annonciade.*

Louis XII ne se ressouvint qu'il avait été duc d'Orléans que pour protéger les Orléanais. Lors de la célébration de ses noces avec Anne de Bretagne, des courtisans, jaloux de plaire au roi, même aux dépens du peuple, frappèrent arbi-

8

trairement la ville d'une taxe de six mille livres, afin de pourvoir aux frais de la ceinture de la reine. Cette somme, péniblement perçue, fut présentée par Jacques de Luines au roi, qui la refusa, avec blâme contre ceux qui abusaient de son nom pour vexer ses peuples. Dans la suite, on voulut de même faire contribuer les Orléanais aux frais de la ceinture de Marie de Médicis ; mais cette fois ils s'autorisèrent du refus de Louis XII, et protestèrent contre la nouvelle réquisition : c'était le plus sûr ! Qui sait si Henri IV n'eût pas accepté de quoi payer la ceinture de la reine, sans trop examiner si l'offrande était ou non volontaire? Le mieux est de ne point exposer les rois, même un Henri IV, à de pareilles tentations.

En 1499, le duché de Valois, réuni depuis dix mois à la couronne, en fut de nouveau détaché, et donné en apanage à François, comte d'Angoulême, cousin du roi, et descendant comme lui du duc d'Orléans, frère de Charles VI. A cette concession fut attaché le droit de conférer les offices et bénéfices inhérens au domaine. Louise de Savoie, mère du jeune duc, gouverna le Valois durant la minorité de son fils.

Nous ne suivrons pas Louis XII dans les expéditions plus brillantes qu'heureuses qu'il tenta au-delà des Alpes, pour faire valoir à la fois et les droits cédés par la maison d'Anjou aux rois de France sur le royaume de Naples, et les droits de la maison d'Orléans sur le Milanais; elles sont étrangères à notre sujet : néanmoins leurs résultats ont influé misérablement sur le sort de quelques-unes des villes de l'Ile-de-France. Pour continuer les guerres d'Italie, Louis XII vendit quatre-vingt mille livres à Louis Mallet, amiral de France, les terres et seigneuries de Melun, de Corbeil et de Dourdan. Vers l'année 1387, des donations suspectes, puisqu'elles étaient l'ouvrage de Charles VI, avaient successivement fait passer cette dernière ville entre les mains des ducs de Berri et de Bourgogne : devenue ultérieurement la propriété d'un certain Jean de Nevers, elle avait été revendiquée en 1446 par le procureur-général du parlement de

Paris comme dépendance du domaine
royal, et enfin saisie en 1472, en vertu
d'un arrêt de réunion. L'aliénation con-
sentie par Louis XII ne subsista pas
long-temps. L'amiral Mallet rendit par
testament au domaine royal les villes
qu'on en avait détachées pour les lui
vendre. Ces adjudications de différentes parties du domaine royal paraissent
déceler un roi dissipateur réduit aux ex-
pédiens : disons - le cependant, jamais
le peuple ne fut moins foulé; jamais la
réforme ne s'introduisit avec plus de sagesse dans les abus du gouvernement.
Treize millions suffisaient à Louis XII
pour soutenir avec éclat la dignité de la
couronne et de la monarchie. Des ordonnances sages et sévères mirent le la-
boureur à l'abri des rapines et des violences de la soldatesque. On doit une
partie de ces bienfaits à ce d'Amboise,
cardinal (avec un seul bénéfice), dont on
a dit avec raison peut-être et beaucoup
de mal et beaucoup de bien. Les mœurs
pures et sévères de ce prêtre - ministre
exercèrent une influence salutaire sur
celles du clergé et des corporations re-

ligieuses. Les moines de Saint-Denis eux-mêmes furent obligés de subir une sorte de réforme, bien qu'ils ne reconnussent de supérieur que le pape.

Les chanoines de Chartres, honteux 1504. de leurs désordres, abolirent la fête *du Papifol,* ou pape des fous, espèce de saturnales monastiques. Les chantres élisaient dans leur compagnie le héros de la fête. Durant les quatre premiers jours de l'année, ce pape et ses cardinaux se livraient, au sein de l'église et dans la ville, aux débauches et aux excès les plus scandaleux : gorgés de vins, et revêtus d'habits *dissolus,* ils parcouraient les rues en poussant des cris bachiques, et rançonnaient de vive force les passans.

La coutume de Chartres fut enfin ré- 1508. digée d'une manière précise : on en ignore l'origine; mais elle renferme un titre qui remonte à l'année 1040, et où se trouve un tarif curieux de la valeur des biens-fonds à cette époque. Le revenu de la principale maison d'un seigneur du fief est évalué à soixante sols; celui

.8

d'un arpent de terre labourable, à cinq
sols. Un cheval de service ne valait que
soixante sols. Il résulte d'une transaction conclue entre le roi et le comte de
Chartres, en 1306, qu'à cette époque,
aux termes de la coutume du pays, le
gage de bataille était encore reçu en
justice, et qu'on pouvait se rédimer de
certains crimes.

1515.   Le règne de François Ier, si fertile en
événemens d'un intérêt général, en
guerres, en victoires, en désastres, ce
règne qui vit naître la réforme religieuse
et ressusciter les lettres, est vide de faits
que nous puissions nous approprier. Il
y a bien encore un duché d'Orléans et
de Valois; mais ces apanages ne confèrent
plus qu'un vain titre : et quant aux populations de ces provinces, elles n'ont
pour ainsi dire pas d'histoire. Des exemples frappans, d'éclatantes disgrâces,
prouvent quelle était alors l'impuis-
sance des grands ; naguère on n'aurait
pas impunément persécuté un person-
nage tel que le connétable de Bourbon.
François Ier le sacrifie aux caprices
d'une femme, le dépouille du gouverne-

ment de l'Ile – de - France et du Valois, etc. Bourbon, pour se venger, est
réduit à trahir sa gloire et son pays. L'œuvre de Louis XI est consommée : il n'y
a plus en France qu'un roi et des sujets roturiers ou nobles. C'est là même
peut-être ce qui explique les persécutions dirigées en France contre le protestantisme naissant : car François Ier
ne peut prétendre à l'excuse du fanatisme. Il n'avait au dedans aucun pouvoir à redouter : il craignit sans doute
que la réforme, venant du dehors, n'in-
troduisît dans le royaume une puissance
rivale de la sienne : il se crut intéressé à
la repousser; il se montra cruel et per-
sécuteur. L'envahissement des innova-
tions religieuses, accueillies ou repous-
sées par le fanatisme du peuple et par
l'ambition des grands, donnera du mouvement et de la couleur à l'histoire des
localités qui sont de notre domaine :
sans ces épisodes sanglans, grands et
petits auraient vécu en silence comme
sous Louis XIV et ses successeurs jusqu'à l'époque où la nation, prenant enfin possession de ses droits, entra dans

la vie politique et réclama des historiens pour elle-même. Mais l'Orléanais, le Valois, l'Ile-de-France, etc., ne virent la réforme s'établir dans leur sein, ou du moins y soulever des agitations, que postérieurement au règne de François Ier, et jusque là leurs annales se taisent, ou sont insignifiantes.

Dirons-nous qu'en 1518 François Ier fit avec la reine son entrée solennelle dans la ville de Chartres? que les échevins lui firent présent de vingt-six poinçons de vin et de cinq cents minots d'avoine, plus trois cents minots pour la reine, et que le roi, par forme de remercîment, demanda et leva une contribution de cinq cents écus? Dirons-nous qu'en 1531 le roi se rendit une seconde fois dans cette ville avec sa seconde femme Éléonore, et que les autorités *en jacquette* reçurent leurs majestés avec pompe, et leur offrirent, comme en 1518, des minots d'avoine et des poinçons de vin? Voilà pourtant ce que racontent les historiens de Chartres. Ceux du Valois célèbrent par des éloges les encouragemens donnés par

François Ier à l'architecture, ou plutôt
à la maçonnerie, car les architectes n'a-
vaient encore que le nom de maçons :
il fit bâtir le château de Villers-Coterets,
et réparer ceux de Crépy, de Pierrefonds et de La Ferté. En 1528, bien
que désolé par la famine et par la peste,
le Valois fut frappé d'impôts exorbi-
tans pour la rançon des deux fils du
roi, qu'il fallut racheter comme leur
père.

C'est à Villers - Coterets, où Fran-   1539.
çois Ier aimait à résider, que fut promulguée l'ordonnance qui établit qu'à
l'avenir les actes publics seraient rédigés en français : réforme salutaire qu'on
devrait imiter aujourd'hui, en proscri-
vant de notre procédure un jargon qui,
très-orthodoxe au seizième siècle, est
devenu barbare au dix-neuvième.

François Ier ordonna la révision et la
refonte générale des coutumes du Va-
lois. Le nouveau coutumier, dit-on,
distribué par ordre de matières, par
chapitres et par articles, forma un corps
de jurisprudence assez régulier.

Le Valois fut l'un des théâtres de la   1539.

guerre qui s'était rallumée, en 1542,
entre François 1er et Charles - Quint
avec Henri VIII pour auxiliaire. L'empereur envahit la Champagne et s'empare de Château-Thierry et d'Epernay,
pendant que les querelles et les intrigues
de la duchesse d'Etampes, maîtresse du
roi, et de Diane de Poitiers, maîtresse
du Dauphin, paralysent les forces du
royaume. Après avoir échoué devant
le château de Neuilly, Charles-Quint
marche sur Paris, qu'il menace, puis
se retire vers le Soissonnais, et vient
1544. loger à Villers-Coterets. Enfin, la paix
se conclut à Crépy, grâces à l'entremise
d'un moine espagnol nommé Gusman,
que François récompense par la concession de l'abbaye de Long-Pont.

C'était peu pour le Valois des calamités de la guerre; cette province fut
consternée par l'apparition d'une sorcière nommée Jeanne Harviliers! Cette
fille démoniaque avait été vouée à la
prostitution et aux maléfices par sa
mère, qui, de plus, l'avait mise en contact avec le diable. La mère et la fille
expièrent sur un bûcher le crime bien

avéré de sorcellerie. Le Valois eut en outre des diables pour rire : à l'imitation des représentations théâtrales de ces frères de la Congrégation de Saint-Maur, qui avaient édifié Charles VI, en jouant *Dieu, la Vierge et les Saints par piété*, on s'amusait à introduire des diables sur la scène : Belzébut, Astaroth et Lucifer devinrent des personnages tragiques. Ces sortes de pièces s'appelaient *diableries* : on faisait figurer à la fois deux ou plusieurs diables : de là ce dicton de *diable à quatre*. Ces jeux dramatiques, en se popularisant, se métamorphosèrent en bacchanales nocturnes, et devinrent l'occasion de débauches, de désordres et de crimes véritablement dignes de l'enfer. Il fallut proscrire des diableries qui avaient cessé d'être innocentes.

La concession du duché d'Orléans, successivement faite aux trois fils de François Ier; une émeute des Orléanais, provoquée par la disette et réprimée par la mort de quatorze des plus affamés, qu'on pendit aux gouttières; l'acte par lequel le roi donna, en quelque sorte, hypothèque sur Orléans, comme sur plusieurs autres villes du royaume, pour la garantie du traité qui mit fin à sa captivité; le séjour en cette ville de Charles - Quint, qui, parlant d'Orléans, d'Etampes et de Paris, disait avoir vu en France *une belle ville, une belle rue et un monde,* voilà à peu près les seuls événemens qu'on trouve dans cette période de l'histoire d'Orléans. Quant au comté de Chartres, il fut, en 1528, donné en dot à Réné de France, fille de Louis XII, lors de son mariage avec le duc de Ferrare. Le roi érigea le comté en duché, par lettres des mois de juin et de juillet. Mais, comme d'après la loi fondamentale du royaume, les terres du domaine de la couronne ne pouvaient être données en apanage qu'aux enfans mâles, la seigneurie de Chartres fut seule détachée de la couronne : le roi se réserva la souveraineté. Louis Philippe Joseph d'Orléans fut le dernier duc de Chartres.

L'abbaye de Saint-Denis fut remise en commende sous François 1er, envers et contre le bon plaisir des chanoines.

les maisons de Bourbon et de Guise
lui donnèrent par la suite plusieurs
abbés : Louis, cardinal de Bourbon,
le premier des nouveaux abbés com-
mendataires, entra en exercice en 1529,
et fut en 1552 lieutenant-général des
armées de Henri II. Les obsèques de
François Ier furent célébrées à Saint- 1547.
Denis avec une magnificence jusqu'a-
lors inconnue. Sans égard pour les
peccadilles galantes du défunt prince,
l'évêque de Mâcon, qui prononça son
oraison funèbre, ne craignit pas d'af-
firmer *qu'après une si sainte vie, l'âme du
roi, en sortant de son corps, avait été trans-
portée au ciel, sans passer par les flammes
du purgatoire.* De là les docteurs de Sorbonne conclurent, avec quelque raison
peut-être, que l'évêque de Mâcon, secrètement hérétique, niait le purgatoire :
ils portèrent plainte devant la cour à
Saint-Germain; mais on arrangea l'affaire en riant; on répondit aux députés
de Sorbonne : « François Ier ne pou-
» vait s'arrêter nulle part, et s'il a fait
» un tour en purgatoire, on n'aura ja-

8..

» mais pu lui persuader d'y rester long
» temps. »

Le règne de Henri II commença par
un combat singulier, et finit par un
tournois qui coûta la vie à ce prince
Jarnac et de La Châtaigneraie se donnèrent en spectacle à la cour réunie à
Saint-Germain, et assouvirent leur
haine en champ clos.

Le coup par lequel l'un des champions terrassa son rival est devenu célèbre sous le nom de *coup de Jarnac*. Le
vainqueur ne déploya pas moins de générosité que d'adresse; mais de La Châtaigneraie ne voulut point accepter la
vie, et déchira les appareils qui cou-
vraient sa blessure. Le roi complimenta
Jarnac en lui disant qu'il avait *combattu
en César et parlé comme Aristote*.

Henri II imita les galanteries et l'intolérance de son père : laissant au célèbre duc de Guise le soin de conquérir
ou de défendre des villes, de remporter
des batailles ou de réparer des échecs,
il construisait des châteaux pour Diane
de Poitiers, la suivait à Anet, l'emme-
nait à Villers-Coterets, et s'amusait avec

le à persécuter les calvinistes. En
552 on dressa des bûchers à Chartres:
ne demoiselle de Chartres fut brûlée
ve, en même temps que deux bour-
ois, convaincus ou soupçonnés com-
e elle d'hérésie.

Le luthéranisme ne fit de prosélytes à
)rléans que vers l'année 1557. Il y fut,
cette époque, enseigné par le jeune Co-
)mbeau, favorisé par le bailli Groslot;
t dès lors y devint l'objet des persé-
utions. Le cardinal de Lorraine insti-
1a à Orléans, au nom de François II,
ois inquisiteurs *pour être les marteaux
es huguenots*, qui osaient tenir dans cette
ille des assemblées nocturnes. Mais, au
noment où l'on déployait contre eux
ant de rigueurs, les ministres et dépu-
és des églises réformées de l'Ile-de-
France, de la Normandie, de l'Or-
éanais, de l'Aunis, du Poitou, etc.,
enaient tranquillement à Paris, et dans
ne maison du faubourg Saint-Germain,
eur premier synode national, et rédi-
geaient, en quarante articles, les constitu-
tions qui devaient maintenir l'union et l'u-
niformité de discipline entre ces sociétés

éparses et indépendantes les unes des
autres.

Néanmoins les calvinistes en France
ne formaient point encore, comme en
Allemagne, une ligue soutenue par des
princes; peut-être même leur secte ne
serait-elle jamais devenue un parti, sans
le concours d'une rivalité qui mêla des
intérêts de politique aux intérêts de religion. Cette rivalité s'éleva entre la
maison de Condé et la maison de
Guise. Exclu de toute influence dans un
gouvernement devenu le monopole de
François de Guise, le prince de Condé
unit sa cause à celle des calvinistes, et
ne pouvant d'abord combattre, il est
réduit à conspirer. Mais une trahison
déconcerte les combinaisons les plus habiles : la conjuration d'Amboise échoue,
et ne fait qu'ajouter au pouvoir des
Guise. Partie des conjurés sont punis
par les supplices, ou succombent les armes à la main. Le prince de Condé af-
fronte les accusations, et fait solennellement proclamer son innocence : mais
bientôt après il se réfugie en Béarn, auprès de son frère le roi de Navarre. Ce-

pendant la convocation des états-généraux est résolue dans une assemblée de
notables tenue à Fontainebleau. Meaux
devait être d'abord le lieu de la réunion :
mais Meaux est peuplé de calvinistes ;
on se décide pour Orléans ; et bientôt,
à la tête d'une armée rassemblée à Pontoise, le roi, accompagné des Guise, se
dirige vers cette ville. Cipière, qui en
avait le commandement, en qualité de
lieutenant-général, sous les ordres du
prince La Roche-Guyon, s'y était rendu
d'avance avec une troupe de gendar-
mes, et par forme de précaution contre
les habitans, les avait contraints de venir déposer leurs armes à l'hôtel-de-
ville, où on les tenait renfermées. Le jour
de l'entrée du roi il leur fut permis
d'aller quérir leurs piques et mousquets,
afin qu'ils pussent former une haie militaire, mais sous condition de les re-
porter au dépôt immédiatement après
la cérémonie. Jérôme Groslot, qui était
allé au-devant du roi pour le complimenter au nom de la bourgeoisie, fut
tellement déconcerté par l'accueil de Sa
Majesté et de ses courtisans, qu'il ne

..8

put débiter sa harangue et resta muet.
Ce déploiement de forces, ces démons-
trations de défiance et d'animosité annonçaient de sinistres projets, qui bientôt furent mis à exécution. Trompés par
de perfides assurances, le prince de
Condé et le roi de Navarre osent se
rendre à l'invitation qu'on leur avait
adressée : un nombreux détachement,
commandé par le maréchal de Termes,
était allé au loin à leur rencontre. A
peine entourés de cette escorte, dont l'apparence n'avait pourtant rien d'hostile,
ils ne furent plus libres de retourner sur
leurs pas : il fallut s'acheminer vers Orléans. Délivrée alors de toute incertitude,
la cour ne garde plus de ménagemens :
on arrête le bailli Groslot, accusé d'a-
voir voulu peu auparavant livrer la
ville aux huguenots, qui devaient en
faire leur place d'armes. Des ordres
sont expédiés pour l'arrestation du vi-
dame de Chartres, dont on avait inter-
cepté la correspondance secrète avec
les principaux chefs de la réforme. A
son arrivée à Orléans, le prince de
Condé est brusquement introduit au-

près du roi, qui l'accable de reproches
et d'invectives : en un mot, le jeune
François II s'acquitte au mieux du rôle
dont l'avait chargé le duc de Guise. Le
prince de Condé est arrêté et renfermé
dans une maison dont on a soin de
griller les fenêtres : le roi de Navarre
est lui-même tenu en chartre-privée,
tandis qu'on fait revivre contre son
frère l'accusation de complicité dans la
conspiration d'Amboise. La dédaigneuse
fermeté du prince de Condé irrite le
ressentiment du duc de Guise et du cardinal de Lorraine : on institue, ou plutôt on improvise une espèce de conseil,
dont il décline en vain la compétence ;
il est condamné à mort, bien qu'on n'eût
pour le convaincre aucune preuve juridique. La princesse de Condé implore
à genoux la clémence du roi : Guise ne
voulait point pardonner; c'en était fait
du prince de Condé, et sa mort allait
devenir le signal de rigueurs et de proscriptions générales. Déjà l'on avait ex-
humé un formulaire de foi dressé, en
1543, par la Faculté de théologie, sous le
règne de François Ier: formulaire très-

orthodoxe, dont on voulait faire la pierre de touche des consciences, et auquel tous les sujets du roi auraient été contraints d'adhérer sous peine de mort. Déjà, dans l'espoir de trouver bon nombre d'hérétiques assez opiniâtres pour préférer le martyre à l'apostasie, on travaillait en diligence à réparer les prisons d'Orléans et des villes voisines; des rassemblemens de troupes se formaient autour d'Orléans, dont on voulait faire le siége des états-généraux, afin de les mieux tenir en bride : peut-être s'acheminait-on déjà à la Saint-Barthélemy; peut-être voulait-on, comme plus tard sur Coligny, frapper le premier coup sur le prince de Condé. Il allait être exécuté; Guise n'avait plus de rival, les calvinistes plus de chef, lorsque la mort subite de François II vint changer momentanément la face des choses.

1560. Les états, convoqués à Orléans, furent transférés à Pontoise. Ils ne se composaient que de vingt-six députés, dont treize de la noblesse et treize des communes; on les avait appelés à délibérer sur la pacification des troubles du royaume. Ils se montrèrent dignes de leur mission, ou plutôt dignes d'une meilleure époque. Ils représentèrent avec force le danger des rigueurs, la nécessité de proclamer la liberté de conscience, de concéder aux réformés, dans chaque ville, ou une église vacante, ou quelque terrain vague, sur lequel il leur fût permis de bâtir leurs temples pour s'y assembler, et y pratiquer leurs exercices religieux. Comme les deux ordres s'attendaient à une vive opposition dans l'assemblée des évêques, ils furent d'avis, chacun en particulier, de ne payer aucun subside, et arrêtèrent ensemble, ou pour mieux dire conspirèrent la résolution de rejeter toutes les charges sur le clergé, à l'exception de quelques sommes peu considérables actuellement nécessaires pour le redressement des comptes. Le tiers-état proposait en outre de saisir, au profit du roi, les revenus de tous les bénéfices dont les titulaires ne résidaient pas sur le lieu; de déclarer le roi héritier de tous les évêques, abbés, prieurs, et simples religieux; d'assujétir tous les bénéfices à des redevances proportionnelles; de diminuer le traitement des évêques, archevêques et cardinaux, jusqu'à concurrence de six, huit, et douze mille livres : quant aux Chartreux, Célestins, Mathurins, qui n'avaient droit à rien dans ce monde qu'à la vie et à l'habit, on pouvait sans scrupule s'emparer de leurs épargnes, des trésors de leurs églises, et de leurs immenses revenus. Ces états-généraux sont de 1560, et la Saint-Barthélemy est de 1572! Néanmoins ils ne furent pas complètement stériles : le clergé, pour conjurer la tempête dont il se croyait menacé, s'engagea à payer pendant six ans quatre décimes des biens de l'Eglise.

Catherine de Médicis, à qui la régence venait d'être confirmée, combattait l'influence des Guise, et semblait incliner à la tolérance. Elle proposa une conférence solennelle, afin que les hérétiques et les bien-croyans pussent, en s'expliquant, terminer à l'amiable leurs querelles. En dépit de la Sorbonne, qui s'opposa par ses remontrances à l'ouverture des controverses religieuses, *le colloque de Poissy* eut lieu. Charles IX, Catherine de Médicis, Marguerite de France, le roi de Navarre, le prince de Condé, y assistèrent. Au premier 1561. jour d'assemblée ils prennent, avec les membres du clergé catholique, possession du chœur de l'abbaye, qu'on avait consacré aux conférences. Introduits par le duc de Guise et par M. de La Ferté, les ministres protestans s'avancent pour s'asseoir au premier rang, à côté des évêques; mais on les arrête, et on les fait placer le long d'une espèce de barrière, où on leur ordonne de rester debout et la tête découverte. Le fameux Théodore de Bèze, ex-prieur de Longjumeau et disciple de Calvin, qu'il représentait en cette occasion, était chargé de défendre les intérêts de la réforme : il remplit sa mission avec éloquence. Mais les invectives succèdent bientôt aux argumentations méthodiques. Emporté par la chaleur de l'improvisation, irrité d'ailleurs par la contradiction et par la malveillance, l'orateur des protestans ose dire *que Jésus-Christ est aussi éloigné de l'eucharistie que le ciel l'est de la terre!* Ce blasphème souleva l'indignation de la majorité orthodoxe de l'auditoire : le cardinal de Tournon répondit avec véhémence ; et le lendemain, le cardinal de Lorraine réfuta si victorieusement le discours hérétique prononcé la veille, qu'on ne permit pas à Théodore de Bèze de répliquer. Des conférences particulières succédèrent à ces réunions solennelles, dont on redoutait le scandale ; et l'on continua à échanger des injures, mais à huis-clos. L'Espagnol Jacques Lainez, général des jésuites, vint renforcer le parti des docteurs catholiques, et se signala dans la lice. Il reprocha au roi et à la reine leur coupable condescendance, et traita les protestans *de loups, de singes et de serpens.* Enfin, on conclut à la rédaction d'une formule dont les termes impliquaient adhésion sincère au dogme de la transsubstantiation : et, sur le refus des calvinistes de transiger à ce prix, les conférences furent rompues.

1562. Peu de temps après, la liberté de conscience est pourtant décrétée par la

reine-mère. Mais cet édit de pacification est presqu'aussitôt suivi de la guerre
civile. A la tête d'une troupe de protestans, le prince de Condé menace Paris,
s'empare de Saint-Cloud et marche sur
Orléans, dont la garnison est attaquée
à l'improviste par d'Andelot. Les huguenots y entrent en vainqueurs, aux
cris de *Vive l'Evangile!* et en chantant des
psaumes. Cette ville devient un lieu de
refuge pour les réformés ; elle devient
une seconde capitale : toutefois l'association protestante n'a point encore le
caractère que lui imprima plus tard
l'amiral de Coligny; elle ne réclame
de garanties que pour le culte ; elle est
inoffensive pour le despotisme politique : le prince de Condé en est proclamé le chef, mais sous le titre *de
protecteur et de défenseur de la couronne.*
Orléans n'est point, comme La Rochelle dans la suite, le chef-lieu d'une
république : cette ville n'est tout au plus
que le siége d'une théocratie. Le prêche
et la cène des Luthériens ont succédé à
la messe des catholiques dans l'église et
le couvent des Carmes. Assez d'autres

ont fait un crime aux réformés d'Orléans d'avoir dilapidé le fisc, d'avoir
profané la sépulture de Louis XI, et
pillé les abbayes, les monastères, les
reliquaires, les chandeliers, les vases,
les croix, etc... Ce que nous leur repro-
cherons avec force, c'est d'avoir pendu
le curé de Sainte-Poterne ; parce qu'à
nos yeux, il n'est point *de rigueurs salutaires.*

Cependant le prince de Condé était
allé perdre en Normandie la bataille
de Dreux, et avait été pris par les Catholiques; tandis que le connétable de
Montmorency était devenu le prisonnier des huguenots, qu'il avait vaincus.
Gaspard de Coligny, placé dès lors à la
tête de l'association protestante, confie
1563. à son frère d'Andelot la garde du connétable et la défense d'Orléans, que la
défaite de Dreux menaçait d'un siége.
Bientôt, en effet, le duc de Guise vient
avec une armée de vingt mille hommes
investir cette ville : dès le premier assaut, il s'empare du faubourg de Cléry,
et une trahison lui livre les tourelles
qui protégeaient les remparts ; déjà il

avait calculé le jour où il pourrait de vive force se rendre maître de la place, lorsque, le 8 février, se trouvant avec Rostein sur le coteau d'Olivet, il fut atteint à l'épaule d'un coup de pistolet tiré par un cavalier qui prit aussitôt la fuite, mais qu'on arrêta le lendemain. Quelques jours après le duc de Guise mourut des suites de sa blessure, et bientôt l'assassin, Poltrot de Merey, expia au milieu des plus affreux tourmens un crime auquel il n'a pu associer la mémoire de Coligny. Catherine de Médicis était venue au camp recevoir les derniers soupirs du duc de Guise, qu'elle n'aimait point : presqu'aussitôt elle conclut la paix avec les calvinistes, par l'entremise du prince de Condé, qui, sans l'énergique fermeté des chefs de la réforme, aurait facilement trafiqué de leur liberté de conscience. Orléans fut replacée sous l'autorité des hommes du roi. Les catholiques, qui, la plupart, avaient été expulsés de la ville, y rentrèrent et furent remis en possession de leurs biens. En dédommagement des reliques dont les huguenots l'avaient dépouillée, l'église d'Orléans reçut de la reine-mère une croix d'argent couverte d'or, en laquelle était enchâssé un morceau de la vraie croix. Le duché d'Orléans avait été donné par Henri II à Catherine de Médicis : elle le conserva jusqu'à sa mort, époque à laquelle il fut réuni à la couronne. Le don qu'elle fit à l'église d'Orléans est à peu près son seul acte d'administration. *Audebert, le prince des poètes orléanais,* appelle *mère des dieux* la mère de François II, de Charles IX et de Henri III : *Gallorum Cibele mater fœcunda deorum.* Il célèbre *sa prudence plus grande que le destin :* « *fato prudentia major.* » De nos jours encore, Catherine de Médicis pourrait bien trouver des panégyristes, puisque les apologies, puisque les panégyriques n'ont point manqué à la Saint-Barthélemy!

Au duché d'Orléans, qu'elle tenait de son mari, la reine-mère avait ajouté celui de Valois, qu'elle s'était elle-même attribué à titre de douaire. Ses fréquens voyages à Villers-Coterets furent favorables à cette province : elle con-

courut à l'établissement du collége de
Crépy, fit travailler à la navigation de
la rivière d'Ourcq pour le transport
des bois à Paris, et encouragea la culture des terres, depuis long-temps dé-
laissées. Mais la reprise des guerres
civiles interrompit ces travaux. Les
sanglantes exécutions du duc d'Albe
dans les Pays – Bas réveillèrent en
France les craintes des réformés, et
excitèrent leur indignation. Encouragés
par l'arrivée des *reîtres*, ils reprennent 1567.
les armes, et, sous la conduite du prince
de Condé, tentent d'enlever le roi à
Monceaux : mais, avertie à temps, Catherine de Médicis se retire à Meaux
avec son fils, et bientôt court chercher
à Paris un asile plus assuré. Les huguenots s'emparent de Saint-Denis, qu'ils
saccagent, et en viennent aux mains
avec l'armée royale, dans la plaine qui
sépare cette ville de Paris. Ils perdent
la bataille; mais les catholiques perdent
ce vieux connétable de Montmorency
qui avait servi sous cinq rois, assisté à
deux cents combats, à quatre-vingts batailles, figuré dans cent négociations, et

...8

qui venait d'être enseveli dans une victoire. Animés d'une fureur qu'irritait encore la honte de leur défaite, les huguenots se jettent sur le Valois, y promènent le ravage, et exercent leurs vengeances sur les cloîtres et sur les moines. Le monastère de Chartreuse est traité comme une ville prise d'assaut ; et dans leur rage fanatique, les réformés profanent indignement le cœur de Philippe de Valois, comme pour faire expier à ce prince le crime d'avoir fondé cette communauté religieuse. Des missions protestantes s'organisent dans le Valois ; le ministre Hélim, fameux prédicant de Cœuvres, et son adjoint Versoris, propagent avec zèle les doctrines de la réforme, sans négliger toutefois les moyens de défense et d'attaque. Ils munissent et approvisionnent Soissons ; ils prennent et détruisent Mons-Notre-Dame, et travaillent avec non moins d'ardeur à la conversion des habitans.

Orléans était redevenu la place d'armes des calvinistes. Grâces aux intelligences du prince de Condé avec le bailli Groslot, le capitaine de Lanoue s'était introduit par surprise dans la ville, et avait contraint la garnison, réfugiée dans la citadelle, à poser les armes. Le colonel de La Valette parut bientôt devant les remparts avec quatre mille hommes de pied et sept cents chevaux ; mais le prince de Condé n'eut qu'à se montrer pour faire lever le siége. Comme naguère, les églises furent pillées et incendiées ; les saints subirent en effigie de nouveaux martyres, et, ce que nous déplorons plus encore, les catholiques furent persécutés.

Pour tenir les réîtres en haleine, le 1568. prince de Condé les conduit au siége de Chartres. Arrêté long-temps au pied des murailles par la résistance vigoureuse de Lignières, il détourne le cours de l'Eure, qui baignait les remparts de la ville, et rejette cette rivière dans un canal qui lui servait autrefois de lit : il se préparait à des assauts pour vaincre un gouverneur qu'il n'avait pu effrayer, lorsque la reine consternée a recours à la voie des négociations, et lui envoie de Paris des plénipotentiaires. L'amiral de Coligny s'oppose en vain à une transaction, dont il savait apprécier les motifs. Condé conclut à Longjumeau cette trève déguisée qu'on a appelée *la petite paix*. Elle assurait aux huguenots les garanties qui leur avaient été accordées par l'édit de pacification de 1563. Ils durent restituer les villes dont ils s'étaient emparés : Soissons, Fismes, Braine, Vic-sur-Aïne, etc., rentrèrent sous l'obéissance du roi, et recouvrèrent leurs saints. Le duc d'Anjou, frère de Charles IX, vint reprendre possession d'Orléans. Groslot fut condamné à mort par contumace, et les habitans de la ville furent contraints de prêter entre les mains de leur lieutenant-général Dantragues serment de fidélité au prince.

1570. La guerre se rallume l'année suivante, et se termine par la paix *boiteuse et mal assise de Saint-Germain*, ou plutôt par la Saint-Barthélemy : car Charles IX et Catherine méditaient déjà l'*assassinat* de leurs sujets. Ils trouvèrent à Orléans des complices, c'est-à-
1572. dire des bourreaux, pour exécuter leurs ordres sanguinaires : et ces bourreaux

ont trouvé des historiens dignes d'eux,
c'est-à-dire assez lâches pour célébrer
la courageuse vengeance des catholiques.
(C'est l'expression d'un annaliste d'Orléans.) Dans la nuit du dimanche
au lundi (du 24 au 25 août), un
courrier apporte à Orléans l'ordre
d'imiter l'exemple de la capitale. Excités par les lettres d'un prédicateur
du roi nommé *Sorbin*, les Orléanais,
durant la nuit du 26, se saisissent
des portes, se répandent dans la ville,
et immolent à souhait leurs victimes :
à peine épargnent-ils quelques *veuves*,
qui demandent le baptême pour elles
et pour leurs enfans, comme on demande miséricorde. Deux cents calvinistes, réfugiés dans la place dite encore
des Quatre-Coins, s'y défendaient avec
le courage du désespoir : n'osant plus
les attaquer, mais ne voulant point
laisser échapper sa proie, la horde des
assassins met le feu aux maison envi-
ronnantes, et ces malheureux périssent
tous au milieu des flammes. Le massacre continua plusieurs jours, tant au
sein de la ville qu'autour des remparts.

Le souvenir de tant de forfaits a été consacré par une espèce de tercet que des sicaires seuls peuvent avoir composé :

A Orléans, le jour de saint Barthélemy,
Y avait plus de huguenots morts que vifs,
Plus de huit cents à mort y furent mis.

L'historien auquel nous empruntons ces détails ne s'en rapporte pas à cette évaluation du nombre des huguenots égorgés : il a soin d'ajouter que le nombre des victimes s'élevait à douze cents, ou même à plus de dix-huit cents, sans compter les enfans et les femmes.

Les annalistes de Chartres et du Valois se taisent sur la Saint-Barthélemy : s'ils ont voulu dissimuler des crimes qu'ils détestaient, dans l'espoir d'absoudre la mémoire de leurs compatriotes, cette réticence leur fait honneur comme citoyens ; mais alors ils ont manqué à leur devoir d'historiens. S'ils n'avaient point de révélations à faire, ils sont coupables envers leur patrie : ils sont coupables même comme historiens. Lorsqu'il s'agit d'un crime qui eut tant de complices, l'histoire doit non-seulement désigner et flétrir les coupables, mais signaler et honorer les innocens! Elle doit un hommage aux villes qui ont fermé leurs portes aux émissaires de Charles IX! Montargis ouvrit les siennes, mais aux victimes. Malgré la charte d'inaliénabilité qu'elle tenait de Charles VII, cette ville avait été donnée en supplément de droits à Renée de France, veuve du duc de Ferrare. Elle dut se féliciter de la violation de ses priviléges. Grâces à la protection de cette princesse, qui y avait fixé sa résidence, elle vit les fureurs des guerres religieuses expirer au pied de ses murailles. L'intrépide Renée sut en faire un asile inviolable, et toujours ouvert aux victimes du catholicisme, qu'elle avait abjuré. En vain le duc de Guise la fit-il sommer, au nom du roi, de livrer plusieurs calvinistes réfugiés dans son château. « Je ne les livrerai point, répondit-elle fièrement aux envoyés du duc; et s'il attaque le château, je me mettrai la première sur la brèche, pour voir s'il aura

la hardiesse de tuer la fille d'un roi. »
Les crimes de Catherine de Médicis
furent pour Renée de France une nouvelle occasion d'actes de vertu et de
courage. La Saint-Barthélemy, qui dé-
peupla la capitale ensanglantée, accrut
l'heureuse population de Montargis!

Du reste, les chroniqueurs du Gâti-
nois s'attachent moins à rendre hommage à la gloire de Renée, qu'à célébrer
le prodige dont la ville de Montargis
fut, quelques années plus tard, le théâtre. Ils racontent avec orgueil, qu'en
1581, le père Prévôt, prêchant un jour
dans la grande église de la Madeleine,
fut interrompu au milieu de son sermon
par le bruit des hirondelles; qu'alors,
au nom du Dieu vivant, l'éloquent cor-
delier conjura ces oiseaux de sortir de
l'enceinte sacrée, et qu'aussitôt les hirondelles disparurent.

Les fureurs de la *ligue* rapprochèrent
de Paris le théâtre de ces guerres civiles
que Charles IX avait cru étouffer par
un massacre, comme si la réforme n'a-
vait eu qu'une tête.

Ce fut dans son comté de Nan-

teuil en Valois, où, comme son père,
il tenait des assemblées secrètes, que
Henri de Guise, dit le Balafré, noua,
en même temps qu'à Péronne, les
premiers fils de cette *sainte association* dirigée contre un roi qui n'avait
que trop sacrifié aux prétentions et aux
exigences cruelles de l'Eglise.

Echappé aux Barricades de Paris, 1588.
dont il sort en fugitif, et en jurant *de
n'y rentrer que par la brèche*, Henri III
court chercher un asile à Chartres.
Pour fléchir ou pour tromper le roi,
en le ramenant parmi eux, les ligueurs
imaginent de recourir à la confrérie
des *Pénitens*, qu'il affectionnait presque à l'instar de ses mignons. Ces capucins s'acheminent processionnellement vers Chartres, ayant en tête le
frère Ange de Joyeuse, qui, les mains
garottées, la tête surmontée d'une couronne d'épines d'où paraissaient sortir
des gouttes de sang peintes sur son visage,
figurait le Christ montant au Calvaire,
et qui, pour mieux remplir son rôle,
simulait, à chaque pas, des défaillan-
ces, comme s'il eût été accablé sous le

9

poids de la longue croix de carton dont
on l'avait chargé. Des ustensiles de ménage représentaient les instrumens de la
passion ; le son aigu des chaudrons et
de ces cornets qu'on emploie dans les
mascarades, se mêlait au bruit des
cantiques [1]. Ni le prestige de ce cortége, ni les suppliques des capucins, ne
purent ébranler la résolution de Henri III, ou plutôt lui faire oublier les
Barricades. Il ne quitta la ville de Chartres que pour aller tenir les fameux
états de Blois ; il ne revit le duc et le
cardinal de Guise que pour les faire
assassiner.

La Ligue alors arme ses soldats et déploie toute sa puissance. Rosieux, secrétaire du duc de Mayenne, court à
Orléans, appelle aux armes les habitans
indignés, et bloque la citadelle, inutilement défendue par d'Entragues : elle
est bientôt prise et rasée. Orléans devient l'un des siéges de la Ligue : le père

[1] Voyez le récit curieux de cette procession
des Pénitens dans l'*Histoire des guerres de
religion*, par M. de Lacretelle le jeune.

Maurice Hilaire y établit, sur le modèle des confréries fanatiques de Paris, une compagnie du saint nom de Jésus, qui fut appelée la confrérie du *Petit-Cordon*. «Cette nouvelle dévotion, dit Symphorien-Guyon, établie sans autorité » légitime, tendait insensiblement à une » espèce d'anarchie contraire à l'État » et au bien de la république. » Le moine séditieux qui en avait été le principal moteur reçut à sa mort des honneurs extraordinaires : l'évêque et les différens corps de la ville assistèrent à ses funérailles, qui furent faites aux dépens du public. On y prononça une oraison funèbre; et il existe encore un recueil in-4° de vers de plusieurs langues, à son honneur, imprimé à Orléans en 1592.

Chartres ouvre également ses portes aux ligueurs : le duc de Mayenne y est reçu avec pompe, et fait prêter aux habitans le serment solennel de l'*union;* aussi les capitaines de Henri III tentent-ils vainement de faire rentrer cette ville dans le devoir. Les ligueurs se jettent en même temps sur le Valois et s'emparent de Crépy, de Pierrefonds, de Pont-Sainte-Maxence, de Creil et du château de Ferté-Milon.

1589. Confiné à Tours, où il convoquait le parlement, et se donnait le stérile plaisir de faire décréter la confiscation des biens du duc de Mayenne ; haï, méprisé de tous les partis, excommunié par le pape Sixte V, comme assassin des Guise, Henri III se jette enfin dans les bras de son beau-frère le roi de Navarre, jusqu'alors son ennemi ; leur réconciliation a lieu à Plessis-lès-Tours : ils unissent leurs armées, marchent sur Paris, s'emparent, chemin faisant, de Pontoise, que défendait le sieur d'Alincourt, et, accrus d'un renfort de dix mille Suisses, viennent occuper Saint-Cloud. Cependant les ligueurs étaient frappés de consternation : ils venaient d'essuyer un rude échec sous les murs de Senlis, d'où Lanoue les avait repoussés avec perte et déshonneur. Les chefs de la Ligue consumaient le temps à délibérer, et ne savaient quel parti prendre, lorsque le fanatisme suscita Jacques Clément. Ce jeune moine des Jacobins

de Paris offre d'aller poignarder le tyran, ne demande rien et promet le secret : quelques-uns trouvent sa proposition *inexécutable;* toutefois le marché
était avantageux : on l'accepte. Muni
de lettres adressées à Henri III par des
membres du parlement détenus à la Bastille, Jacques Clément se rend à Saint-
Cloud dans la soirée du lundi 31 juillet :
« il y couche, et le lendemain se pré-
» sente devant le logement de Henri III.
» Les gardes lui refusent le passage : il
» insiste; le bruit de cette altercation
» parvient jusqu'aux oreilles du roi :
» *Laissez-le approcher,* dit-il, *on dirait*
» *que je chasse les moines et ne veux pas les*
» *voir.* Henri III était sur le siége de sa
» garde-robe. Jacques Clément s'ap-
» proche, lui présente les lettres dont il
» était porteur, et, pendant que le roi
» en prend lecture, le moine sort de sa
» manche un grand couteau, et le lui
» plonge dans le bas-ventre. Le couteau
» reste dans la plaie : le roi l'arrache
» avec effort, en frappe l'assassin au
» visage, et s'écrie : *Ah! le méchant*

.9

» *moine! il m'a tué! qu'on le tue!*........ [1] »

Le moine tombe à l'instant percé de mille coups : le roi expire le lendemain.

Dès que Henri IV eut quitté Saint-Cloud avec son armée, les ligueurs y vinrent en pélerinage baiser respectueusement le sol qu'avait rougi le sang du meurtrier. Qui ne sait les réjouissances de Paris à l'occasion du meurtre de Henri III, les honneurs décernés, au sein même des églises, à la mémoire de Jacques Clément, dont l'image, comme celle d'un martyr, décora les autels?

Telle fut l'horrible catastrophe qui extirpa le dernier rejeton des Valois. Cette branche de la famille capétienne a produit Louis XII; mais, comme si elle eût dès lors épuisé tout ce qu'elle avait de sève généreuse, elle n'a donné à la France, jusqu'à l'époque de son extinction, que des fruits de plus en plus vénéneux. François 1er a perdu jusqu'à ce renom de restaurateur des lettres, dont l'usurpation semblait légitimée par

---

[1] *Histoire de Paris*, par M. Dulaure, t. V.

le temps. C'est sous son règne, à la vérité, que les lettres ont commencé à refleurir, mais en dépit de ses efforts pour arrêter leurs progrès. Justes même envers Charles IX, nous reconnaîtrons qu'il ne traita point les littérateurs et les savans comme les huguenots. Il fut l'élève, le protecteur et l'ami d'Amyot. Il n'a sans doute admiré, des hommes illustres de Plutarque, que Marius et Sylla! et encore n'a-t-il imité d'eux que leurs cruautés! C'est l'Ile-de-France, c'est Melun qui a vu naître Amyot : si la protection de Charles IX était un titre de gloire, la ville de Chartres pourrait s'enorgueillir aussi d'avoir vu naître le poète Philippe Desportes, dont la muse parla du moins un peu mieux français que celle de Ronsard.

●●●○○●○○○●○●○●●○●●○○●●○○●○●○○○○●●○○○○○●○●●○○●●○●○○●●○○○

HUITIÈME ÉPOQUE.

DEPUIS L'AVÉNEMENT DES BOURBONS JUSQU'A LA RÉGÉNÉRATION NATIONALE.

LA couronne de France appartenait de droit à Henri de Bourbon-Navarre, descendant de saint Louis. Jamais prince ne s'en montra plus digne. Ses soldats l'élèvent sur le pavois : mais Henri IV ne régnait encore que dans son camp, et sur la France protestante : il lui fallait conquérir son royaume, et abjurer le protestantisme. Il ne songea d'abord qu'à vaincre : la nécessité amena plus tard les pensées de conversion. Après avoir déposé dans l'abbaye de Compiègne le corps de son prédécesseur, il fuit en Normandie, pour y remporter 1589. sa première victoire. Aussitôt il marche jusque sous les murs de Paris, moins peut-être pour l'assiéger, que pour an-

noncer lui-même aux ligueurs la défaite de Mayenne. Sa retraite est marquée par de nouveaux succès, tant en
Normandie qu'en Touraine, et dans le
pays Chartrain. La glorieuse journée
d'Arques a un lendemain plus brillant
encore : le valeureux et bon Henri IV
se montre tout entier à Ivry. Mayenne 1590.
fugitif ne parvient à se faire ouvrir les
portes de Mantes, qu'en annonçant *la
mort du roi de Navarre.* Mais le roi de
Navarre y entre le lendemain comme
roi de France : Meulan, Poissy, Melun,
Corbeil, Montereau, se soumettent au
vainqueur, et cette fois les Parisiens
ont à soutenir un siége en forme, en
même temps que Saint-Denis et Cha-
renton, qui sont facilement emportés.
La plupart des faubourgs de Paris tom-
bent au pouvoir des troupes royales ;
et bientôt la famine unit ses horreurs
à celles de la guerre et d'un fanatisme
ridicule et atroce. En vain la dévotion
transige avec la faim ; en vain les ligueurs affamés se décident à vendre de
précieuses reliques tirées du trésor de
l'abbaye de Saint-Denis : ces ressources

ne sont que d'un jour. Mais la grande âme de Henri IV ne peut soutenir le spectacle de tant de maux : il partage les vivres du camp avec les assiégés ; il combat ses sujets et les nourrit ; il veut s'en faire aimer, ou du moins ne les pas laisser mourir. Henri IV eut la gloire de voir sa conquête lui échapper *par sa faute.* L'approche de Mayenne et du duc de Parme le contraint de lever le siége de Paris. Il court à Chelles leur présenter la bataille ; mais l'habile Farnèse n'accepte pas le défi, et échappe adroitement à l'armée royale : il se dirige vers Lagny, attaque cette ville à coups de canon, et y pénètre par la brèche, l'épée à la main. Les chariots chargés de vivres qui entrent dans la capitale, à la suite d'une armée à moitié étrangère, font oublier aux Parisiens le pain de miséricorde qu'ils avaient reçu de Henri IV. Le prince de Parme quitta bientôt Paris pour aller attaquer Corbeil. Cette faible place, défendue par l'intrépide Rigaut, arrêta trois semaines le vainqueur des villes de Flandre. Rigaut fut tué et la ville fut prise. Farnèse prit possession de Corbeil, au nom du roi d'Espagne, et, pour venger son humiliation, passa la garnison au fil de l'épée. C'était se montrer à la fois inhumain et impolitique. Mayenne se plaignit hautement, et le prince de Parme reprit la route des Pays-Bas.

Cependant le parti du roi se soute- 1591. nait avec honneur : Jean Dominique de Vic, l'un de ses plus braves guerriers, se maintenait à Saint-Denis, et défiait la Ligue aux portes de Paris même. L'impétueux chevalier d'Aumale se charge de délivrer les ligueurs de ces voisins arrogans et incommodes. A la tête de mille fantassins, il marche de nuit vers Saint-Denis, et pénètre dans la ville par surprise. Les bourgeois et les habitans sont réveillés aux cris de *Tue! tue! Vive la Ligue! Vive d'Aumale!* Mais de Vic a juré de vaincre ou de mourir : il se jette avec rage sur les ligueurs, qu'il fait en même temps attaquer sur divers points. D'Aumale succombe avec quatre cents des siens, et le reste prend la fuite.

Après la *journée des farines*, dont le

seul résultat fâcheux était d'avoir fait rire les Parisiens, Henri IV va presser le siége de Chartres, que le maréchal de Biron avait commencé par ses ordres. Le sieur de Labourdaisière, qui tenait de Mayenne le gouvernement de de cette ville, refusait opiniâtrement d'en ouvrir les portes aux royalistes, et avait repoussé plusieurs attaques meurtrières pour les assaillans. Elles avaient coûté à l'armée du roi la perte de deux capitaines dont le nom seul était un épouvantail : ils s'appelaient *Samson* et *Goliath*. A la suite de nouvelles sommations eut lieu une conférence, dans laquelle le sieur de Grammont dit au roi « que tous étaient dans la ferme » résolution de se bien défendre et de » mourir, plutôt que de se rendre à lui, » tandis qu'il persisterait dans sa reli- » gion. » Néanmoins on conclut une capitulation par laquelle les habitans s'engagent à demeurer neutres. Mais la demande d'un délai qu'ils forment après coup, sous prétexte de requérir l'agrément de Mayenne ; mais la conduite équivoque de leur évêque de Thou, fait comprendre au roi qu'on a voulu le jouer. Furieux, il ordonne l'assaut, et réduit bientôt les habitans à capituler de bonne foi. Après l'expiration d'un délai de huit jours, écoulés dans l'attente inutile des secours qu'avait fait espérer Mayenne, le roi, escorté de ses troupes, entre en vainqueur et en souverain dans la ville. Les magistrats viennent lui rendre hommage et le haranguer : « *Cette ville*, dit l'orateur de la » compagnie, *vous est soumise par le droit* » *humain et divin. — Ajoutez, et par le droit* » *canon*, » répond gaîment Henri IV.

Le roi dut garantir le libre exercice de la religion catholique ; et il leva sur la ville trente mille écus, soit à titre d'impôt, soit à titre de rançon ou d'amende. Dans le cours de la même année il y eut à Chartres une assemblée de cardinaux et d'évêques, espèce de concile où fut condamnée et mise au néant la bulle d'excommunication lancée par Grégoire XIV contre un prince hérétique.

Dans le Valois cependant les armes 1592. de la Ligue prévalurent sur celles des

royalistes. Chassés d'abord de Crépy
par les habitans eux-mêmes, les ligueurs
reviennent bientôt en forces, surpren-
nent la ville et la saccagent. Le duc d'E-
pernon, chargé par le roi de reprendre La Ferté-Milon et Pierre-Fonts,
échoue dans cette double tentative, et
recule devant Rieux le jeune, ligueur
fougueux, soldat intrépide, dont la sa-
tire Ménippée a célébré les cruautés et
les brigandages, sans trop les justifier, et
qui n'a peut-être pas mérité son sort.
Vainqueur du capitaine de Henri IV,
Rieux alla faire lever au roi lui-même
le siége de Noyon, et courut ensuite
s'enfermer daus le château de Pierre-
Fonts, pour le défendre contre Biron
et son armée. Il put se vanter d'avoir
vu *les boulets du maréchal blanchir les murailles de la forteresse.* Biron dut se retirer avec perte. Quinze mois plus tard,
l'aventureux ligueur tenta d'enlever le
roi, qui s'était secrètement éloigné de
son camp pour voler à Compiègne dans
les bras de la marquise de Beaufort, sa
maîtresse, et qui n'échappa à l'embus-
cade que grâce à un avertissement fortuit.

Ce sont là sans doute les crimes qu'on fit, peu de temps après, si cruellement expier à Rieux le jeune. Surpris par les royalistes et devenu leur prisonnier, ce malheureux fut livré à une espèce de commission militaire qui le condamna à mort, et sans aucun délai, de peur sans doute qu'il n'en appelât à la clémence ou peut-être à la justice de Henri IV, il fut pendu à Compiègne. Un historien du Valois observe, il est vrai, que sa condamnation était motivée par ses nombreuses rapines; il lui reproche surtout le pillage des *diligences* : mais l'apologiste du meurtre de Rieux aurait dû ne pas oublier qu'il parlait de la fin du seizième siècle, et qu'alors les *diligences* étaient du moins choses fort rares. Sans insister sur cette objection, nous croyons pouvoir conclure que Rieux a été pendu sans forme bien régulière de procès : 1º pour avoir battu deux fois le duc d'Epernon, ce qui était fort honorable; 2º pour avoir traité de la même manière le duc de Biron, ce qui était bien plus honorable encore; 3º pour avoir fait lever à Henri IV le siége de Noyon, ce qui était tout-à-fait glorieux; 4° pour avoir rendu notoire la secrète disparition du roi de son armée, en lui faisant courir le danger d'un enlèvement; ce qui, après tout, est pour le moins excusable en temps de guerre. Enfin, Rieux fût-il coupable des brigandages qu'on lui a reprochés, assez d'actes de courage, assez d'exploits éclatans parlaient en sa faveur, pour qu'on lui pardonnât des crimes qui, dans les temps de discordes civiles, portent, pour ainsi dire, avec eux leur excuse, ou du moins que le parti vainqueur n'a pas le droit de punir, après les avoir commis lui-même.

Cependant catholiques et réformés commençaient à se lasser d'une lutte si sanglante : le parti des *politiques*, c'est-à-dire des catholiques modérés et amis de la paix, se fortifiait de jour en jour; la faction des Seize signalait encore 1593. ses fureurs par des violences et par des déclamations; mais elle put voir, au sein même des états-généraux de Paris, où pourtant elle dominait encore, que le temps de sa puissance était passé,

que la Ligue n'avait plus de soutien.
Henri IV aurait pu s'abstenir d'aller à
Chartres convoquer une assemblée des
grands du royaume, dans laquelle on
protesta contre ces états de Paris, dont
la réunion était indiquée par une bulle
du pape, à l'effet de procéder à l'elec-
tion d'un roi catholique.

Tous les yeux se tournaient enfin vers
Henri IV : on ne lui trouvait plus qu'un
tort, celui d'être hérétique, et de là,
mais de là seulement une répugnance
invincible. Le roi, protestant *politique,*
consentit à croire qu'il avait tort en
effet de persister dans l'hérésie, puisque l'hérésie n'était pas conciliable avec
la royauté : il fit secrètement espérer son
abjuration ; une conférence eut lieu
dans le bourg de Surêne entre les catholiques royaux et les archevêques : on
rapporte à ce sujet un fait assez curieux.
Des logemens avaient été préparés dans
le village pour les députés de la Ligue et
pour ceux du roi : « Afin que le hasard
» seul fixât l'habitation de chacun, on
» donna à un paysan un quart d'écu,

..9

» pour tirer le sort à croix ou pile. Il ar-
» riva que le quartier où était l'église
» échut aux catholiques ; ce qui fut jugé
» de bon augure [1]. » Enfin, persuadé
que *Paris valait bien une messe*, le roi prit
jour pour son abjuration : elle eut lieu
le 25 juillet, dans l'église de Saint-Denis : plusieurs curés et une foule d'ha-
tans de Paris bravèrent les menaces du
cardinal-légat du pape, et vinrent assister
à la cérémonie. Le roi, à genoux devant
l'archevêque de Bourges , jura de *vivre*
et mourir en la religion catholique, aposto-
lique et romaine, de la protéger et défendre
envers tous, au péril de son sang et de sa
vie, renonçant à toutes hérésies contraires à
icelle. « Ensuite il remit à l'archevêque
» un papier sur lequel cette profession
» était écrite et signée de sa main. Le pré-
» lat, en le relevant, lui fit baiser son
» anneau, prononça son absolution, lui
» donna la bénédiction et l'embrassa. »
La Ligue exhala ses dernières fureurs
par une tentative d'assassinat : Pierre

[1] M. Dulaure, *Histoire des environs de Paris,*
t. II.

Barrière, armé par elle d'un poignard, se rendit à Melun pour égorger Henri IV : mais trahi par un prêtre à qui le meurtre faisait horreur, il n'y trouva que le supplice : il fut rompu vif, son corps brûlé, et les cendres jetées au vent.

Attendant, les armes à la main, que les portes de Paris s'ouvrissent pour le recevoir, le roi consommait l'œuvre de la conquête. Déjà la plupart des villes du Valois s'étaient rendues ; mais le château de Ferté–Milon, défendu par Saint-Chamant, tenait encore pour la Ligue. Après avoir échoué dans plusieurs assauts, le jeune duc de Biron convertit le siége en blocus. Impatient de ces longueurs, le roi vient lui–même ouvrir la brèche, force Saint - Chamant à capituler, mais à des conditions honorables, et le reçoit à son service. Néanmoins, comme pour se venger sur le château de la défense opiniâtre du gouverneur, il le fit démolir : la conduite de *ces travaux de destruction* fut confiée à un capitaine nommé *La Ruine*.   1594.

Orléans envoya une députation au roi, qui consentit à une trève de trois mois : mais la ville ne tarda pas à se soumettre, en dépit de la confrérie du *Petit-Cordon;* et un peu plus tard l'édit de réduction fut vérifié par le parlement. Un historien d'Orléans ajoute « que cet » édit statuait dans des articles secrets » qu'il n'y aurait pas à Orléans, et aux » environs, exercice de la religion ré— » formée. »

Henri IV n'était pour ainsi dire encore que catholique ; l'Eglise ne l'avait point reconnu comme roi. Il vint se faire sacrer à Chartres, le 27 février. Au jour de la cérémonie, plusieurs seigneurs se rendent à l'abbaye de Saint-Père, comme députés du roi, et supplient les religieux de Marmoutier d'apporter la sainte ampoule à l'église cathédrale, promettant de restituer le saint dépôt immédiatement après le sacre. Cette promesse est répétée avec serment par le président, les conseillers et les échevins de la ville. Sur cette humble réquisition, les religieux de Saint-Père, revêtus d'aubes éclatantes, s'acheminent processionnellement vers l'église. Nicolas de Thou, l'évêque de

Chartres, entouré de son chapitre, les attendait aux portes de la cathédrale. Là, après l'accueil le plus révérencieux, il reçoit de leurs mains le dépôt de cette sainte ampoule, qu'il jure aussi de restituer fidèlement ; puis il les introduit dans le chœur. Les députés vont alors à l'archevêché chercher le roi, qu'ils trouvent, suivant le rituel, couché sur un lit magnifique. Il était vêtu d'une chemise fendue devant et derrière, d'une camisole de satin cramoisi, fendue de la même manière, le tout recouvert d'une robe longue, semblable à une robe de nuit. On le conduit processionnellement à l'autel, et là il est sacré par la main de l'évêque.

Peu de jours après Brissac livre ou plutôt vend Paris au roi, et l'expulsion des étrangers ouvre le règne de Henri IV. Mais l'histoire se tait au moment où la tranquillité et le bonheur du peuple commencent. A peine si quelques faits de peu d'importance apparaissent çà et là dans les annales de l'Ile-de-France, de Chartres et d'Orléans. Les temps de paix sont des époques de silence, surtout pour les peuples qui ne s'appartiennent pas à eux-mêmes. En effet, comme ils ne disposent de rien, ni de leurs ressources, ni de leurs moyens d'activité; comme ils sont étrangers à la confection des lois qui les gouvernent et à l'administration qui les régit; comme, en un mot, leur rôle se borne à vivre, tant qu'ils obéissent, on ne trouve rien à en dire. Leurs agitations, leurs conflits avec le maître sont les seuls accidens de leur vie dont l'histoire puisse tenir compte : heureux encore, quand leur silence est le résultat de leur nullité et non celui de l'oppression, qui parvient à étouffer jusqu'aux murmures et aux gémissemens! Sous Henri IV du moins, si l'on n'entend pas de plaintes, c'est qu'il n'y a point de souffrances! Mais, à partir de la fin des guerres religieuses, si l'on excepte les ridicules commotions de la *fronde*, qui réagirent sur la banlieue de Paris, les villes et les provinces ne donnent signe de vie que lorsque le maître apparaît; leurs noms même ne se rencontrent que dans les actes émanés de sa toute-puissance; la

France et son histoire sont là où est le roi.

Ainsi, lors de son divorce avec Marguerite de Valois, qu'il avait épousée de force en embrassant le catholicisme par violence, ét qu'il répudia après 1599. être redevenu catholique, sinon de bonne foi, du moins de plein gré, nous voyons qu'il confirma cette princesse dans la jouissance du duché de Valois : Catherine de Médicis s'en était dessaisie en faveur de sa fille. Un peu plus tard, néanmoins, la possession de ce duché fut disputée à Marguerite par un fils naturel de Charles IX, qui s'intitulait comte de Valois. Mais un arrêt du parlement donna gain de cause à la reine déchue. Brantôme dit que cette princesse *avait paru à la cour de France comme un soleil.* Nous ne contesterons point la justesse de cette comparaison; nous n'examinerons pas s'il est vrai que ce *soleil* ait été obscurci par une conduite peu régulière; peu nous importe même de savoir si Marguerite de Valois a composé de la prose et des vers. Maintenant que la royauté domine sur les ruines de la féodalité, les provinces

relèvent immédiatement du roi; et s'il
n'y a point une nation, il y a du moins
un royaume; s'il n'y a que des sujets,
il n'y a plus de vassaux. Les ducs ou
comtes de ces provinces ne possèdent
que des titres, ou ne se manifestent que
par la perception des revenus, dont une
partie est long-temps encore distraite
à leur profit : ces relations de fiscalité
sont les seules qu'ils entretiennent avec
les provinces, dont le nom est pour eux
un titre d'honneur; du reste, ils ne ré-
sident même pas dans leurs comtés ou
duchés; ils peuplent la cour; ils forment
l'entourage du maître, devenu source
unique de grâces et de faveurs. Aussi,
à défaut d'événemens qui se passent
dans l'Ornéanais, dans la Beauce, dans
le Valois et dans l'Ile-de-France, ou
qui du moins intéressent ces provinces,
nous nous tairons; le récit des actes et
gestes de leurs ducs ne serait qu'un épi-
sode biographique; mieux vaut encore
extraire de la vie des rois ce qui se rattache aux monumens et aux souvenirs
de ces provinces, parce que désormais
Orléans et Chartres, etc., ont avec nos

rois des rapports plus immédiats qu'avec leurs ducs.

En 1601, Henri IV et la nouvelle reine, Marie de Médicis, vont gagner le jubilé dans la ville d'Orléans, où le saint Père avait ordonné que commençassent les stations pour la France. « La » piété du roi, dit Péréfixe, qui était » sincère et sans feintise, donna un » bel exemple à ses peuples, qui le » voyoient aller dévotement aux pro- » cessions et prier Dieu avec grande » attention, et le cœur sur les lèvres. » Il mit la première pierre fondamen- » tale à l'église de Sainte-Croix d'Or- » léans, que les huguenots avoient mi- » sérablement abattue il y avoit près » de quarante ans, et donna une somme » d'argent considérable pour la rebâtir. »

Dans ce saint jubilé on avait demandé au Ciel la naissance d'un dauphin. Ce vœu fut exaucé, et la reine enceinte se rendit à Fontainebleau. Cette ville, qui devait aux profusions de François Ier la magnificence de son château royal, avait succédé au glo- rieux privilége de Montargis : les reines

9...

de France y venaient faire leurs couches. Ce privilége était fondé sur la salubrité du climat; et il était du moins précieux comme preuve de cet avantage physique. « Il étoit important, dit un » chroniqueur, de choisir l'air où na- » quissent ceux qui auront besoin de » grande prudence et gentillesse d'es- » prit, pour la conduite d'un si grand » et florissant royaume. » Louis XIII naquit à Fontainebleau.

L'amour de Henri IV pour Gabrielle, et le goût de la favorite pour le séjour de Saint-Germain, valurent au château de cette ville de nombreux accroissemens et embellissemens, et aux habitans une exemption de toutes charges et impôts. Charles IX y avait favorisé l'établissement d'une manufacture de glaces, à l'instar de celles de Venise.

A cette série de faits d'un intérêt si peu national, qu'on ajoute le rachat et la réunion au domaine royal de la ville de Dourdan engagée par Henri II au duc de Guise, la construction du canal de Briare, qui ouvrit une communication entre la

Loire et le Loing ; voilà, dans le ressort
de nos provinces, les seuls événemens
qu'on puisse rattacher au règne de ce
prince, qui expia si cruellement le crime
d'avoir expulsé les jésuites, ou plutôt le 1610.
tort de les avoir rappelés. Le meilleur
de nos rois mourut comme Henri III.
Ses entrailles furent portées à Saint-
Denis, et enterrées, dit Péréfixe, sans
aucune cérémonie. Le cœur de Henri IV, que venait de percer le poignard
de Ravaillac, fut remis aux jésuites,
sur leur requête, pour le transférer à La
Flèche : il se trouvait aux mains de
père Ignace Armand, lorsque le clergé
et les habitans de Chartres sortirent
de leur ville pour venir rendre l'hommage de la douleur à ce précieux dépôt. La religion déploya ses pompes
lugubres en présence du cœur de Henri IV, dans l'église même où ce prince
avait été sacré.

Si les cabales qui se formèrent à la
cour peu de temps après l'avénement
de Louis XIII, ne s'étaient pas méta-
morphosées en guerres civiles, elles seraient restées aussi étrangères à l'his-

toire des peuples, qu'elles l'ont été à
leurs intérêts : elles passeraient inaper-
çues pour nous ; nous n'en rencontrons
même les vestiges que dans les contrées qui ont servi de champ de bataille
aux divers contendans du pouvoir, à
ces princes et seigneurs qui s'indi-
gnaient de voir un Florentin usurper
sur eux le droit de régenter un monarque jeune et faible , et le privilége plus
précieux encore d'exploiter la fortune
publique. Tels étaient , en effet, les
motifs qui mirent aux prises avec Concini, les Condé, les Bouillon, les Vendôme , les Mayenne. Ces débats de
l'ambition des grands , toujours funes-
tes aux peuples, n'exercèrent du moins
qu'une influence locale et partielle. Il
n'y eut d'agitation et de bruit que là où
l'on combattait. La guerre frappa de
ses calamités telle ou telle population ;
elle promena ses ravages dans telle ou
telle province, mais elle ne réagit point
au-delà : elle fut à peu près circonscrite
dans le Valois et dans l'Ile-de-France,
que les armées du roi et celles des princes mécontens dévastèrent à l'envi. Le

marquis de Cœuvres surtout signala
son animosité contre le maréchal d'Ancre par les brigandages qu'il exerça
autour du château de Pierre - Fonts,
dont il était gouverneur : et, pour comble de maux, lorsque Louis XIII eut
apaisé les troubles, en consentant au
meurtre de Concini, il ordonna aux
habitans de Pierre-Fonts et de Béthizy
de démolir leurs murailles, comme pour
leur faire expier ce qu'ils avaient souffert. On peut dire que l'Ile-de-France
fut condamnée à une peine infamante ;
car le nouveau favori du roi, Albert
de Luynes, fut investi du gouvernement
de cette province, en même temps
qu'une donation royale l'enrichissait
des dépouilles du maréchal d'Ancre,
qu'il avait assassiné.

En vain checherait-on dans les annales de Chartres quelque événement
relatif aux démêlés du maréchal d'Ancre
et de ses rivaux : elles nous apprennent
que Louis XIII alla visiter cette ville
en 1611 ; « qu'après avoir fait ses dé-
» votions dans la chapelle basse, il se
» rendit au tripot des Halles pour y

...9

» jouer à la paume, et qu'une femme
» de la ville, après s'être pourvue d'un
» caleçon, gagna S. M., en jouant par-
» dessous la jambe. » Enfin, nous y
voyons que, vers la même époque, le
sculpteur Thomas Boudin décora le
tour de la cathédrale de ces statues
justement admirées comme des chefs-
d'œuvre; qu'en 1631, il se manifesta
dans la Beauce une hérésie dite des
illuminés, qui tendait à exclure de l'exercice du culte les ministres de l'Eglise,
et que le roi prit soin d'étouffer. C'est
là toute l'histoire de Chartres durant
le règne de Louis XIII, c'est-à-dire
sous le gouvernement de Concini, sous
celui de Luynes, et sous l'empire de Richelieu. Le rôle des Orléanais n'a pas
été moins passif : ils se sont sagement
abstenus de figurer dans les complots
de leur duc Gaston, frère du roi, contre
le tout-puissant cardinal, ou du moins
la pusillanimité de ce prince les a em-
pêchés de s'engager avec lui dans la
révolte. Assez imprudent pour défier
sans cesse la puissance de Richelieu,
Gaston n'avait jamais assez de courage

pour soutenir le combat qu'il avait pro-
voqué : aussi faible et plus indocile
encore que son frère, il semblait ne
vouloir désobéir que pour être pardonné, et en rentrant en grâce, il sacrifiait sans scrupule tous ses complices à la vengeance du prêtre despote.
En 1631, après avoir « rétracté le ser-
» ment de vivre en bonne amitié avec
» Richelieu, après l'avoir outrageuse-
» ment menacé, » il s'était retiré à
Orléans pour y préparer la guerre civile. Déjà les habitans de la ville se
disposaient à prendre les armes et à
embrasser la cause de leur duc; mais
il ne leur laissa point le temps de se
rendre assez coupables pour avoir à
encourir la colère d'un ennemi qui ne
pardonnait pas. Au seul bruit d'une armée que le cardinal allait faire marcher
sous les ordres du roi, il prit la fuite et
courut en Lorraine chercher un asile
et une femme. L'Orléanais subit en silence le despotisme du cardinal. Les
calvinistes qui habitaient cette province
se résignèrent à l'intolérance, ou allèrent se joindre aux défenseurs armés de

leur foi, et succomber avec eux derrière les remparts de la Rochelle. La main de fer de Richelieu pesa sur l'Orléanais comme sur le reste de la France ; mais là elle n'eut point de coups à frapper.

Véritable roi de la France, qu'il gouvernait en despote, mais qu'il savait faire respecter au dehors, Richelieu tenait le faible Louis en tutelle, sans s'inquiéter de lui plaire, sans même lui interdire des favoris ou mignons, qu'il sacrifiait à son gré. Il ne se servait de lui ou plutôt de son nom que pour légaliser les actes de pouvoir, de rigueur et de vengeance dont il s'armait pour combattre les grands, les princes du sang royal et la reine-mère elle-même. Quelquefois Louis XIII allait, par obéissance, figurer à la tête des armées qu'il ne commandait pas ; mais le plus souvent il consumait ses nombreux loisirs, et trompait peut-être le sentiment de sa nullité, au milieu des plaisirs de la chasse. C'est au goût passionné du roi pour cet exercice, la grande occupation des princes qui n'en ont pas, que le château de Versailles dut son origine [1]. Ce lieu, devenu depuis si célèbre, avait été jusqu'alors à peu près inconnu. Il n'en est question pour la première fois que vers le milieu du onzième siècle. *Versaliæ* était à cette époque une collégiale, dont quelques auteurs attribuent la fondation à un seigneur nommé Hugo *de Versaliis*, aux droits duquel avait succédé Geoffroy Gomet. Elle eut, bientôt après, une église paroissiale consacrée à saint Julien, placée, avec tout ce qui en dépendait, sous la protection royale, comme l'atteste une charte de Philippe-Auguste ; et, vers le seizième siècle, réunie au diocèse de Paris. En dehors de cette église, un petit pavillon, un *méchant cabaret à rouliers*, un moulin à vent et une petite léproserie composaient tout le profane de la seigneurie de Versailles, lorsque Jean de Soisy la vendit, en 1627,

[1] Voyez le récit de toutes les petites et honteuses intrigues, de tous les grands et glorieux événemens dont le château et la ville de Versailles ont été le théâtre, dans l'excellent ouvrage de M. Dulaure, sur l'*Histoire des environs de Paris.*

à Louis XIII. Le roi y fit construire un *chétif château*, « pour ne plus coucher » dans le mauvais cabaret ou dans le » moulin à vent, comme cela lui était » arrivé quelquefois quand il allait à la » chasse dans la forêt de Saint-Léger, » ou plus loin. » (*Saint-Simon.*) Le moulin [1] fut épargné, et resta debout à côté d'un château qui n'avait que vingt-deux toises sur chaque face. La léproserie se convertit en un hôpital connu sous le nom de la Charité, et qui a été comme les fondemens de l'hospice actuel. Bien que le château fût entouré de jardins, remplacés depuis par ceux de Le Nôtre; bien que ces jardins eussent des bosquets, au nombre desquels se

---

[1] On sait que plus tard cet humble moulin disparut sous les magnifiques constructions improvisées par le grand roi. Louis XIV, qui se complaisait dans ses œuvres, les faisait un jour admirer à l'un de ses courtisans, et pour agrandir l'idée de ses créations : Vous voyez, disait-il; eh bien! il n'y avait ici qu'un moulin à vent. Sire, *le moulin n'y est plus*, reprit le courtisan plus spirituel en cette occasion que flatteur, mais le *vent* y est encore. (Marmontel, *Leçons de littérature.*)

trouva plus tard celui du *dauphin*, lorsque la reine le mit au monde, après vingt – trois ans de stérilité, Bassompierre dit de cette construction « qu'un » simple gentilhomme n'en voudrait » prendre vanité. »

Louis XIII séjournait à Versailles durant l'automne. C'est dans cette espèce de maisonnette royale que fut représentée la comédie ou plutôt la farce politique si ridiculement fameuse sous le nom de *Journée des Dupes*. C'est là 1630. que Richelieu vint secrètement trouver le roi, pendant que la reine-mère triomphait, au Luxembourg, d'une disgrâce qu'elle croyait avoir consommée la veille. Le cardinal se jeta aux genoux *du meilleur des maîtres*, qui aussitôt *releva, en l'embrassant, le serviteur le plus fidèle et affectionné.* Après s'être fait longtemps prier, après avoir versé bien des larmes, *car il pleurait, dit-on, quand il voulait*, Richelieu consentit enfin à reprendre le timon des affaires, c'est-à-dire à rester maître absolu du roi et du royaume : ce fut un interrègne de deux jours.

Le cardinal avait, comme le roi, ses gardes, sa cour, son palais et son Versailles. Le château de Rueil doit sa célébrité moins aux embellissemens qui y furent prodigués à prix d'or, qu'aux délibérations sinistres et aux exécutions sanglantes dont ce lieu fut le secret théâtre. C'est là que fut prononcé l'arrêt de mort du maréchal de Marillac, le 28 mai 1632. Rueil conserve encore l'effrayante tradition des *oubliettes*.

Les vengeances de Richelieu, bien qu'elles n'aient frappé que la tête des grands, ont réagi sur le sort de quelques-unes des populations de l'Ile-de-France; elles ont ajouté un événement à leur histoire, en même temps qu'elles ont laissé de terribles et d'indélébiles souvenirs dans les familles des victimes. L'assassinat juridique de l'infortuné duc de Montmorency n'est pas seulement écrit dans les arrêts du parlement de Toulouse; il fait partie de l'histoire de Montmorency, de Saint-Maur, d'Ecouen et de Chantilly. Presque toutes les terres de ces diverses contrées passèrent dans la maison de Condé, comme domaines nationaux acquis par suite de la confiscation des biens du duc de Montmorency.

Enfin, le règne de Richelieu, aussi fécond en grands événemens et en mesures de haute politique, qu'en actes de despotisme, de rigueur et de cruauté, a imprimé des traces profondes dans l'histoire de l'Ile-de-France, comme dans celle de presque toutes les provinces du royaume. C'est lui qui a déterminé avec quelque précision les limites jusqu'alors incertaines et en quelque sorte mouvantes des divers gouvernemens, et qui a régularisé leur administration respective. C'est lui qui a définitivement réuni à l'Ile-de-France le Beauvaisis, le Valois, le Soissonnais et le Laonnais, qui pourtant n'ont pas moins continué, même depuis, à être considérés comme des portions de la Picardie.

Lorsque nous serons arrivés aux confins de l'histoire de l'ancienne France, nous reproduirons les traits principaux de ces divisions surannées dont la révolution a effacé jusques au souvenir, et

10

qu'elle a remplacées par des circonscriptions moins arbitraires; par des circonscriptions subordonnées aux intérêts et
aux sympathies des localités et des populations, au lieu d'être calquées sur
les plans, et dessinées d'après les com-
modités ou le bon plaisir des seigneurs,
maîtres et gouvernans; par des circonscriptions enfin qui ont aboli tous les
souvenirs humilians pour l'orgueil national, et qui, jusqu'à présent, n'en ont
préparé que de glorieux à notre histoire.

1642.   La morne tranquillité que la France
devait au despotisme de Richelieu, survécut à Richelieu lui-même : Louis XIII
avait si bien contracté l'habitude d'obéir,
qu'il laissa, pour ainsi dire, l'ombre du
cardinal gouverner le royaume. *La cour,*
dit M. de La Rochefoucauld, *demeura*
aussi soumise aux volontés de Richelieu
après sa mort, qu'elle l'avait été pendant
sa vie. Louis XIII le suivit de près au
tombeau : ce n'était point assez de ne
pouvoir régner par lui-même, il semblait qu'il ne pût vivre de son chef.

1643.   Les journées de Rocroy, de Fribourg,

de Nordlingue, etc, ouvrirent sous de brillans auspices le règne de Louis XIV : elles annoncèrent le grand Condé et le grand Turenne, humilièrent l'Autriche, et amenèrent le traité de Westphalie. Mais la guerre civile était inévitable sous un roi enfant, ou plutôt sous une régente coquette, gouvernée par un cardinal qui affectait le despotisme de Richelieu, dont il était l'élève, mais qui ressemblait à son maître à peu près comme un Romain d'aujourd'hui à un Romain d'autrefois. La plupart des princes se liguèrent contre l'astucieux Mazarin, et de là cette guerre dite de *la Fronde*, dont on a tant ri, qu'on a tant chansonnée, et qui en effet ne serait que ridicule, si le peuple n'en avait payé les frais, si cette espèce de comédie n'avait été accompagnée de massacres, de pillages et de dévastations. L'Ile-de-France en fut le principal théâtre, parce que la cour y résidait, et que la cour était le centre ou l'objet de toutes les intrigues et de toutes les ambitions : elle fut tour à tour saccagée par les frondeurs, par les armées du roi ou de Mazarin, et par les

Espagnols, car les frondeurs ne rougi-
rent point de faire intervenir l'étranger
dans des querelles de famille, si toutefois on peut appeler ainsi ces débats
scandaleux où figuraient à la fois des
princes, un cardinal, un coadjuteur et
des femmes, et dont les principaux ac-
teurs, animés par de petites passions,
dirigés, soit par un caprice amoureux,
soit par une antipathie non moins ca-
pricieuse, soit par une velléité d'ambition, soit par toute autre fantaisie,
changeaient à tout moment de parti et
de ligue ; un jour champions de la
Fronde, le lendemain champions de la
cour.

1650.   Mazarin avait cru étouffer les cabales par un acte de pouvoir à l'imitation
de ceux de Richelieu : il avait fait em-
prisonner le prince de Condé. Turenne,
qui s'intitule lieutenant-général de l'armée du roi pour *la liberté des princes*,
s'avance jusques à Vincennes, pour les
délivrer ; mais on les avait transférés à
Marcoussi. En même temps les Espagnols, dont il avait accepté l'alliance, en-
vahissaient le Valois et chassaient de-

vant eux le maréchal de Hocquincourt.
après s'être emparé de La Capelle et de
Rethel, Léopold Guillaume, l'archiduc
d'Autriche, était venu camper à Bazoches. Les habitans de Braines implo-
rent en vain des secours. Les troupes du
roi, commandées par le sieur de Bezan-
çon, ne viennent que pour fuir devant
l'ennemi : Français et Espagnols ne
combattent que pour se disputer le pillage : « Durant le temps que les enne-
» mis pilloient et ravageoient le pays, dit
» un auteur contemporain, iceux gens
» du roi de France ne furent pas plus
» pitoyables ni favorables aux pauvres
» gens que les ennemis. Car après que,
» comme fuyarts et couarts, ils se furent
» mis à l'abri des murailles et des fossés
» de Soissons, pour l'assurance de leurs
» vies, ils feirent mille voleries et pille-
» ries, extorsions et ravagements, rui-
» nant et volant tout, tellement que je
» n'ai jamais vu de plus soigneux, dili-
» gens, valeureux, courageux et hardis
» voleurs que ceux-là ; mais aussi de
» plus peureux et couarts, poltrons et
» coyons qu'ils étoient à soutenir et re-

.10

» vancher leur patrie, et à s'opposer
» aux bravades des ennemis. »

Les habitans, frappés de consternation, laissaient leurs habitations désertes, et fuyaient pour soustraire du moins leurs personnes aux violences de la soldatesque ; les moines seuls donnaient l'exemple d'une résistance qui, bien que contraire à leurs règles, n'en était pas moins honorable. Le bourg de Coincy fut courageusement défendu par D. Antoine Hugues-*Bataille*, prieur claustral du monastère, qui repoussa avec perte un corps nombreux d'Espagnols. A Braines, tous les habitans avaient pris la fuite, à l'exception du seul sacristain de Saint-Ived, qui demeura sur la brèche du cloître, et subit avec une fermeté inébranlable toutes sortes de tortures, et se laissa pendre, comme Œdipe, par les pieds, plutôt que de révéler l'endroit où étaient cachés les trésors de la confrérie.

La Beauce et l'Orléanais, proprement dit, étaient trop éloignés de la cour pour se ressentir des agitations et des calamités de la Fronde : façonnés par Richelieu à la soumission au pouvoir central, les Orléanais subissaient en silence le gouvernement de Mazarin, tandis que leur duc Gaston figurait dans toutes les intrigues de cour, et exerçait contre le nouveau cardinal cet esprit d'indocilité et d'opposition que Richelieu avait enfin comprimé par la terreur. Néanmoins, pendant que la ^{1651.} Fronde déchaînait ailleurs ses fureurs ridicules, la ville de Chartres vit éclater dans son sein des troubles d'une autre nature : ici la lutte s'établit entre le tiers-état et la noblesse. Les états de la province avaient été convoqués à Chartres. Le 16 août, jour de la réunion, les membres du clergé et ceux du tiers-état vont occuper leurs places dans l'enceinte du Palais-de-Justice : mais ils attendent inutilement la députation de la noblesse: la plupart des gentilshommes refusent de se rendre à l'assemblée, vu que le lieutenant criminel et le lieutenant particulier y siégeaient avant eux, et avaient ainsi usurpé un droit que la noblesse ne pouvait reconnaître. On leur objecte en vain que

ce droit est acquis aux magistrats par
une sorte de prescription, et qu'il rentre
dans les attributions de leur charge : ils
répondent avec orgueil qu'ils devaient
être les maîtres comme nobles, et que,
comme tels, ils ne pouvaient être précédés de personne. Cependant, après
de longues discussions, ils paraissent
céder, mais avec l'intention de protester
pour le maintien de leurs prérogatives.
Ils se rendent enfin au lieu des délibérations communes : mais à peine y sont-
ils arrivés, que l'un d'entre eux, le sieur
de Bonneval, demande avec force l'exclusion des gens du roi, et les menace,
en cas de refus, d'employer la violence.
« Oui, s'écrie un autre membre de la
» noblesse, nommé de Berval, il faut
» agir. » A ces mots, il brise les barrières
et s'élance sur le siége des magistrats :
l'avocat du roi lui fait observer qu'il
n'est pas à sa place : « *Les nobles pren-*
» *nent place partout, ils commandent par-*
» *tout,* » répond, en jurant, le gentilhomme ; et en même temps il chasse à
coups de poing et à coups de pied le
lieutenant criminel. Cet exploit fut

comme le signal de guerre qu'attendaient les fiers compagnons du vainqueur. « Aussitôt, ajoute Doyen, les
» sieurs de Harville et de Bonneval s'a-
» dressèrent au lieutenant particulier,
» et, sur la résistance qu'il fit, le prirent
» par sa robe et par les cheveux et le
» jetèrent, du haut de son siége, sur le
» bureau des greffiers. On vit dans
» l'instant tous les gentilshommes, l'épée
» à la main, frapper sur les députés du
» tiers - état et sur les habitans de la
» ville qui se trouvoient devant eux : ils
» en tuèrent quelques - uns, en bles-
» sèrent beaucoup, criant cependant
» qu'ils étoient les protecteurs du lieu-
» tenant-général et des gens du roi. »

Mais la nouvelle de ces actes de violence s'est bientôt répandue dans la
ville : le peuple indigné prend les armes
et vient assiéger les gentilshommes
dans le Palais-de-Justice. Tremblans
alors, ils ne songent qu'à capituler ; c'est
l'avocat et le procureur qu'ils chargent
d'aller apaiser la multitude, et ils les
congédient en leur disant qu'il y va de
leur honneur de les défendre ou de pé-

rir avec eux. Cependant le bruit du tocsin excite la fureur des assaillans ; ils demandent à grands cris le lieutenant-général, que les nobles retiennent encore comme prisonnier : l'avocat et le procureur du roi n'obtiennent sa liberté qu'en consentant à rester eux-mêmes en otages. Mais le peuple exaspéré les redemande aussi : il veut revoir tous ses magistrats, il veut que les coupables lui soient livrés : les assiégés sont pressés de toutes parts. Les fenêtres de la grande salle sont brisées par une grêle de pierres et par des coups de feu : on y dresse des échelles pour tenter l'escalade, et en même temps, avec des haches et des maillets, on ébranle, on force les portes. Les gentilshommes se font un dernier rempart de l'avocat et du procureur du roi, qu'ils exposent aux coups et à la fureur du peuple. Ne voulant pas du moins mourir sans commettre un nouveau crime qui lui tînt lieu de vengeance, le sieur de Bonneval se saisit du procureur du roi, « le frappa, et l'auroit tué » sans le secours de plusieurs habitans » qui, en entrant, le tirèrent tout froissé

» de ses mains. » Les gentilshommes se sauvent alors dans la chambre d'audience; mais bientôt, forcés dans leurs derniers retranchemens, ils demandent humblement quartier, et l'obtiennent sous condition de livrer leurs armes.

Après de longs efforts pour calmer l'irritation du peuple, le lieutenant-général et l'avocat du roi déployèrent à l'égard des gentilshommes une charitable et généreuse sévérité, en les faisant conduire dans les diverses prisons de la ville. C'était le seul moyen de les soustraire à la rage d'une multitude exaspérée par la résistance et surtout par la vue des cadavres et du sang; car il y avait eu, dans cette espèce d'assaut et de combat, cinq hommes tués et quatorze blessés. Enfin la nuit vint dissiper les attroupemens, et les magistrats firent sortir les prisonniers de la ville, en leur donnant une escorte d'huissiers.

Maîtres du champ de bataille, les bourgeois posèrent leurs armes : cette victoire ne paraissait pas leur avoir révélé le sentiment de leurs forces: ils ne songeaient point encore à devenir citoyens : il reste à s'écouler plus d'un siècle d'intervalle entre ces états de la Beauce et les états-généraux qui affranchiront la nation : alors il ne s'agira plus de la préséance de la noblesse ou de la magistrature, mais bien de celle du tiers-état, ou plutôt de l'égalité.

1652. Cependant les escarmouches de la Fronde se prolongèrent quelque temps encore. A la tête des mécontens, et avec les étrangers pour auxiliaires, le prince de Condé ravageait l'Ile-de-France, venait insulter les Parisiens jusques à leurs portes, s'emparait en courant de Saint - Cloud, de Saint - Denis, de Crepy, etc., et luttait contre Turenne, qui avait déserté le parti des frondeurs. La cour errait autour de Paris, d'où elle avait été plusieurs fois obligée de sortir ; elle se promenait de Saint-Germain à Pontoise, et traînait à sa suite une partie du parlement. Enfin Mazarin, qu'elle avait tour à tour abandonné et soutenu, mourut, et Louis XIV régna.

1660. Ici commence une période de guerres, de victoires, de conquêtes, de gloire et de despotisme que les populations de la France centrale traversent en silence et sans laisser, pour ainsi dire, aucun vestige. L'historien est préoccupé par le bruit des armes ou par le spectacle des prodiges enfantés par les beaux-arts, à la voix d'un prince fastueux à qui rien ne coûtait. Sous ce dernier rapport, les annales de l'Ile-de-France se remplissent de pages brillantes : cette province était le lieu privilégié où résidait le *grand roi;* aussi vit-elle surgir de son sein des villes nouvelles et des palais magnifiques. Versailles naquit avec toutes ses merveilles.

« Plusieurs choses, dit Saint-Simon, » contribuèrent à tirer pour toujours la » cour de Paris, et à la fixer à la campa-» gne. Les troubles de la minorité, dont » cette ville avoit été le principal théâ-» tre, inspirèrent au roi une véritable » aversion pour elle. D'ailleurs Louis ne » pouvoit pardonner à sa capitale sa » sortie fugitive, la veille des Rois 1649, » ni de l'avoir lui-même rendue témoin » de ses larmes à la première retraite » de La Vallière. Ainsi le danger de don-

10..

» ner de grands scandales au milieu
» d'une ville si remplie de personnes
» qui prennent volontiers la liberté de
» juger et de condamner, ne contri-
» bua pas peu à l'en éloigner. »

Louis XIV se retira d'abord à Saint-
Germain, qu'il embellit en y dessinant
cette magnifique terrasse qu'avait commencée Henri IV, et en ajoutant cinq
pavillons au corps du château : mais il
lui fallait un palais ; et le prince qui,
au passage du Rhin, se plaignit de *cette
grandeur qui l'attachait au rivage*, n'eut
point le courage de fixer sa résidence
dans un lieu d'où ses yeux apercevaient
le clocher de Saint-Denis! Plus faible
que Louis XIII qui, avant de mourir,
s'était fait transporter sur le plateau de
Saint-Germain, il n'osait contempler
sa *dernière demeure*.

Versailles fut choisi pour devenir le
séjour du roi de France. Le petit château construit par Louis XIII fit insensiblement place à des bâtimens plus
spacieux. « Chaque jour offrit de nou-
» veaux objets de travaux, des bâtimens
» séparés à réunir par d'autres, des col-

» lines à aplanir, des fondrières à com-
» bler, un terrain sablonneux, mouvant
» et fangeux à affermir, des canaux à
» creuser et des eaux à chercher pour
» les remplir. » On imagina de détour-
ner la rivière d'Eure, entre Chartres
et Maintenon, et de la faire venir à
Versailles. Aussitôt une armée entière
fut pour ainsi dire condamnée aux travaux forcés. Les fatigues excessives et
l'influence des exhalaisons fétides en-
gendraient chaque jour les maladies et
la mort : mais le despotisme, qui est
toujours inhumain, ne tenait point
compte de ces accidens ; et dans le
camp il était défendu, sous les peines
les plus sévères, de s'en entretenir. La
guerre interrompit, en 1668, ces travaux, qui dès lors furent délaissés : il
n'en reste que d'informes monumens
« qui éterniseront, dit saint Simon,
» cette cruelle folie. Un particulier qui
» en est atteint ne ruine que lui : un roi
» ruine son royaume. »

En 1684, vingt-deux mille hommes
et six mille chevaux travaillaient tous
les jours à Versailles ; et en 1685, Dan-

geau évalue à trente-six mille le nombre des travailleurs. Que de bras en mouvement, *pour avancer de quelques années les plaisirs d'un roi!*

Louis **XIV** encouragea les constructions particulières autour de son palais, par la concession d'une foule de priviléges, par l'exemption des hypothèques, des saisies et adjugées, etc. Grâces à ces sortes de primes et au zèle des courtisans, qui voulaient avoir leur domicile à côté du monarque, on vit une ville s'élever pour ainsi dire par enchantement. Le roi révoqua, en 1713, des priviléges dont il avait perçu l'intérêt.

Nous ne décrirons pas les merveilles que la France doit à l'équerre de Mansard, et au cordeau de Le Nostre; on ne les a que trop admirées, ou du moins le juste tribut d'admiration que réclamait le génie de ces artistes fameux a distrait presque tous les esprits du blâme que méritait la prodigalité insensée du *grand roi* : il importe peu de dire ce qu'a été, ce qu'est Versailles : tout le monde l'a vu! ce qu'il faut répéter ou peut-être faire savoir, c'est ce que Ver-

sailles a coûté : tout le monde s'est écrié
avec extase : Dieu, que Versailles est
beau! personne ne s'est dit : Versailles
a coûté quatre milliards six cents millions ¹! Et pourtant si ces quatre milliards six cents millions n'avaient pas
été dépensés, ou du moins s'ils l'avaient
été plus utilement, la France n'aurait
vu ni la banqueroute de Law, ni ses
lointaines et désastreuses conséquen-
ces ².

¹ Il existait chez l'ancien intendant des bâtimens (d'Angivilliers), un volume manuscrit
superbement relié, qui était le registre des
frais de la construction de Versailles, et dont
le résumé au dernier feuillet, était de quatorze
cent millions de livres tournois; mais l'argent
était à seize francs le marc, et il est de nos
jours à cinquante-deux francs. (Volney, *Leçons d'histoire.*)

² Nous n'ajouterons pas, *ni de révolution;*
ce serait rentrer dans l'hypothèse au moins
paradoxale d'un grave conseiller d'Etat, qui a
dit à la tribune « que si nous avions eu jadis
une caisse d'amortissement, il n'y aurait point
eu de déficit, et partant, point de révolution. »
Si la révolution n'était qu'un simple résultat de crise financière, il faudrait remercier
Louis XIV.

S'il y avait eu sous Louis XIV des ministres responsables, le blâme de ces profusions retomberait en parti sur Colbert, qui était à la fois intendant des bâtimens et contrôleur-général des finances. Au reste, les annales de l'Ile-de-France nous apprennent que la mémoire de Colbert n'est pas tout-à-fait irréprochable : l'un de ses actes d'administration prouve qu'il a ressemblé, au moins une fois dans sa vie, à ces ministres si communs de nos jours, qui usent de leur pouvoir pour se favoriser eux-mêmes. La ville de Poissy était depuis le treizième siècle en possession d'un marché que le commerce des bestiaux avait rendu florissant. Colbert, qui venait d'acquérir la terre de Sceaux, y fit transférer le marché de Poissy ; les habitans de cette ville purent l'accuser de s'être enrichi à leurs dépens. Mais à la mort du ministre ils rentrèrent dans leurs droits ; le marché de Poissy fut rétabli en 1701.

Versailles, ou plutôt le château de Versailles, était devenu en quelque sorte la capitale du royaume, le théâtre secret de toutes les petites intrigues de cour, le foyer de toutes les grandes déterminations qui faisaient mouvoir les armées, et mettaient l'Europe en branle. A partir de cette époque, le nom de Versailles est écrit dans chacune des pages de l'histoire; et sans parler de tous les événemens provoqués en dehors même du royaume par les délibérations du cabinet de Versailles, il faudrait remplir des volumes pour raconter toutes les anecdotes de *l'œil de bœuf*, toutes les faiblesses du *grand roi*, les malheurs de la touchante La Vallière, les intrigues immorales de la marquise de Montespan, et celles de la veuve de Scarron, son mariage clandestin avec le grand roi, qu'elle dominait par la dévotion et avec l'aide d'un confesseur. Ces événemens sont étrangers à la ville de Versailles ou du moins à sa population. Nous tairons également les scandales qui, sous le règne suivant, acquirent au nom de Versailles une célébrité plus honteuse encore. Nous ne pénétrerons point dans le *parc aux cerfs* pour y compter toutes les victimes innocentes d'une débauche effrénée ; nous passerons sous silence le règne de la Pompadour et de la Dubarri. Toutes ces sultanes sont à la vérité des personnages historiques, et ce n'est pas seulement au biographe qu'il appartient de révéler tout ce qu'il y a de honteux et d'abject dans leur vie, mais leur influence ne se rattache qu'aux événemens *d'un intérêt géneral*, et, à moins de décrire les somptueuses fêtes de Versailles, de Marly, etc., données par elles ou en leur honneur, elles n'apparaissent point dans l'histoire des localités.

Il y a plus d'un siècle entre le règne de Louis XIV et la révolution ; ce siècle est l'un de ceux où les faits et les choses se pressent le plus, et cependant il n'est marqué dans les annales de l'Ile-de-France et de l'Orléanais, comme de la plupart des provinces du royaume, que par un vide presque absolu ; quelques mots nous suffiront pour franchir cet immense intervalle, sans pourtant rien omettre d'important. L'abbaye de Saint-Denis, qui a joué dans l'histoire un rôle si actif, n'y fait plus qu'une apparition, et en quelque sorte pour s'évanouir. En 1690, cette abbaye subit la réforme de Saint-Maur et perdit toute importance en rentrant dans la classe des communautés ordinaires. Sa mense abbatiale, qui valait cent mille livres de rente, fut réunie à la maison des dames de Saint-Cyr, qu'avait fondée la toute-puissante Maintenon. Cet official, qui jadis connaissait du crime de lèse-majesté en certains cas, vit sa juridiction refoulée dans l'enceinte du monastère et faire place à celle de l'archevêque de Paris. Que dire de Saint-Germain, sinon que cette ville servit de refuge à l'infortuné Jacques II, qui s'y consolait d'une couronne deux fois perdue, « en conver- » sant avec des moines et en touchant » des écrouelles qu'il ne guérissoit pas? » Que dire de Pontoise, à moins d'entrer dans le détail des débats scandaleux qui s'élevèrent entre l'église de Saint Pierre et le chapitre de Saint-Martin, au sujet du sacrement d'extrême-onction dont les chanoines de Saint - Mellon revendiquaient l'administration exclusive, comme curés primitifs de toutes les paroisses? A peine sait-on qu'un décret de Louis XIV changea le nom de Montmorency en celui d'Enghien. En dépit de la volonté du grand roi, cette petite ville conserva son nom primitif, parce qu'il n'est pas au pouvoir d'un monarque d'anéantir une habitude populaire : durant le siècle suivant, elle dut, au séjour de Rousseau et à la naissance de l'*Emile,* une illustration et plus grande et plus noble que celle même qu'elle tenait des premiers barons de la chrétienté.

L'Orléanais et le Valois se souviennent à peine de leur duc Philippe, frère de Louis XIV; mais Orléans a conservé un touchant souvenir de son évêque Coislin, parce que les peuples n'oublient pas leurs bienfaiteurs. Ce n'est point à la manière trop éclatante dont il usa de la prérogative de ses prédécesseurs, en délivrant plus de huit cents prisonniers le jour de son entrée dans son diocèse; ce n'est peut-être point non plus à l'honneur d'avoir fondé un magnifique séminaire sur les débris de

l'église de Saint-Avit; ce n'est pas aux constructions dont il embellit le palais épiscopal, que ce prélat est redevable de sa juste célébrité; ses titres à la gloire sont plus légitimes. « Quoiqu'é-
» levé à la cour, dit Saint-Simon, et
» ayant passé sa vie dans le plus grand
» monde, il avoit inviolablement con-
» servé une vertu et une pureté de
» mœurs qui le faisoient universelle-
» ment respecter. Sa résidence, ses con-
» tinuelles sollicitudes pastorales et ses
» grandes aumônes, lui attachoient tous
» les cœurs dans son diocèse. » Ce fut lui qui établit la maison dite *du Bon Pasteur,* « pour y être, les filles de mau-
» vaise conduite qui s'y retireront vo-
» lontairement, reçues *gratis* et sans
» aucune pension. » — Enfin ce qui assure à la mémoire de Coislin d'éter-nelles bénédictions, c'est qu'il a pré-servé Orléans du fléau et de la honte des dragonnades, c'est qu'il a été le pasteur des protestans comme celui des catholiques. « Après la révocation de
» l'édit de Nantes, on envoya à Or-
» léans un régiment de dragons pour

» être répandus dans son diocèse. Dès
» qu'il fut arrivé, l'évêque manda les
» officiers, leur dit qu'il ne vouloit pas
» qu'ils eussent d'autre table que la
» sienne, fit mettre leurs chevaux dans
» ses écuries, les pria qu'aucun dragon
» ne sortît de la ville, qu'aucun ne fît le
» moindre désordre, et que, s'ils n'a-
» voient pas assez de subsistance, il
» se chargeoit de fournir ce qui man-
» queroit ; surtout qu'ils ne dissent pas
» un mot aux huguenots, et ne logeas-
» sent chez aucun d'eux. Le séjour dura
» un mois, et lui coûta bon. Au bout
» de ce temps, il fit en sorte que le ré-
» giment sortît de son diocèse, et qu'on
» n'en renvoyât plus. Cette conduite
» pleine de charité, et qui n'eut pas
» assez d'imitateurs, gagna plus de
» huguenots que la barbarie qu'ils souf-
» froient ailleurs : ceux qui se converti-
» rent le voulurent et l'exécutèrent de
» bonne foi. »

Certes, il fallait du courage pour
protester aussi généreusement contre la
volonté despotique de Louis XIV, à qui
Louvois et le père Lachaise avaient

inspiré la pieuse fantaisie de convertir
les huguenots à coups de sabre! Ce vertueux prélat effaça, autant qu'il était en
lui de le faire, les taches sanglantes que
la Saint-Barthélemy avait imprimées
sur les murailles d'Orléans! Néanmoins,
s'il empêcha le sang de couler une seconde fois, il ne put arrêter l'effet des
proscriptions. Ce n'était point assez
pour les protestans de la garantie d'un
évêque pour demeurer sur les domaines d'un despote qui persécutait leur
croyance et leurs vies, et confisquait
leurs propriétés. De là ce vide dans la
population d'Orléans, et ce relâchement
de son industrie qui depuis a toujours
été s'accroissant. Cette ville, qui avait
alors cinquante-deux ou cinquante-qua-
tre mille habitans, n'en a plus que quarante et quelques mille; le nombre de
ses manufactures, raffineries, métiers à
bas, etc., a diminué dans une égale pro-
portion. En revanche, elle a conservé ou
acquis, et elle a vu fleurir dans son sein
jusqu'à la révolution, les carmes dé-
chaussés et les grands carmes, les chartreux, les frères aux sacs, les augustins,

10...

les capucins, les carmélites, les visitan-
dines, les religieuses de Saint-Loup, les
nouvelles catholiques, les béguines, etc.,
etc., etc., etc., sortes de congrégations
à la vérité très-industrieuses, mais assurément fort peu industrielles.

A partir de l'époque où nous sommes parvenus, les annales de Chartres
ne parlent guère que des phénomènes
physiques, des accidens du climat, des
variations de la température : elles ressemblent à un almanach, à cela près que
les astronomes ou astrologues prédisent
la pluie et le beau temps, tandis que
les historiens se bornent à le raconter.
Ainsi, nous voyons qu'en 1681, la Beauce fut affligée d'une grande sécheresse, et
que M. de Villeroy, évêque de Chartres,
ordonna à cette occasion des prières et
des processions générales à Josaphat.
Le sieur Jacques Anquetin, greffier de
la ville, en a fait une longue et pompeuse
description, sous le nom de la *Beauce
desséchée.*

Le duché de Chartres était une dépendance de celui d'Orléans et comme un
sous-apanage. Le duché d'Orléans était

ordinairement affecté au second fils de France, et le fils aîné de la maison d'Orléans portait le titre de duc de Chartres.

Par suite de l'absence complète d'é-vénemens historiques, nous nous trou-vons transportés aux limites de la vieille France : arrêtons-nous aux portes de la révolution, avant d'entrer dans la car-rière nouvelle qu'elle offre devant nous: il faut jeter un coup d'œil sur le tableau géographique et politique de l'Ile-de-France et de l'Orléanais, avant que ces deux provinces ne subissent leur mé-tamorphose en départemens, avant que les baillis et échevins ne se transforment en magistrats véritablement commu-naux, les justices royales en tribunaux, les généralités en perceptions commu-nales et départementales, et les bour-geois en citoyens. Nous nous contente-rons d'indiquer les villes et bourgs prin-cipaux.

GOUVERNEMENT GÉNÉRAL DE L'ILE-DE-FRANCE, COMPRENANT DOUZE PETITS PAYS OU CANTONS.

1. *Ile-de-France proprement dite.*

Saint - Denis, bailliage. — *Chelles.* — *Montmorency*, duché-pairie, prévôté. — *Gonesse*, justice royale.

2. *Brie-Française.*

Lagny. — *Brie-Comte-Robert*, justice royale, bailliage, grenier à sel. — *Corbeil*, prévôté royale. — *Nangis*, marquisat. — *Tresmes*, duché-pairie. — *Villeroi*, duché-pairie.

3. *Le Duché de Valois.*

Crépy en Valois, élection, bailliage et présidial. — *Senlis*, évêché, élection, bailliage, prévôté, présidial, grenier à sel. — *Creil*, bailliage. — *Pont-Sainte-Maxence*, prévôté. — *Verberie.* — *Béthisy*, prévôté. — *Compiègne*, gouvernement de place, élection, prévôté, bailliage, grenier à sel, etc. —*La Ferté-Milon*, bailliage. —*Villers-Cotte-Rets*, prévôté.

4. *Le Soissonnais*. (District de l'ancienne Picardie.)

Soissons, capitale du gouvernement général de l'Ile-de-France, évêché, généralité, élection, bailliage, présidial, grenier à sel. — *Braine*. — *Cœuvres*, duché-pairie sous le nom *d'Estrées*. — *Humières* ou *Mouchi-le-Pierreux*, duché.

5. *Le Noyonnais*. (Portion de l'ancienne Picardie.)

Noyon, élection, grenier à sel, bailliage, évêché. — *Chauny*.

6. *Le Laonnais*. (Autre portion de l'ancienne Picardie.)

Laon, ville capitale et évêché, présidial, élection, grenier à sel, bailliage, le premier du royaume, prévôté indépendante. — *Coucy*, marquisat-pairie, bail-

...10

liage, grenier à sel. — *Crépy* en Laonnais, prévôté.

7. *Le Beauvaisis.*

Beauvais, évêché, prévôté et bailliage appartenans à l'évêque, présidial et justice seigneuriale, tenue en pairie, grenier à sel, élection. — *Clermont* en Beauvaisis, élection, justice royale, grenier à sel, bailliage. — *Fitz-James* ou *Warti,* duché-pairie. — *Cagny* ou *Boufflers,* duché-pairie. — *Bulles,* prévôté. — *Beaumont,* comté, bailliage.

8. *Le Vexin-Français.*

Pont-Oise, vicomté, élection, prévôté, mairie royale, grenier à sel, bailliage. — *Magny,* bailliage. — *Chaumont,* élection, bailliage, prévôté, justice royale. — *La Roche-Guyon,* duché.

9. *Le Mantois.*

Mantes, élection, prévôté, bailliage, grenier à sel. — *Meulan,* bailliage, grenier. à sel. — *Dreux*, comté, élection, bailliage royal, grenier à sel. — *Mont-fort-l'Amaury*, élection, bailliage, grenier à sel. — *Versailles*, gouvernement particulier, bailliage royal. — *Saint - Germain-en-Laye*, prévôté royale. — *Poissy*, prévôté royale, grenier à sel.

·10. *Le Hurepoix.*

Dourdan, élection, prévôté, bailliage. — *Arpajon*, marquisat, et bailliage-prévôté appartenant au seigneur du lieu. — *Chevreuse*, duché-pairie. — *Vaux-le-Villars*, duché.

11. *Le Gâtinois-Français.*

Melun, vi-comté, prévôté, bailliage, présidial, grenier à sel, archidiaconat de l'archevêque de *Sens*. — *Fontainebleau*, prévôté. — *Moret*, comté. — *Pont-sur-Yonne*, prévôté. — *Beaumont*, duché. — *Milly*, bailliage seigneurial. — *Nemours*, élection, bailliage, grenier à sel. — *Etampes*, duché, élection, bailliage, prévôté, grenier à sel.

12. *Le pays de Thimerais* (faisant partie du Perche.)

Château-Neuf, bailliage. — *Senonches,* bourg avec titre de principauté et bailliage. — *Bazoche,* baronie.

GOUVERNEMENT DE L'ORLÉANAIS.

I. *Orléanais propre.*

1. *Le haut Orléanais.*

Orléans, siége de gouvernement, évêché, présidial, bailliage, intendance, généralité, élection, prévôté. générale, grenier à sel. — *Beaugency,* comté, élection, prévôté, bailliage, grenier à sel. — *Meung,* justice royale. — *Pithiviers.*

2. *Le bas Orléanais.*

Cléry. — *Jargeau.*

LA BEAUCE.

II. *Le pays Chartrain.*

Chartres, évêché, présidial, siége de

deux prévôtés, justice royale, grenier à sel. — *Gallardon*, marquisat. — *Nogent-le-Roi*, comté, justice royale. — *Espernon*. — *Maintenon*, marquisat.

III. *Le Dunois.*

Châteaudun, élection, bailliage, justice royale, grenier à sel. — *Bonneval*, prévôté. — *Patay.* — *Fréteval.*

IV. *Le Vendomois.*

1. *Le haut Vendomois.*

Vendôme, gouvernement particulier, élection, bailliage, grenier à sel.

2. *Le bas Vendomois.*

Montoire, grenier à sel. — *Montdoubleau*, baronie, bailliage, grenier à sel.

V. *Le Perche-Gouet.*

Montmirail, baronie. — *Bazoche-Gouet*, idem. — *Auton*, idem. — *Brou*, idem. — *Alluye*, marquisat.

VI. *Le Blaisois.*

Blois, évêché, présidial, bailliage, élection, grenier à sel. — *Ménars,* marquisat, etc., etc.

VII. *La Sologne.*

Romorantin, élection, bailliage, grenier à sel. — *Sully,* duché-pairie.

VIII. *Le Gâtinois-Orléanais.*

Montargis, gouvernement particulier, grand bailliage et présidial, prévôté, grenier à sel. — *Châtillon-sur-Loing,* duché-pairie. — *Gien,* comté, gouvernement particulier, bailliage, prévôté, grenier à sel. — *Saint-Fargeau,* duché, bailliage, grenier à sel.

Il suffit de jeter les yeux sur ce tableau pour reconnaître une partie des vices de l'ancienne organisation provinciale : rien n'est défini; on n'aperçoit que des membres mal assortis et capricieusement rassemblés pour en former un corps. Le pouvoir royal prédomine partout,

mais il n'a établi nulle part l'unité de
son influence ; les débris de la féodalité
sont encore debout et figurent à ses
côtés ; les justices seigneuriales s'élèvent en face des justices royales ; l'é-
vêque de Beauvais a son bailliage et sa
prévôté, etc. ; et de là résulte non-seulement la variété, mais le conflit per-
pétuel des juridictions ; l'incertitude, et
pour ainsi dire la mobilité des limites
géographiques ajoute encore aux in-
convéniens de cette indétermination des
pouvoirs. Dans l'Ile-de-France, le Hurepoix dispute à la Brie française la
possession de Corbeil. Les habitans de
Melun et de Fontainebleau ne savent
s'ils appartiennent au Gâtinois-Français
ou au Hurepoix. Etampes est un objet
de litige entre la Beauce et le Gâtinois-
Français : les gouvernemens de l'Ile-de-
France et de l'Orléanais se la disputent
continuellement, et y exercent à l'envi
des droits contradictoires. Le pays du
Thimerais, qui fait partie du Perche,
est étonné de se voir enclavé dans les
circonscriptions de l'Ile-de-France,
tandis que la plupart de ses prévôtés et

bailliages dépendent du présidial de
Chartres. Les anomalies de cette nature,
dont on pourrait citer une multitude
d'exemples, paralysaient et rendaient
souvent illusoire la haute juridiction
des cours supérieurs de Paris sur toutes
les justices de l'Ile-de-France, qui en
ressortissaient légalement.

Les évêchés d'Orléans et de Chartres,
comme celui de Meaux, avaient été
distraits de l'archevêché de Sens et rat-
tachés à l'église métropolitaine de Paris
en 1626, lors de l'érection de l'évêché
de cette dernière ville en siége archié-
piscopal. Mais l'évêque de Senlis était
demeuré suffragant de l'archevêché de
Reims.

Envisagée sous ses différens points de
vue, telle était la situation de l'Ile-de-
France et de l'Orléanais au temps où
la révolution vint changer la face du
royaume, et régénérer toute la nation.
L'histoire de ces deux provinces se lie à
presque tous les souvenirs honorables
de l'ancienne monarchie; elles ont puissamment contribué à la gloire littéraire
et à presque toutes les gloires de la

France; il n'est, pour ainsi dire, pas une de leurs villes qui n'ait fourni son contingent d'hommes illustres.

Orléans compte parmi ses théologiens le jésuite *Denis Pétau*, si célèbre par la variété et la profondeur de ses connaissances ; *Nicolas Isambert*, docteur de Sorbonne ; *Siméon Demuys*, professeur royal : parmi ses historiens, *Gérard-Dubois*, prêtre de l'Oratoire ; *Amelot de la Houssaie*, réputé, de son temps, un politique profond; *Michel Levassor*, écrivain hardi et satirique : parmi ses littérateurs, *Jacques Bongars*, critique éclairé; *Nicolas Thoynard*, savant antiquaire ; *Nicolas Gédoin*, auteur de traductions estimées : parmi ses poètes, le chevalier *de Cailly*, qui eut du moins le mérite de la correction. Au nombre des citoyens dont Orléans peut se glorifier, figurent encore *Etienne Dolet*, cet habile imprimeur à qui les persécutions religieuses ont valu la célébrité du martyre; *Tassin*, ingénieur et géographe; *Guillemeau*, excellent chirurgien; les *Corneille* et les *Perelle*, peintres; les *Château* et les *Simonneau*,

II

graveurs; *Ducerceau*, architecte; *Hubert* et *Godard*, sculpteurs.

Orléans pouvait surtout opposer son antique école de droit aux universités les plus célèbres; il en est peu qui aient eu à s'enorgueillir d'un aussi grand nombre de professeurs et d'étudians distingués. Parmi les jurisconsultes qui occupèrent avec éclat la chaire de cette université, on remarque l'infortuné *Anne Dubourg*, depuis conseiller au parlement, pendu et brûlé à Paris en 1559; *Jean Coras*, qui eut la même destinée en 1572; le docte *Charles Dumoulin*, *Guillaume Fournier*, *Antoine Leconte*, *François Florent*, *François Ory*, *Jacques Delalande*, et surtout *Robert Joseph Pothier*, dont le nom seul rend tout éloge inutile, qu'Orléans avait vu naître, et qui, siégeant comme professeur dans l'école où il avait étudié, dictait ses savantes leçons à tous les jurisconsultes de l'Europe. Les plus fameux étudians de cette université ont été *Jean Renchlin*, connu par ses démêlés avec les moines; *Erasme*, *Guillaume Budée*, *Jean Sleidan*, *Jean Calvin* (dont le nom se lit encore sur l'un des bancs où se plaçaient les écoliers), *Théodore de Bèze*, *Paul Mérule*, *Jacques - Auguste de Thou*, *Charles Fevret*, le savant *Du Cange*, *Denis Godefroy*, *Vincent Placcius*, *Charles Perrault*, etc., etc., etc.

Du reste, il faut le dire, Orléans a vu naître la plupart de ces hommes distingués plutôt qu'elle ne les a produits : les habitans de cette ville n'ont guère sacrifié et ne sacrifient guère encore qu'au commerce, dont personne du moins n'a prétendu faire une dixième muse. Ce reproche a été adressé aux Orléanais par un de leurs concitoyens; et certes ce témoignage n'a rien de suspect. « Attaché par devoir et plus en- » core par inclination à la ville qui m'a » vu naître, dit M. Préau de Beauvais, » que n'est-il en mon pouvoir de la » peindre aussi respectable aux yeux des » Français et des étrangers, qu'elle est » chère à mon cœur? Mais ne cherchons » point à nous le dissimuler. Je ne le » dis qu'à regret, sans aigreur;.... avec » beaucoup d'esprit et des talens natu- » rels, mes compatriotes ont rarement » ce goût vif pour les arts et pour les

» sciences, qui seul peut faire valoir l'un
» et régler l'usage des autres. Je me
» tairai sur les causes de ce phénomène
» moral. Mais examinons les faits, et
» nous verrons combien il s'en faut que
» nous conservions pour les arts et pour
» les sciences cet amour qui fait éclore,
» qui encourage et qui récompense les
» talens et les études. L'homme de ca-
» binet y vit ignoré, ou cultivé par un
» petit nombre échappé à l'épidémie
» commune, et assez sage pour préférer
» sa médiocrité, sa lecture et ses veilles,
» à l'aisance d'un état non moins péni-
» ble peut-être, mais plus sûr et plus
» court pour aller à la fortune. Les sa-
» vans, les amateurs éclairés des arts
» qui honorèrent cette ville, ceux qui
» l'honorent encore, y furent-ils, y sont-
» ils encore accueillis avec cette distinc-
» tion qui leur est due. *Virtus laudatur*
» *et alget.* Que sont devenus les deux ou
» trois mille étudians en l'université?
» *Fuimus,* disait, il y a quelques années,
» un des professeurs actuels....... Que
» sont devenues les deux sociétés litté-
» raires qu'Orléans posséda quelque

» temps? Qu'est devenue, etc., etc....[1] ? »

Un témoignage plus imposant encore nous autorise à appliquer le même reproche, sinon aux Orléanais d'aujourd'hui, du moins à l'administration actuelle, dont les panégyristes même n'osent pas dire qu'elle favorise la propagation et les progrès des lumières.

Pàrmi les hommes célèbres dont elle fut le berceau, la ville de Chartres cite *Mathurin Regnier,* poète satirique en qui Boileau reconnaît des grâces toujours nouvelles, en dépit d'un style vieilli, mais auquel il reproche le cynisme du langage; *Pierre Nicole,* dont le nom s'est associé à celui d'Arnaud et de Pascal; *André Félibien,* qui de peintre, sculpteur et architecte, devint, par une transition assez naturelle, historiographe des bâtimens du roi, et membre de l'académie des inscriptions ; enfin, *Jean Dussaulx,* le traducteur de Juvénal, qui comme avocat tient à la France d'autrefois, et comme électeur de 89, et

[1] *Essais historiques sur Orléans,* publiés en 1778.

membre de la Convention, a joué un rôle actif et toujours honorable durant les beaux jours et au milieu des orages de la révolution.

Nous ne parlerons point de l'académie de Soissons : « Fondée en 1682, à » l'instar de l'académie française, elle » imita son modèle, dit l'auteur du Ré- » sumé de Picardie ; elle ne fit rien ou » presque rien. » Ce sera assez, pour la gloire de l'Ile-de-France, de dire que le plus grand de nos poètes, l'auteur de Britannicus, de Phèdre, d'Athalie, est né à la Ferté-Milon en Valois ; que la ville de Dourdan est la patrie de l'inimitable La Bruyère, et qu'un village voisin de Paris et nommé Crône, a vu naître le législateur de notre Parnasse.

NEUVIÈME ÉPOQUE.

DEPUIS 1789, JUSQU'A NOS JOURS.

PLUS ou moins senti et imminent, le besoin d'un nouvel ordre de choses existait partout ; exploité, humilié, opprimé par les castes privilégiées ou par les rois, le tiers-état avait acquis enfin la conscience de ses droits et le sentiment de ses forces ; il avait compris qu'il était *la nation,* et la nation voulait se manifester. C'est à l'histoire générale qu'il appartient de développer les causes de cette révolution qu'on se flattait d'abord d'étouffer comme une *émeute.* Paris fut le centre de ce grand mouvement qui, se communiquant aussitôt à tous les points de la circonférence, détruisit, pour ainsi dire en un jour, l'ouvrage de plusieurs siècles. Il n'y eut,

à proprement parler, de résistance et de
lutte que dans la capitale, parce que là
se trouvait rassemblé ce qu'il restait
encore de ressources à un pouvoir dé-
1789. crépit : Paris seul eut une Bastille à
prendre. Une autre ville de l'Ile-de-
France revendique sa part des glorieux
souvenirs de la révolution naissante.
Versailles fut le théâtre de ces scènes
imposantes qui étonnent encore l'imagination et inspirent un religieux enthousiasme! C'est là qu'on aime à contempler la révolution, parce qu'elle s'y
déploie avec toute sa majesté, parce
que son triomphe y est dégagé de l'al-
liage impur des passions et des crimes
qui plus tard auraient flétri la cause de
la liberté, si la liberté était solidaire des
forfaits commis en son nom! Ce n'est
plus à des palais et à des jardins, à des
lambris d'or, à des statues, à des esca-
liers de marbre et à des grottes artifi-
cielles, que Versailles emprunte sa renommée; c'est à une église et à un
jeu de paume; « c'est surtout, aurait
» dit Rousseau, à un spectacle que ne
» donneront jamais les richesses, ni tous

» les arts, au plus beau spectacle qui ait
» jamais paru sous le ciel, une assem-
» blée de plusieurs centaines d'hommes
» vertueux, dignes de commander à la
» France et de gouverner la terre ! »

Cette ville entendit la première les accens de la voix tonnante de Mirabeau : elle assista au laborieux enfantement de l'assemblée constituante née du sein des états-généraux ! Qui ne sait l'attitude imposante des députés du tiers-état, contre lesquels la cour épuisa ridiculement tout ce que l'étiquette a d'insultes et d'humiliations ? Qui ne sait cette courageuse résolution de se constituer en corps de représentans, exécutée malgré l'opposition des deux ordres privilégiés, malgré les injonctions et les menaces du pouvoir ? ces majestueuses délibérations, au milieu d'une foule de satellites presque tous étrangers, au milieu de *baïonnettes* contre juillet. lesquelles *la volonté du peuple* n'aurait sans doute pas été une sauve – garde ? La révolution l'emporta ; elle proclama sa victoire du haut des remparts de la Bastille, avant de les détruire, et l'assemblée nationale s'annonça à la France par la *déclaration des droits de l'homme et du citoyen*. Les privilégiés eux-mêmes se laissèrent un moment entraîner à l'ivresse générale. La nuit du 4 août vit disparaître les vestiges de la féodalité, à la voix de députés nobles et prélats. Il n'y eut plus de *censives*, de *corvées*, de *bannalités*, etc.; ces mots disparurent de la coutume d'Orléans [1], comme de toutes les autres : seigneurs et vassaux devinrent citoyens; les villes furent, comme les individus, dépouillées des prérogatives qui dérogeaient au principe de l'égalité commune : Montargis cessa d'être appelé *Montargis le Franc;* Saint-Germain perdit les priviléges et franchises qu'il tenait de Henri IV; et de là sans doute cette tendance politique généralement manifestée par ses habitans, et qui n'était que l'expression de leurs regrets pour des abus dont ils avaient profité.

[1] Voyez le *Recueil des coutumes d'Orléans,* par Pothier.

La population de Versailles au contraire, bien qu'elle eût été honorée du
séjour des rois, ou peut – être même
parce qu'elle les avait contemplés de
trop près [1], embrassa avec transport
les principes de la révolution. Elle n'eut
pas long-temps à s'enorgueillir de voir
l'assemblée nationale siéger dans l'enceinte de ses murs. Les journées des 5
et 6 octobre, que n'excusent pas sans octob.
doute les imprudentes provocations de 1789.
la cour, parce que des orgies ne justi-
fient point des saturnales; l'envahissement de Versailles par une multitude
de forcenés; la crise menaçante qui en
fut la suite, et qui du moins fit briller
d'un nouvel éclat la modération et la
fermeté des représentans de la nation,
mais qui servit de prétexte à la plus
atroce calomnie contre l'homme dont
se glorifient et la France et l'Amérique;
ces sinistres événemens, qui étaient

---

[1] Il est inutile d'ajouter que cette observa-
tion ne saurait s'appliquer à Louis XVI : la
vie privée de ce prince défiait l'examen; elle
commandait le respect, comme sa mémoire
inspire la pitié.

comme un prélude à d'affreuses tragédies, ramenèrent à Paris le roi et l'assemblée constituante.

Les immenses travaux de la première
législature ont puissamment influé sans
doute sur le sort des départemens qui
remplacèrent les anciennes provinces
de l'Ile-de-France et de l'Orléanais ',
comme sur toutes les parties, comme
sur toutes les populations du territoire
français. Les effets de la suppression
des titres de noblesse, de l'affranchissement de l'industrie, de la saisie des
biens du clergé, déclarés nationaux, etc.,
se sont manifestés partout. Mais l'histoire de ces réformes salutaires ne rentre
pas dans notre domaine ; elle se rattache aux annales de la France.

1790.   Le renversement de l'ancien régime
s'était opéré sans secousse dans les départemens qui entouraient la capitale ;
les décrets de l'assemblée constituante
y avaient été accueillis avec transport,
et n'y avaient point rencontré de résis-

' Voyez, pages 1 et 2, l'indication de ces départemens.

tance; les municipalités constitutionnelles, les administrations communales
avaient partout remplacé les agens du
pouvoir; les gardes nationales s'étaient
organisées comme par enchantement;
et là du moins aucun désordre n'avait
accompagné le triomphe de la liberté.
A Orléans, à Chartres, à Fontainebleau, à Laon, etc., l'anniversaire du
14 juillet fut salué par des acclamations 1790.
unanimes, et des fédérations particulières multiplièrent et fortifièrent les
liens de la grande fédération nationale.

Mais déjà l'horizon se couvrait de
sombres nuages : l'émigration avait
commencé à Versailles le lendemain
du 14 juillet, et depuis, l'exemple
donné par des princes était suivi chaque jour par une foule d'anciens privilégiés. D'imprudentes résistances, excitées par les suggestions de l'égoïsme;
de perfides manœuvres et d'impuissans
complots, irritaient de plus en plus la
défiance et le ressentiment, et provo-
quaient de fâcheuses représailles, des
mesures acerbes et violentes. Le dé-
chaînement des passions populaires et

des fureurs de la licence était à peine
contenu par l'ascendant modérateur de
l'assemblée constituante. En mars 1791,
elle décréta la translation des prison-
1791. niers de l'Abbaye à Orléans, sans doute
afin de les soustraire aux dangers dont
ils étaient menacés au milieu des agitations orageuses de la capitale; et elle
institua dans cette ville une *haute cour
nationale*, chargée de poursuivre les
crimes de lèse-nation. Ce choix était
sans doute un hommage rendu au patriotisme énergique et sage des Orléanais; et ils s'en sont montrés dignes.
Ils ont joué un rôle actif dans presque
tous les événemens glorieux dont la révolution nous a légué le souvenir; ils
ont constamment répondu avec enthousiasme à tous les appels faits par
la patrie au courage de ses enfans. Au
signal du danger public, ils enfantaient
des bataillons de citoyens prêts à voler
sur la frontière. Il suffit d'ouvrir les
registres de l'administration des domaines pour se convaincre de leur dévoû-
vement à la cause de la liberté; on y
voit qu'au mois de mars 1791, les adju-

dications de biens nationaux, depuis l'ouverture des ventes, s'élevaient à la valeur de cinq millions trois cent trente-cinq mille huit cent quarante-cinq livres. Enfin, l'histoire porte en faveur des Orléanais un témoignage plus honorable encore : ils n'ont figuré que comme victimes au milieu des scènes sanglantes de la terreur! Tels étaient en effet les véritables amis de la liberté! sur les champs de bataille et au milieu de tous les dangers, lorsqu'il fallait combattre pour la défense du sol et pour la constitution! sur les écha-fauds, lorsque la tyrannie, le crime et les proscriptions ont remplacé le règne des lois! S'agit-il d'honorer par des hommages publics la mémoire du plus intrépide et du plus éloquent défenseur de la liberté constitutionnelle? les Or-léanais, aussi bien que les habitans de Melun, prennent le deuil et s'associent, à travers la distance, à ces majestueuses solennités de la capitale, qu'il n'était donné qu'à notre époque d'effacer par une solennité plus imposante encore, parce que de nos jours il n'y a eu ni as-

semblée nationale, ni gouvernement
pour décréter la douleur et le deuil;
parce qu'aucune pompe n'égale le spectacle d'une foule immense de citoyens
rassemblés spontanément et comme par
un instinct patriotique; et parce qu'enfin l'hommage rendu par toute une
population en pleurs au génie et à la
vertu, l'emporte en majesté sur les honneurs, quels qu'ils soient, que l'admiration publique rend au génie seulement.

La ville de Chartres témoignait aussi
d'une manière peu équivoque son adhésion au système constitutionnel. Au
milieu de la confusion occasionée par
la fuite du roi, et avant que son arrestation à Varennes eût dissipé les incertitudes qui semblaient planer sur les destinées de la révolution, les citoyens de
la commune de Chartres adressèrent à
l'assemblée nationale l'énergique pro-
testation de leur dévoûment à la cause
publique, déclarant que dans leurs murs
*on comptait le nombre des amis de la cons-
titution par le nombre des citoyens.* Cette
adresse était suivie de six pages in-fo-

juin.

lio, surchargées de signatures. Peu de temps après cette même commune proposa d'ériger à Chartres une *pyramide infamante*, pour y inscrire les noms des jeunes gens qui ne donneraient pas à la patrie le secours de leurs bras ; et cette proposition, à la gloire des habitans, fut jugée inutile.

Cependant les événemens se précipitaient avec une effrayante rapidité, et préparaient chaque jour le règne d'une sanglante anarchie. La rareté et le prix exorbitant des grains figuraient parmi les causes nombreuses qui excitaient de plus en plus le soulèvement des passions populaires, et tout ce qu'elles enfantent de désordres et de crimes : et cette cause malheureuse qui ne s'expliquerait naturellement que par la stérilité des terres, supposait elle-même l'existence de machinations secrètes dont les auteurs sont demeurés à peu près inconnus. Dans les premiers mois de 1792, plusieurs révoltes, ayant pour objet la taxation des blés, éclatent aux environs de la capitale. Le marché de Melun est assailli par deux mille hom-

1792.

. 11

mars. mes qui taxent arbitrairement la valeur des denrées. La fermeté que déploie le maire d'Etampes contre une émeute de même nature lui coûte la vie; et s'il faut en croire les rapports adressés à ce sujet à l'assemblée législative, on avait remarqué, au milieu de ces attroupemens, des hommes qui, *sous le déguisement de sans-culottes, portaient du linge fin*, et dont le langage décelait autre chose qu'une éducation simplement rustique. Ces influences occultes agissaient en tous sens, et pénétraient partout, jusque dans les prisons. Une députation de la garde nationale d'Orléans

juillet. vint exposer à la barre de l'assemblée les inquiétudes qu'excitait, dans cette ville, le régime des prisons, où pénétraient à chaque instant des personnes privilégiées, et où se donnaient des festins somptueux, accompagnés de jeux continuels, de concerts et de débauches de toute espèce. Ces dénonciations, fondées ou non, motivèrent l'ordre donné un peu plus tard, de transférer les prisonniers d'Orléans à Versailles. Leur départ eut lieu sous de fâcheux auspices.

Les anarchistes, opposant la puissance illégale des clubs à l'autorité de l'assemblée et des pouvoirs réguliers, avaient rompu presque toutes les barrières posées par la constitution, et quelque temps soutenues par le courage des citoyens. Déjà ils s'étaient essayés contre le trône, en l'attaquant et le renversant, à des crimes plus grands encore : à eux n'avait tenu que le 10 août, anticipant sur le 21 janvier, n'eût épargné un forfait juridique à *cette Convention,* à laquelle il en serait resté assez d'autres ! Les journées de septembre avaient renouvelé sous une forme non moins hideuse, ou même plus hideuse encore, puisqu'elles n'avaient pas de ténèbres, l'épouvantable nuit de la Saint-Barthélemy ! sept.

Versailles ne sauva point ce qu'Orléans avait sauvé ; il eut aussi des Septembriseurs. Ce fut le 9 septembre que les prisonniers d'Orléans arrivèrent à leur *nouvelle destination.* Au moment où les voitures entraient dans la ville par la rue de l'Orangerie, une troupe de forcenés les entoure en criant : *A bas les aristocrates ! il faut les égorger !* Repoussés deux fois, ils reviennent sans cesse à la charge : leur nombre augmente, et enfin ils parviennent à assouvir leur rage. Sur cinquante-cinq prisonniers, trois seulement échappèrent au massacre. Au nombre des victimes se trouvaient l'ex-ministre Delessart, l'évêque de Perpignan, le commandant de cette ville, le juge de paix Larivière, et l'ancien gouverneur de Paris, le duc de Brissac, qui lutta avec un courage héroïque contre ses meurtriers. Echauffée par le carnage, cette horde de sicaires se porta ensuite aux prisons de Versailles, et là répandit encore des flots de sang, malgré les efforts du maire, des magistrats, et de plusieurs intrépides citoyens.

Ces scènes de terreur signalent l'époque de la déchéance des municipalités constitutionnelles, que la commune d'Orléans renversa la première, mais du moins sans les remplacer, comme Paris et tant d'autres villes, par ces hommes qui ont rendu à jamais flétrissante la dénomination de *révolutionnaires* elles servent de transition entre l'assemblée législative et la Convention. Ici commence cette longue période d'absurdités et d'atrocités monstrueuses, qu'honorent néanmoins tant de dévoûmens, tant de sacrifices sublimes, parce qu'il n'y a point de bourreaux sans victimes, et qu'un crime suppose presque toujours une vertu immolée. Sans pénétrer dans l'enceinte de cette cité à laquelle les nouveaux despotes de la France semblèrent vouloir conserver les prérogatives de *capitale*, en y plaçant le siége de leur administration sanguinaire, en y déployant tout le luxe de leur infatigable cruauté; sans assister aux catastrophes innombrables dont elle fut le théâtre, nous n'aurons que trop d'infortunes et de forfaits à raconter! Les proconsuls de la Convention ont laissé presque partout les traces sanglantes de leur séjour ou de leur passage! heureux quand nous n'aurons à signaler, dans leurs rapports, que le témoignage du patriotisme généreux de populations entières qui demandaient à marcher sur les frontières menacées! C'est ainsi qu'à la fin de 1792, Merlin et Jean de Bry annoncent à la Convention que Senlis,

Crepy, Pont-Sainte-Maxence, Noyon
et Compiègne ont vu sortir de leurs
murs plus de 1200 citoyens habillés et
armés, et qu'à Soissons *il n'est resté que
des administrateurs,* et des pères de la
Trappe.

Le Cointe Puyraveau et deux autres
membres de la Convention furent, à la
même époque, envoyés dans le département d'Eure-et-Loir pour apaiser
les troubles qui, au sujet de la taxe des
grains, avaient éclaté dans différens
cantons, et surtout du côté de Courville. Trop faibles pour remplir la mission dangereuse dont on les avait chargés, les représentans du peuple ne firent
que légaliser la sédition : la crainte de
la hart, dont les menaçait une multitude de furieux, parmi lesquels ils crurent distinguer des curés et des prêtres,
les fit souscrire à un tarif dicté par les
rebelles eux-mêmes. De retour au sein
de la Convention, ils alléguèrent, pour
se justifier, le désir purement patriotique de conserver à la nation trois représentans dévoués : mais Manuel repoussa cette apologie, en s'écriant : « On

» leur présentait la hache et la plume ;
» ils devaient prendre la hache et se
» couper la main. » La Convention ré-
prouva leur conduite.

Enhardis par ces concessions, les attroupemens s'avancèrent bientôt jusqu'aux portes de Chartres ; mais la fermeté des magistrats municipaux et un
simple déploiement de forces militaires
suffirent pour les dissiper. C'était là,
pour les commissaires de la Convention,
une seconde censure plus humiliante
encore que la première.

« Notre département, dit M. Che-
» vard, dans son Histoire de Chartres,
» est un de ceux qui, comparativement
» aux autres, ont le moins souffert de la
» révolution. Cependant les secousses
» qui ont si souvent et si fortement agité
» la capitale, s'y sont fait sentir avec
» plus ou moins de violence.

» L'émigration n'y a pas été consi-
» dérable. La plupart des nobles qui
» ont eu le bon esprit de résister aux
» sollicitations des recruteurs de Co-
» blentz, y ont joui, sinon d'une sécurité
» parfaite, au moins d'une tranquil-

» lité égale à celle des autres citoyens.

» **La majeure partie des ecclésiasti-**
» ques ont préféré de faire les sermens
» qu'on a exigés d'eux, à diverses épo-
» ques, comme on en exigeait des fonc-
» tionnaires civils, et même des simples
» particuliers, plutôt que de s'expatrier,
» et ils n'ont cessé d'exercer les fonc-
» tions du saint ministère que lors-
» qu'ils y ont été contraints par ceux
» qui, dans leur délire, avaient juré de
» bannir du sol français jusqu'aux moin-
» dres notions de politique, de morale
» et de religion. »

En dépit des *prédications civiques* de
1793. Fourcade et de Gonchon, les citoyens
d'Eure-et-Loir gardèrent une attitude
pleine de modération et de fermeté.
Au mois de janvier 93, les députés de
quarante communes des départemens
de l'Eure, de l'Orne et d'Eure-et-
Loir, vinrent à la barre de la Convention demander la conservation de
la religion catholique, le maintien de
son libre exercice, et du traitement
de ses ministres : « Notre pétition, di-
» rent-ils, ne peut manquer d'être ac-

» cueillie, parce que vous n'avez pas
» été députés par des athées. » L'assemblée passa à l'ordre du jour. Certes,
il y avait non-seulement de la piété,
mais du courage, à protester en faveur
de la religion catholique à la veille du
jour où, comme toutes les autres, elle
allait être remplacée par ce culte ridicule et barbare de l'*Être – Suprême*, qui
eut Robespierre pour grand-prêtre, et
dont l'autel fut dressé sur la place de
Grève ! On a lieu de s'étonner que
l'ordre du jour ait été la seule réponse
des Marat et des Danton à une demande aussi indiscrète !

Moins heureuse, la ville d'Orléans
porta la peine de son *modérantisme,* et expia chèrement le crime d'avoir protégé mars.
des prisonniers prussiens contre le zèle
d'une bande de *sans-culottes* accourus de
Paris pour les égorger. Un représentant du peuple, nommé Léonard-Bourdon, sut bientôt fournir aux terroristes
un prétexte de vengeance. Le 18 mars,
dans une rixe, qu'il a lui-même provoquée devant la maison-commune d'Orléans, il reçoit, *dit-on,* une légère bles-

11...

sure : on crie aussitôt à l'assassinat !
Des aristocrates ont immolé Léonard-
Bourdon, comme un autre Pelletier-
Saint-Fargeau ! La ville est déclarée en
état de rébellion : à la vérité, ce décret d'excommunication est révoqué au
bout de quelques jours, d'après un rapport de Tallien, qui a été sur les lieux
reconnaître la réalité des faits. Mais
Collot-d'Herbois et Laplanche, ses col-
lègues, persistent à voir un crime et des
coupables, parcequ'ils veulent des supplices : ils écrivent à la Convention
pour solliciter le rétablissement du premier décret : Marat appuie fortement
leur requête : Orléans est de nouveau
mis hors la loi, et, pour comble de
maux, abandonné à la discrétion de
Collot-d'Herbois et de Laplanche ! Ces
deux proconsuls organisent une muni-
cipalité de leur choix et un tribunal révolutionnaire ; ils peuplent les cachots
de tout ce que la ville a de citoyens re-
commandables, et prouvent *à la Montagne* qu'elle ne pouvait choisir de plus
dignes apôtres ! En vain quelques membres de l'ancienne commune, échappés

à ces persécutions, viennent à la barre
de la Convention présenter leur apologie et celle de leurs compatriotes : en
vain des femmes éplorées y viennent implorer la commisération ; l'assemblée se
contente de décréter la mise en liberté de
ceux qui ont été arrêtés sans *mandats*.
Louvet, député du Loiret, dénonce
les cruautés de Collot - d'Herbois, et
les désordres de la nouvelle municipa-
lité, « qui fait des dîners de six mille li-
» vres, et régale des sans-culottes à dix
» livres par tête ; » comme si des actes
de proscription et des arrêts de mort,
comme si des festins donnés à des sans-
culottes, n'étaient point alors des titres
d'éloges ! Les Orléanais croient se justifier en renouvelant les preuves d'un
patriotisme que la persécution ne dé-
courage pas : ils font déposer sur l'autel
de la patrie un don civique de cent
cinquante-cinq mille livres, spontanément voté par les onze sections de leur
ville. Mais ce n'était plus par de courageux ou d'honorables sacrifices qu'on
témoignait de son dévoûment. Alors,
pour être réputé patriote, il fallait ten-

dre sur l'autel de la patrie des mains rougies de sang! La proscription ou la mort avait frappé les intrépides défenseurs de la liberté républicaine, ces Girondins, dont la noble éloquence étonnait la scélératesse de Marat, démasquait l'hypocrisie de Robespierre, et dont le glorieux martyre sera l'éternelle justification de cette liberté qu'on voudrait flétrir, en lui reprochant ses malheurs et ses souffrances. La ville de Chartres se glorifie, en pleurant, d'avoir vu naître Brissot, et elle ne désavoue pas l'infortuné Pétion. Si les saturnales du 20 juin, si la catastrophe du 10 août, ont imprimé des taches à la mémoire du maire de Paris, l'histoire n'oubliera pas non plus que Pétion a lutté avec les Vergniaud, les Buzot, les Louvet, les Brissot,, contre l'anarchie révolutionnaire, et que de son sang, répandu par ses propres mains, il a scellé la défense de la liberté.

¹ Voyez le récit de ces tragiques et nobles infortunes dans le *Résumé de l'histoire de Guienne.*

Par suite du sanglant triomphe des terroristes, le joug qui opprimait Orléans s'appesantit encore. Thuriot fit décréter par la Convention que la commune provisoire de cette ville « avait la confiance du peuple, et qu'elle » serait définitive. » Le tribunal révolutionnaire installé par Collot rivalisait d'activité avec celui de Paris. Au mois de juillet, des Orléanais, hommes et femmes, vinrent au sein de la Convention solliciter à genoux et avec larmes la grâce de neuf d'entre leurs concitoyens, parens ou amis, condamnés à mort, et dont l'un était père de dix-neuf enfans : « J'offre ma tête, dit l'un » des pétitionnaires, pour sauver mon » cousin, père d'une famille respecta- » ble. » Honteuse de s'être laissée un moment attendrir, l'assemblée vota l'ordre du jour. Des victimes nouvelles expiaient chaque jour l'*assassinat* de Léonard-Bourdon, dont la courte convalescence était célébrée comme une résurrection. Orléans subissait la domination terrible des représentans du peuple : dans une lettre adressée à la

Convention, Laplanche put se féliciter d'avoir établi dans cette ville un
comité révolutionnaire de sans-culottes; d'y avoir fait l'inauguration solennelle *des droits de l'homme*, et d'avoir
arrêté plus de soixante aristocrates, dont
il rapporta bientôt les dépouilles, en
guise de trophées. Vers la même époque, André Dumont, autre missionnaire de la convention, écrivait de
Compiègne « que tout y allait bien, et
» que ses habitans *étaient tous à la hau-
» teur!* »

Paris offrait le modèle de cette déplorable hauteur d'idées et d'actions.
Là, le crime se déchaînait avec tous
ses vertiges, se produisait sous toutes
les formes. Le vandalisme qui détruit
s'était allié à l'homicide qui tue. La
ville de Saint-Denis, qu'une simple
barrière sépare de la capitale, devint le
théâtre de scandaleuses profanations.
En 1792, elle avait vu son abbaye sup-
primée, comme toutes les abbayes,
comme toutes les anciennes communautés religieuses de France. Cependant la beauté de son église et surtout

les monumens qu'elle renfermait y attiraient encore de fréquens pélerinages : on allait admirer à Saint-Denis les tombeaux des rois. Comme si, en dépit de ses propres maximes, la Convention eût craint *que les morts ne pussent revenir,* elle nomma une commission chargée de la destruction de ces monumens, avec ordre néanmoins de conserver ceux qui en seraient jugés dignes. L'œuvre de démolition commença le 12 octobre 1793. Les rois furent exhumés pour subir le jugement qui autrefois attendait les rois d'Égypte sur le bord de la tombe; en présence de leurs cadavres, on discuta la légitimité de leurs titres aux honneurs de cette sépulture dont on les avait préalablement dépouillés. Henri IV fut traduit, pour ainsi dire vivant, devant ce tribunal de Minos révolutionnaires : son corps était intact; la mort n'avait même pas imprimé d'altération sur son visage. Un soldat se précipita, dit-on, sur les restes inanimés du bon Henri, « et coupa avec » son sabre une mèche de sa barbe, en » s'écriant : Et moi aussi je suis soldat

» français ! désormais je n'aurai pas
» d'autre moustache ; je suis sûr main-
» tenant de vaincre les ennemis de la
» France : je cours à la victoire ; » et il se
retira [1]. Mais, comme si les autres assistans n'eussent été que des ligueurs ou
des jésuites, Henri IV fut jugé indigne
de la sépulture.

La vue de François Ier inspira de
l'horreur : ses restes putréfiés semblaient
attester la cause honteuse de sa mort :
il en était de même de Louis XV : ces
princes et tous les autres pouvaient-ils
sortir victorieux d'une épreuve à laquelle
Henri IV avait succombé ? Tous les
corps furent déposés dans une fosse
avec ignominie, mais seulement pour
ceux qui violaient ainsi l'asile de la
mort, parce que les cendres ne salissent
que ceux qui les remuent. Turenne
seul fut épargné ; il survécut, au-delà
même de la mort, au *grand roi* qu'il
avait servi. A la vérité, son corps demeura long-temps relégué dans un ré-

---

[1] *Histoire des environs de Paris*, par
M. Dulaure.

duit obscur ; mais, plus tard, le Directoire releva son tombeau au sein du
Musée des monumens français, et enfin
Bonaparte le fit transférer avec solennité dans l'église des Invalides.

Dépouillée de ses monumens, Saint-
Denis fut menacée en 1794 de la destruction totale de son église. Mais on
se contenta d'enlever la couverture de
plomb dont elle était surmontée, « pour
» en faire des balles destinées aux en-
» nemis de la république. » A moitié
recouverte de tuiles, cette église subit,
peu de temps après, l'épreuve d'une seconde délibération ; cette fois encore
on se borna à la dépouiller de ses vi-
traux. Impuissante contre un saint, ou
plutôt contre une habitude populaire, la
Convention rendit un vain décret pour
substituer le nom de *Franciade* à celui
de Saint-Denis.

Cependant l'insurrection du 9 ther- 1794.
midor étouffa l'hydre de la terreur. Les
Orléanais purent enfin respirer ; ils
adressèrent à l'assemblée nationale l'expression de leurs actions de grâces, et
pour la première fois, peut-être, ils

virent sans effroi des représentans du
peuple entrer dans leurs murs. Chez
eux, du moins, de sanglantes représailles ne justifièrent pas, en quelque
sorte, la tyrannie qui n'était plus : maî-
1795. tres de Collot-d'Herbois, ils ne vengèrent point leurs souffrances. La lettre
écrite à ce sujet par le représentant
Porcher est un monument de leur généreuse modération. « Barrère et Col-
» lot, dit - il, y ont été arrêtés........ La
» présence de Collot avait excité la plus
» vive indignation : on se rappelait
» que, sur un faux exposé, il avait arra-
» ché deux fois le décret qui déclarait
» Orléans en état de rébellion : on n'a-
» vait pas oublié qu'il avait, de concert
» avec Léonard-Bourdon, transformé
» une rixe, que ce dernier avait excitée
» lui-même, en un assassinat qui servit
» de prétexte pour condamner à l'écha-
» faud des citoyens vertueux, dont les
» uns n'étaient pas présens à cette rixe,
» dont les autres, par égard pour le ca-
» ractère sacré dont il était revêtu, l'a-
» vaient empêché d'être frappé, en le
» couvrant de leurs corps. On se rappe-

» lait tous ses actes de tyrannie. Toutes
» ces causes réunies avaient tellement
» exalté les têtes, qu'arrivés sur la place
» du Martroi, on exigea que ces deux
» hommes descendissent de la voiture,
» et se rendissent à pied à la municipa-
» lité. Accablé des malédictions des pa-
» rens des nombreuses victimes qu'il
» avait faites, Collot pâlit..... Peut-être
» allait-il expier..... mais il trouva une
» sauve - garde dans le dévoûment gé-
» néreux de la jeunesse et des autorités
» de la ville, et put prendre en sûreté
» la route de Blois. » Un fait si honorable pour une population entière devrait il être enfoui dans les colonnes in-
commensurables du *Moniteur?*

On aime à se reposer sur une scène
aussi touchante et aussi noble, au sortir
de la terreur, à une époque où les ther-
midoriens, non moins implacables que
leurs ennemis, s'armaient contre eux de   mai.
déportations et de supplices. La Convention confia au tribunal criminel
d'Eure-et-Loir le soin de ses vengeances
contre Pache, Audouin, Bouchotte, et
divers membres du comité de salut

public qu'elle avait décrétés d'accusation. Ce département ne tarda pas à
devenir le foyer de nouveaux troubles,
qui présentent à peu près le même caractère que ceux de 92. Il s'agit encore
de la taxation des grains, dont la circu-
lation est entravée par des causes occultes ; et de là, mais subsidiairement,
une couleur politique qu'on n'eût d'ailleurs pas manqué de prêter à la révolte,
lors même qu'elle ne l'aurait point eue.
A Château-Neuf, la statue de la liberté
avait été renversée et traînée dans la
boue. Et lorsque le représentant Tellier,
investi des pouvoirs de la Convention,
arriva à Chartres, la sédition y était
déjà flagrante. Une multitude d'hommes et surtout de femmes furieuses l'as-
siégent dans l'une des salles de la maison - commune : durant trois heures il
oppose une résistance passive à leurs
imprécations et à leurs menaces ; vaincu
enfin par la persévérance des rebelles,
dont la rage ne connaît plus de frein,
et qui, à défaut de pain, veulent du
sang, *Tellier*, comme Puyraveau naguère, sanctionne le tarif illégal que la

foule demande à grands cris, et autorise la distribution du pain à raison de trois sous la livre. Cette concession apaise les factieux, et insensiblement les attroupemens se dispersent. Libre alors du joug de la violence, et rendu à lui-même, Tellier adresse aux autorités municipales de Chartres la lettre suivante :

« J'étais venu pour vous servir de tout
» mon pouvoir ; j'espérais quelque suc-
» cès d'une mission où je mettais du dé-
» voûment et de la franchise : ma ré-
» compense a été l'ignominie ; je ne
» veux pas y survivre ; mais j'ai mieux
» aimé mourir de ma propre main, que
» de laisser commettre un crime par l'i-
» gnorance et l'aveuglement. Je n'au-
» rais jamais consenti un arrêté illégal,
» si je n'avais senti d'un côté l'impos-
» sibilité de l'exécuter, et de l'autre le
» danger de faire répandre beaucoup
» d'autre sang que le mien. Ce soir, je
» le rétracte formellement.

» Je sors de la vie avec un héritage
» de probité que je transmets à mes en-

» fans, aussi pur que je l'avais reçu de
» mon respectable père.

» ADRIEN TELLIER. »

« Ma mort, disait-il dans une autre
» lettre adressée aux comités du gou-
» vernement, ma mort volontaire sera
» plus utile à mon pays qu'un assassi-
» nat. » Et le soir même il avait cessé
de vivre !

Certes, il y a du courage et de l'humanité à céder de la sorte aux fureurs
populaires ; il y a de la loyauté à révoquer à ce prix des concessions arrachées
par la force ; et si le suicide est toujours
et dans tous les cas un crime ou une
erreur, ici du moins est-ce l'erreur de la
vertu qui se trompe sans cesser d'être
elle-même ! A Rome, le nom de Tellier eût été immortel !

Ce sang généreux ne coula pas en
vain : il assura au département d'Eure-et-Loir le retour de la tranquillité,
partout renaissante à l'ombre de l'autorité de ce Directoire que le despotisme est parvenu à discréditer, et qui,

pourtant, à l'époque du moins de sa création, administrait dans l'intérêt de tous, au meilleur marché possible, et suivant les maximes d'une sage liberté. Le Loiret ne se ressentit point des disgrâces de son député Mersan, que le conseil des Cinq-Cents suspendit dans ses fonctions législatives. Affranchis de la déplorable distraction des discordes intestines, délivrés du spectacle des supplices, les citoyens exerçant paisiblement leurs droits tournèrent leurs regards vers nos frontières, pour suivre la marche partout victorieuse de nos armées.

Versailles applaudissait aux succès brillans de Hoche qu'elle avait vu naître, et qui, soit en dehors, soit au sein de la république, ne combattit et ne vainquit que pour la liberté. La mort prématurée de ce héros fut pleurée par sa ville natale, par l'armée et par la nation. Chartres aussi vit tomber avec douleur ce jeune Marceau à qui elle s'enorgueillissait d'avoir donné le jour, et qui, soldat à seize ans, général à vingt-trois, mourut à vingt-sept, sur

1796.

le champ de bataille d'Altenkirken [1].
Enfin, toute la France célébrait avec
transport les triomphes de Bonaparte :
elle ne prévoyait pas que le héros, qui,
les armes à la main, fondait alors des
républiques au-delà des Alpes, dût
bientôt anéantir la liberté nationale.
Préoccupée d'un sentiment exclusif d'admiration, que Bonaparte sut alimenter
par une série d'expéditions et de victoires, la nation reçut, pour ainsi dire, le
coup mortel sans le sentir. Le prétexte
1799. *de détrôner l'anarchie,* que des intrigues
avaient, il est vrai, introduite dans le
gouvernement, colora une usurpation
monstreuse dans le fond, et odieuse dans
les formes. Saint-Cloud fut le théâtre
de cette journée du 18 brumaire, qui vit
un général, déserteur de son armée,
employer la force des baïonnettes contre
l'assemblée des représentans de la nation, dont l'aspect avait pourtant dé-

---

[1] Un obélisque fut érigé, en 1801, sur l'une
des places de Chartres, *en témoignage de l'affection des habitans de cette ville pour leur
concitoyen Marceau.*

concerté son audace [1]. A partir de cette époque, les noms de république et de liberté ne sont plus que des mensonges injurieux. La transition du consulat à l'empire est purement nominale : c'est toujours le despotisme. Il n'y a plus en France qu'un maître qui commande, des agens qui exécutent, et des sujets qui obéissent : « On n'a pas d'idée d'un » *moi* plus absolu, dit l'auteur du Ré-» sumé de l'Histoire de France. Il re-» gardait les autres hommes comme ces » chiffres nuls destinés à multiplier la » valeur de l'unité qui était *lui*. Leur » bien, leur pensée, leur vie, n'étaient » rien ; il a voulu remplir seul l'histoire » de son temps, et il a réussi ; il n'y est 1800-» plus question de la France. »   1814.

Ces observations s'appliquent surtout aux départemens qui avaient remplacé les anciennes provinces de l'Ile-de-France et de l'Orléanais, et qui, sou-

---

[1] La prédilection des souvenirs valut à Saint Cloud l'honneur de la résidence consulaire et impériale : on disait le *cabinet de Saint-Cloud*, comme sous Louis XIV, le *cabinet de Ver-sailles*.

mis, en raison du voisinage, à l'action immédiate du pouvoir central, subirent sans murmure l'organisation municipale, administrative et militaire, inventée par le génie du despotisme, et imposée à une partie de l'Europe. Quelques établissemens affectés à telle ou telle ville, et surtout la restauration de tels ou tels usages et institutions abrogés par la révolution : en 1802, par exemple, la transformation du Prytanée de Compiègne en cette école des arts et métiers qu'on transféra par la suite à Châlons-sur-Marne, et que naguère on a voulu reléguer à Toulouse; au 8 mai de la même année, le rétablissement de la fête instituée en 1429 à Orléans, en l'honneur de la Pucelle, et abolie par les patriotes de 93, comme si le patriotisme était le monopole de telle ou telle époque, comme si Orléans avait été mal sauvé par Jeanne d'Arc; en 1804, l'érection de la ville de Fontainebleau en chef-lieu de la première cohorte de la Légion-d'Honneur; enfin, au mois de février 1806, l'église de Saint-Denis repeuplée de chanoines, et *consacrée à la sépulture des*

empereurs, dont les tombeaux devaient
s'élever à côté de ceux des rois ; telles
sont à peu près les seules spécialités
historiques que nous puissions revendiquer durant une période de quatorze années, qui pourtant occuperont dans les
annales de l'Europe la place de plusieurs siècles. Situés au centre de l'empire, ou du moins éloignés de toutes les
frontières, les départemens du Loiret,
d'Eure-et-Loir, de Seine-et-Oise, de
Seine-et-Marne , etc., n'entendaient pas
le bruit des armes, quelque retentissant
qu'il fût, et peut-être ne se seraient-ils
pas aperçus de l'incendie allumé et per-
pétuellement alimenté sur presque tous
les points de l'Europe par l'ambition
ardente de Napoléon, sans les adresses
de leurs préfets, maires et conseils municipaux, pour qui toutes les déterminations du souverain maître, tous les
dangers qu'il avait courus, ou qu'il allait affronter, tous les événemens où
son nom figurait, étaient une matière
obligée d'exclamations admiratives, de
félicitations et d'actions de grâces ; sans
les mandemens des prélats qui, la plu-

part, célébraient en style semi-profane les expéditions terminées ou à entre-prendre[1], et se constituaient les hérauts-d'armes spirituels du *Moderne Cyrus*; mais surtout sans cette conscription meurtrière qui annuellement, et sur tous les points de l'empire, mettait les générations en coupe réglée.

1814.　En 1814, les armées coalisées de l'Europe vengèrent trente années de défaites et d'humiliations, et rapportèrent jus-qu'au centre de la France les fléaux que nous avions promenés en vainqueurs de Cadix à Moscou. Alors on vit renaî-tre, partiellement du moins, ce patrio-tisme qui depuis long-temps semblait éteint, parce qu'il n'avait plus ni ob-jet ni aliment. Le péril suscita des ci-toyens qui disputèrent à nos soldats la gloire de défendre le sol national. Au cœur même de l'empire, et malgré la retraite de nos armées, qui, à la vérité,

[1] Le *Moniteur* contient plusieurs mandemens publiés par les évêques d'Orléans, de Versail-les, etc., à l'occasion de la fameuse expédition projetée contre l'Angleterre.

reculaient en triomphant, mais que leurs victoires épuisaient, plusieurs villes se défendirent elles-mêmes. Compiègne figure au nombre de ces villes vraiment dignes du nom de cités : trois fois l'ennemi se présenta devant ses murs avec des forces supérieures, et trois fois il fut repoussé. Le tocsin sonnait dans les villages d'alentour. Partout les habitans couraient aux armes, mars. et plusieurs fois le sieur Beauvais, maître de poste de Compiègne, rentra dans la ville à la tête des prisonniers qu'il avait faits, en combattant avec plusieurs de ses concitoyens. Le *Moniteur* rend un juste hommage à la résistance courageuse des habitans de Compiègne; mais quelques jours après, il célèbre la prise de Melun par le général russe Kaisaroff, qui pénétra dans les murs de cette ville après avoir écrasé un corps de cavalerie française! L'abjuration de tout sentiment d'honneur national était-elle donc une preuve de dévoûment aux yeux des princes que la France saluait après trente années de séparation? Non sans doute : Compiègne, qui avait fermé ses portes à l'ennemi, les ouvrit au Roi; et le Roi crut à la fidélité de ses habitans. L'année suivante, en effet, cette ville servit de point de ralliement aux volontaires royaux.

1815. La seconde invasion provoqua aux portes même de la capitale les élans d'un patriotisme que n'avait point découragé le désastre de Waterloo. Les gardes nationales de Versailles s'unirent au corps d'armée que commandait le général Excelmans, et contribuèrent au succès du combat livré le 1er juillet près de Rocquencourt, et qui coûta aux Prussiens la perte de plusieurs régimens. Le lendemain, pour venger la honte de cette défaite, le maréchal Blücher entra à Versailles en ennemi, désarma les habitans, et mit la ville au pillage. Saint-Cloud fut traité avec la même rigueur, et dépouillé d'une partie des objets d'art qui faisaient l'ornement de son château. Le général prussien encouragea par son exemple les dilapidations et les violences de la soldatesque. Réunie sur les bords de la Loire, l'armée française subit avec une imposante résignation le licenciement auquel on l'avait condamnée, et la plupart des départemens de la France centrale eurent à gémir quelque temps de l'occupation étrangère; mais du moins ils ne furent pas désolés par les réactions sanglantes qui suivirent ailleurs la seconde restauration.

Depuis cette époque, les trop rares concessions faites par le gouvernement à l'esprit public ont prouvé, à la manière dont elles ont été accueillies à Orléans, à Chartres, à Montargis, à Melun, etc., etc., que là, comme à Paris et dans toute la France, la grande majorité des habitans se compose d'hommes qui comprennent les besoins de la société, qui aspirent à exercer leurs droits de citoyens et à jouir des garanties assurées ou promises par la Charte constitutionnelle.

La liberté des élections, un moment consacrée par la loi de 1817, a mis au jour cette vérité. C'est ainsi que les électeurs d'Orléans ont fait acte d'indépendance, en portant leurs suffrages sur l'un de leurs concitoyens dont le

nom est devenu national, parce que les
députés, à quelque département qu'ils
appartiennent, lorsqu'ils remplissent
dignement leur mission, et surtout lorsqu'à la vertu muette de la conscience
ils unissent la puissance de la parole,
lorsqu'ils traduisent des votes patrio-
tiques en d'éloquens discours, sont
réputés les représentans de la France
entière; les citoyens même à qui l'in-
suffisance de l'âge ou le défaut de
fortune interdisent l'entrée des colléges
électoraux, les regardent comme leurs
mandataires. Tel fut M. Laisné de Vil-
lévesque, à qui la nouvelle loi des élections a fermé les portes de la Chambre,
comme à presque tous les députés qui
votaient et parlaient comme lui. Cet
honorable citoyen est devenu, à certains
égards, *inéligible,* sous l'empire d'une loi
dont il avait signalé avec force les vices
nombreux, et qui, déplaçant les rôles,
ne laisse en quelque sorte aux électeurs que les chances de la surprise,
chances assurément bien faibles lorsqu'il s'agit de lutter contre une administration si défiante, et si industrieuse

en matière d'élections. Le système
politique adopté depuis plusieurs années par le gouvernement, et qui tend
à substituer, en tout et pour tout,
ce qui a été à ce qui devrait être, a
exercé sur Orléans, comme sur le reste
de la France, une fâcheuse influence :
ou les nouveaux députés de cette ville
n'ont point consulté et ne comprennent
pas les besoins et les vœux de leurs compatriotes, ou les ministres, ce qui est
difficile à supposer, n'ont aucun égard
à leurs réclamations : là, comme partout ailleurs, les écoles d'enseignement
mutuel, négligées ou même persécu-
tées, soutiennent péniblement la concurrence contre les universités d'*ignorantins*, à l'égard desquelles le ministère
de l'intérieur rivalise de sollicitude et
de bienveillance avec le ministère de
l'instruction publique, sans doute parce
qu'elles ont sur la doctrine rivale le
double avantage d'employer beaucoup
plus de temps et de répandre beaucoup
moins de lumières. Les Orléanais sol-
licitent en vain le rétablissement de cette
Faculté de droit dont leur ville s'était

si long-temps et à si juste titre enor-
gueillie ; et pourtant cette requête ne
peut soulever aucune des répugnances
qu'excite ordinairement tout ce qui
offre l'apparence d'une innovation. Ce
n'est point assez du buste de Pothier
qu'Orléans doit au ciseau de Roma-
gnési, pour la consoler de son veuvage;
peut-être même la mémoire de ce célèbre jurisconsulte réclame-t-elle,
comme un hommage, la restauration
de l'école qu'il a illustrée : alors, du
moins, son image ne serait point l'objet d'un culte stérile, elle servirait d'en-
couragement, et formerait sans doute
des disciples et des maîtres capables de
faire revivre l'une des gloires de la cité
orléanaise.

L'administration n'accueille guère
plus favorablement les vœux du commerce, ceux même qui sont l'expression
d'un besoin de plus en plus imminent :
jusqu'à présent du moins, et malgré
la faveur dont paraît jouir le système
de canalisation, les Orléanais ont inutilement adressé des suppliques au di-
recteur des ponts et chaussées, pour la

construction d'un canal latéral, sacrifice que compenserait en peu de temps
l'immense avantage d'avoir aplani les
obstacles qui entravent ou empêchent
même quelquefois la navigation ascen-
dante de la Loire. Ces causes spéciales
jointes à d'autres faits d'un ordre plus
général, et qui accusent l'incurie des
gouvernans à l'égard de presque toutes
les branches de l'industrie, expliquent
un phénomène dont les Orléanais eux-
mêmes reconnaissent avec douleur la
triste réalité.

Orléans est loin d'occuper dans la
hiérarchie des villes de France le rang
auquel elle peut et doit prétendre, en
raison de sa position géographique, de
son terroir fertile, de sa population émi-
nemment commerçante, de ses nombreuses manufactures, et surtout en
raison de ce beau fleuve qui la met en
contact immédiat avec dix ou douze départemens, fait, pour ainsi dire, commencer la mer à ses portes, et donne le
mouvement et la vie à toutes ses fa-
cultés industrielles. Espérons qu'éclairé
enfin sur ses devoirs et ses véritables in-

térêts, le gouvernement adoptera des vues plus larges, et substituera la sollicitude et surtout la liberté, à la négligence et aux restrictions. Un grand pas vient d'être fait dans cette carrière incommensurable de l'utilité publique ; et le Loiret, aussi bien que la plupart des autres départemens, en a déjà ressenti l'heureuse influence : les relations amicales récemment établies entre la France et l'une de ses anciennes colonies ont imprimé un nouvel essor aux spéculations et aux entreprises commerciales ; tout donne lieu de croire qu'enhardie par d'unanimes applaudissemens et par un premier succès, l'administration multipliera de salutaires excursions hors du sentier de la routine ; alors sans doute, retrouvant toutes les raffineries qu'elle a perdues, voyant refleurir toutes les branches de son ancienne industrie, et fécondée par de nouveaux germes de prospérité, la ville d'Orléans s'élèvera à la hauteur de sa destination naturelle.

Ces observations s'appliquent également, mais d'une manière plus ou

moins directe, aux départemens d'Eure-
et Loir, de Seine-et-Oise, de la Seine,
de l'Oise, de l'Aisne et de Seine-et-
Marne. Le mouvement industriel, dont
le signal a été donné par la révolution,
c'est-à-dire par l'affranchissement des
hommes, des terres et des choses, a
entraîné toutes les populations. Dans les
villes, hors des villes, chacun vit d'un
labeur honorable. Par suite de la divi-
sion introduite dans les propriétés, la
culture occupe plus de bras, parce qu'elle
intéresse plus de monde, et la terre est
mieux exploitée. La Beauce, qu'on appelait autrefois *le grenier de la France*,
n'a certes rien perdu de sa fertilité, et
ses villes se sont enrichies de manufactures et d'usines. L'ancienne Ile-de-
France a vu les mêmes améliorations
se développer dans son sein. La ville
de Saint-Denis, qui jadis n'avait qu'une
abbaye et des moines, qui ne possédait
de richesses que les trésors enfouis dans
des tombeaux, Saint-Denis renferme une
population laborieuse : elle a des ateliers
et des manufactures. Aujourd'hui, les
voyageurs contribuent à sa prospérité,

..12

beaucoup plus que les pélerins. Cette
ville, qui, pendant un demi-siècle, a pu
croire que les rois ne mouraient plus,
n'attache de nos jours qu'un faible prix
à la prérogative qui lui a été récemment
rendue. Jadis, les rois ne comptaient
en quelque sorte pour elle qu'après leur
mort : elle semblait n'attendre d'eux
que leur sépulture; aujourd'hui, c'est
aux princes qui règnent qu'elle rattache
ses espérances; et elle leur demande,
non plus des priviléges pour son église
ou son chapitre, mais des encouragemens pour son commerce, et des garanties pour les droits politiques de ses
habitans.

En un mot, malgré l'infatigable persévérance et les trop nombreux triomphes d'un parti qui n'use de son influence
et de son pouvoir que pour fermer à la
France tout avenir, et la faire violemment reculer vers un passé plein d'en-
traves, de préjugés et d'abus, les départemens qui entourent la capitale ne
ressemblent guère encore et ne ressemble-
ront sans doute jamais aux provinces
qu'ils ont remplacées. A la vérité, les

ommunautés et les confréries renaissent
artout, et sont partout l'objet d'une
rédilection et d'une protection parti-
ulière; mais à côté des couvens, et
nalgré l'exemple de ceux qui les habi-
.ent, on voit des populations qui travaillent, et s'obstinent à croire que l'in-
lustrie seule peut assurer leur bonheur.
En tous lieux, les ignorantins s'élèvent
sur les débris des écoles d'enseignement
mutuel; mais l'instruction circule autour d'eux, sans les atteindre, il est
vrai, et pénètre dans toutes les classes.
Enfin, malgré la résurrection des titres
de noblesse, il n'y a plus de seigneurs;
la ville d'Orléans et celle de Chartres
ont bien encore des ducs; mais elles ne
leur appartiennent pas: le nom de ces
villes n'est plus pour les princes qui le
portent qu'un titre d'honneur; et elles
ont elles-mêmes à s'enorgueillir, l'une
de pouvoir regarder comme son premier citoyen un membre de la famille
de nos rois, qui semble n'apprécier de
son rang que les devoirs que ce rang lui
impose; l'autre, de voir le jeune prince,
dont elle est, pour ainsi dire, la patrie

spéciale, se former, à l'exemple de son
père, aux habitudes et aux mœurs constitutionnelles, et se confondre avec les
enfans des simples citoyens, pour puiser
à une source commune cette instruction
solide et libérale qui seule peut rendre
les peuples dignes de la liberté, et les
princes dignes de gouverner un peuple
libre.

FIN.

TABLE DES MATIÈRES.

FIN DE LA TABLE.

ERRATA.

age 54, ligne 13; se camper, *lisez :* camper.
73, lign. 22; Adalbiron, *lisez :* Ancelin.
324, lign. 3 et 10; Rueil, *lisez :* Ruel.

www.ingramcontent.com/pod-product-compliance
Lightning Source LLC
Chambersburg PA
CBHW050743030726
47505CB00002B/375